看你一眼，然后老去

KanNiYiYan RanHouLaoQu

兰小界 著

这个世界上，爱是什么？
爱是因为心里有你，我永远都不绝望，
爱是为了看你一眼，我日夜兼程。
我的爱你能否听见，在你转身离开的一瞬间……

QINGCHUN 青春·言情 YANQING

河北出版传媒集团公司
花山文艺出版社

图书在版编目（CIP）数据

看你一眼，然后老去 / 兰小界著. —石家庄：花山文艺出版社，2011.7

ISBN 978-7-5511-0320-6

Ⅰ.看… Ⅱ.兰… Ⅲ.长篇小说—中国—当代 Ⅳ.I247.5

中国版本图书馆CIP数据核字（2011）第142546号

书　　名：看你一眼，然后老去

著　　者：兰小界

策　　划：温廷华　张采鑫

责任编辑：李　爽　张亚鹏

责任校对：梁　瑛

装帧设计：姚姚工作室

美术编辑：胡彤亮

出版发行：花山文艺出版社（邮政编码：050061）

（河北省石家庄市友谊北大街330号）

网　　址：http://www.hspul.com

销售热线：0311-88643226/32/24/28/29

传　　真：0311-88643225

印　　刷：大厂回族自治县正兴印务有限公司

经　　销：新华书店

开　　本：700×1000　1/16

字　　数：220千字

印　　张：12.5

版　　次：2011年8月第1版

2011年8月第1次印刷

书　　号：ISBN 978-7-5511-0320-6

定　　价：22.00元

目　录

主题：爱是上帝给一个好人的奖赏。

第一章　追光绽放，安心美好

1

夏。午后。阳光明朗，绿树飞荫。

女生宿舍楼前，有小小的嘈杂，一件件装着杂物的包裹，呼呼地往楼下飞，带出欢快，像毕业生心间放飞的自由和梦想一般。

楼下的中年大叔点了烟，蹲在树下笑呵呵地看着，不时提醒着从宿舍大门走过来的同学：“孩子们，要绕道儿上楼，绕道儿，小心被砸到。”

转眼间，楼下的空地上，呼呼然就有了一地的包裹。楼上开始有同学叫道：“大叔，算好了您就叫一声啊。”

大叔乐呵呵地应着，吸完最后一口烟，提着杆秤从树下走过来。

年年都有毕业生，大叔年年七月都来。

毕业了，四年时光能带走，实物常常带不走，于是包起来，同一间宿舍的，你的，我的，都写同一个宿舍号，飞到楼下。

大叔每称好一间宿舍的，就会大声叫一句“***号的孩子们，下来领钱哦”，然后就有同学蹬蹬地下楼。

钱不多，但总是精确到角，通常情况下，那一沓零票连凑给最远的那个人买车票都不够，于是索性想个题目，集体花光每一分，把在一起的时光，血拼到底。

这不，楼上的她们在阳台上，正嚷嚷着待会儿领钱了，是去唱歌还是去必胜客……

突然，四楼的一个穿白裙子的女孩冲出宿舍，由走廊奔跑就一路大声叫着：“大叔大叔，406室的您先别动，求求你一定先别动啊！”

她跑一层楼梯，都会扶着楼道栏杆这样说一句，声音急促而慌张，以至于很多人都跟着紧张地跑出宿舍，在阳台上探身往下看，想知道是怎么回事儿。

白裙子女孩长得清瘦，干净，从四楼一路跑到楼下时，似乎已经累得不行，一双手都捂在胸口，喘着气对中年大叔说：“大叔，406的东西，在哪里？全部的。”

一边问一边却又等不急了，胸腔起伏着，弯着身子，在到处是包裹的地上寻找着，大叔也被她的样子吓住了，丢下手里的杆秤，走近她心疼地说："孩子，你别急啊，肯定能找到的。"

白裙子女孩蹲在地上仰着小脸，满眼委屈地看着大叔说："同学收拾时我在睡觉，她们把我的一样很重要的东西收进袋子里了。"

大叔会意地笑了一下，然后一只手拎一个口袋，帮她把406室的东西统统提到旁边的树荫下。

白裙子女生道着谢，跑到树荫下。

只是没想到406室的会那么多，整整六大包，全都被捆裹得紧紧实实的。

七月的天空，总是不缺热闹，树上的知了没完没了地叫，像是在合唱它们自家的歌谣，女孩蹲在树荫下，蝴蝶骨十分显眼地贴在汗透的白衣上，她小心地把第一只袋子里的东西全倒出来，一样一样地认真清理着，眉头紧锁。

2

这时，从406室又跑下来一个女孩，帅气的短发，高高的个子，边往树下走边叫着："喜林，你都快把我吓死了，我刚上楼顶收被单，回来就有人告诉我，说你要跳楼了。"

蹲在地上的女孩听到这话，抬起小脸看了她一眼，生气地说："唐历历，就是你干的好事，我跟你说，今天我若是找不到它，我……"

"你怎么样？我说你还是别费劲了，前天不还是你说的？说我们宿舍的东西卖了，要去吃火锅加冰淇淋，要冰与火地庆祝毕业的吗？你知道不知道，我们宿舍有八个人呐，要冰火俱全的话，得多少钱呀，我那不是仔细收捡，一角一角往够里凑嘛！"

楼上看热闹的同学们听了都开心地笑起来，唐历历转过身冲着她们大声喊道："喂喂喂，你们笑什么笑，没见过别人找定情信物啊！"说完自己却忍不住也笑起来。

"唐历历你……说话怎么这么不着调儿？东拉西扯的，我不跟你说了，反正找不到它，我就要同你绝交！这回再不妥协了。"这个叫喜林的女生，埋头在书本里翻着东西，气呼呼地说。

唐历历也蹲下来，歪着脑袋盯着她看了又看，调皮地放低声音说："嗨，你真是在找你的成语哥送给你的啥东西吧？要不要我帮你呀？美丽的喜林小姐。"

"不要！只拜托你走远点儿，等我找着了，再跟你清点理论。"喜林头也不抬地说。

唐历历笑着摇摇头，伸手也拉过一只袋子，要将东西倒出来帮她找。

喜林却一把给抢过来，说："你又不知道我要找什么，你给弄乱了，我待会儿还真找不到它了。"

"那你就告诉我，它到底是什么不就得了，唉，我可真受不了你。"

"不想告诉你！"喜林闷闷地说着，仿佛根本就不想领她的情。

唐历历拿固执的她没办法，只好绕到她身后，把她找过的东西重新装回空口袋里，一边装一边嘀咕说："大小姐，真是不懂你，热不热啊？你听树上的知了，人家那可是约好了在一起笑，笑一个叫喜林的疯丫头。"

喜林不做声，抿嘴笑了一下，又蹙着眉头仔细地找起来，认真到每一本书都会翻一遍，每一只纸盒都会打开看一下。

那边，每隔一会儿，大叔就会高声地叫一个宿舍号，303、602、505等等，直到一个个都叫完了，地上那些东西也就已堆在那辆三轮车上，像小山头似的。

大叔走过来，看着头发都汗湿成一缕缕的喜林，笑着用肩上的毛巾擦一把脸上的汗，似乎是明白她的那点孩子气，也不催促，坐在树下，点了烟，等着。

热得不行的唐历历嘟着嘴，不高兴地看了大叔一眼，心头纳闷着，眼前这两位，一位安心等，一位安心找，就她，陪得难受，这还有两只口袋没找呢，喜林她哪里是在书里找东西，她差不多就是在树下看书，仿佛她要找的那件宝贝都可以藏进字里行间似的。

树上的知了也没命似的叫，让人心烦，唐历历心里恨恨地说："你们再叫，我就把你们全摇下来，再把你们那聒噪的小嘴给堵上。"

看到大叔又点了一根烟，唐历历终于忍不住了，说要去小超市买可乐。

"找着了，找着了！"喜林突然站起来，高兴地叫着。

大叔嘿嘿地笑着问："剩下的口袋，都不用看了？"

"嗯，不用看了，谢谢您！大叔。"不知是汗水呛进了喉咙里，还是太激动了，喜林的声音听上去都有些喜极而泣。

唐历历回头跑过来，好奇地想看看喜林捂在怀里的是什么，却被喜林背到身后去。

"小气鬼！"唐历历瞪了她一眼说。

"我就小气，全世界最小气，怎么样？我就不给你看，就不给！"喜林冲着唐历历快乐地说着，发梢上的汗水滴到脸上，像眼泪一样。

唐历历看着，突然就心软了，说："快上楼去洗洗吧，小花猫，我在这里等大叔称好了。"

“谢谢历历，那我真上去了啊。”

唐历历豪爽地挥挥手，说：“快走快走。”说完又狡黠地加了一句，“不过你要做好准备，你手里的这宝贝，我反正是要看的，不惜一切代价的哦。”

喜林耸了一下肩，生怕她来抢似的，把手里的东西急捧到胸前，高兴地跑上楼去了。

3

那是一张旧照片。

照片上，太阳还没有跳出地平线，清淡漫长的晨光，像一支淡蓝色的画笔，描着天空以及所有花木的边缘，世界显得又干净又清朗又明亮，一把油漆斑驳的长木椅上坐着两个人，他们以最自然的距离安静地坐着，背影和晨光一起向着前方追着时光，构成一幅永生向往的画面。

照片上的背影，是喜林和一个男生的。

唐历历回到宿舍，看到喜林正把它仔细地镶在一个相夹里，受不了地大声叫着：“我说喜林，你还好吧？你确定没发烧吧？闹了半天，我以为你找宝石呢，原来就是一张照片啊？”

喜林不说话，冲着她笑。

唐历历作崩溃状，继续说：“你不是就要去见成语了吗？你要是喜欢，你们俩天天这样坐着靠着都成，至于吗你，害得我刚才为了谢大叔等你，还给他买了一瓶水一包烟。”

喜林从唐历历手里拿过可乐说：“谢谢啦，历历同学，果然办事周到。”

“不周到！你别表扬我，烟钱我会双倍从废品款里扣，我要用十罐可乐来解解我心头这股被欺骗的熊火。”

“啊？啥叫熊火来着？”

“熊熊燃烧的熊熊大火是也！”

“行行行，你钻进可乐罐里我都没意见哦！”喜林嘻嘻地笑着，就要用可乐罐去冰唐历历的脸。

唐历历闪过，往床上猛倒下去。喜林也和她并排倒下去，见她不做声，便在她眼前举着相夹说：“呃，你再仔细瞧瞧，这是谁？”

“安择？”

喜林点头。

“历历，你不知道啊，刚才我找不到它，突然觉得心里有了一个大大的空他和喜林第一次坐在一起上课的那天，看到喜林笔记本上的写的小小的字，然后看她下课十分钟也老是坐着不说话时，就给她一个绰号，叫“淡定小芝麻”。

安择人缘极广，篮球队的、乒乓球队的、象棋队的等等好像都拿他当老大，自从他叫喜林这个绰号后，很多人在说“啧啧啧，这不就是小芝麻大点儿事嘛”这句话时，总是会下意识地看喜林一眼，然后又说“我很淡定哦”。

喜林是个安静的女生，本来除了好友唐历历，她就不太喜欢跟人交往，因为这个绰号，她真是讨厌被太多的人注意，刚开始她也只是讨厌，并不太介意，不理他们这群臭男生就是，但是当女生宿舍也有不少人开始这样叫她，说起她总是说“就是那个淡定小芝麻啊”时，她就开始怨恨安择了。

有一天，安择又跑来蹭美学课，并且又坐到她的旁边。

上课时，大家都还各自很认真地听课做笔记，可刚一下课，安择就说：“淡定小芝麻，作为社长，我诚恳地邀请你本周六参加我们摄影社团的一个活动，好吗?”

当时，教授都还没走出教室，听课的同学们都还没来得及离座或是聊点什么，安择的话引得哄笑，就连教授也都在摇着头笑。

喜林气坏了，腾地站起来，对他发脾气说：“你若不把我的名字叫回来，那么我恨你这件事，就不是小芝麻那点事儿了，告诉你！我会一辈子都恨你，我还要让这恨，真正成为陈芝麻烂谷子般的事儿，这样等到将来，你有了老婆孩子，知道了我这深仇大恨时，看你怎么解释得清?”说完，喜林心里也惊讶，昨天陪唐历历看了两集肥皂剧，自己竟然也台词味儿起来了。

安择张着嘴，很惊讶一向文弱不语的喜林，今天竟然这么生气，她看上去简直就像一只发火的小刺猬。

他不好意思地一笑，许久后，轻轻地说：“那么，小芝麻，让我也恨恨你吧，让你将来的老公和孩子，也逼着你解释来自安择的恨吧，你以后叫我安谷子，这样能扯平不?”

安择的话一说完，周围竟然都安静下来，所有的人都看着他俩，等着喜林回答。

喜林没说话，她也完全没料到安择今天竟然会突然变得这么温柔，这么认真，她微微仰了一下脸，望着窗外笑了。

从此，喜林再也没有计较过别人叫她“淡定小芝麻”，她也没有把安择叫安谷子。

喜林从那天起，开始觉得安择其实很像哥哥，朗朗大笑之后又会轻轻说话的声音，是哥哥的声音，是哥哥才有的温柔吧。

而安择，也是从那天以后，在喜林面前，总是不一样。他自己也不知道为什么，只要同她一认真说话，他的声音就会不由自主地低沉下去，没有骄傲，只有缺，就像什么呢？就像江边那砌好的岸突然就全垮掉了，就像咱们学校那棵百年老树突然就倒下了。”

唐历历斜了她一眼，拖长声调幽幽地说：“一个字，酸！两个字，真酸！三个字，真酸呀！四个字，不是假酸！五……”

喜林伸手去捂她的嘴，说：“做什么啊，我不就只是想告诉你，如果找不到它，我真是不会原谅我自己。”

“好了，好了，我理解，理解你跟安择的友谊是不一般的，你们是神仙友谊，你们是穿越时空的美好，我等凡俗之辈不入你们那境界，我只是担心，你不是后天就要去成语那里吗？带上这个，你认为合适啊？”

“这有什么啊，我跟安择是好朋友，再说，成语我认识可是十年了，我了解他，他也信任我啊。”

“嗯，真了解就最好，其实喜林，我讲实话，我可羡慕你了，你有青梅竹马的成语，还有蓝颜知己安择。”

“对，我多得意啊，我还有非一般的死党——唐历历！她聪明无双，美丽无双，鬼见愁三生，神见疯三世。”喜林侧过身来，挠唐历历的痒痒，笑着说。

“瞎说，鬼神不都只有绵绵无绝期的一辈子吗？”唐历历也伸手过来挠她，两人疯着，唐历历突然想起什么似的说：“对了，喜林，我得打个电话，我昨天还想着要打这个电话的。”

“给谁呀！”

“安择，上回我说要去北京，他说帮我留心工作信息的。”说话间已起身坐好，举着电话对喜林说，“是你先打，还是我先打？”

“你打吧，你们说完了正事儿，我再跟他说话。”

唐历历打电话时，喜林躺在床上，举着那张照片看着，微笑着想起一些往事。

4

安择是学长，高喜林她们一届，意大利语系的，个子高高的，有点像权相宇，又有点像裴勇俊，是那种看起来既阳光又豪情又干净的男生。

安择因为很是喜欢艺术系里的美学课，所以一有时间他就会跑来蹭课听。

最初唐历历总是说他坏，说：“安择这个家伙，他那眼睛，既有点不怀好意的善良，又有点不太善良的美好。”

喜林不认为是这样，不过刚刚认识他时，他倒真有点让她生气。

细微。

唐历历不止一次地在宿舍里说：“喜林，我觉得安择好喜欢你的。”

喜林笑，说：“我知道啊，我还知道安择他喜欢很多人，很多人都觉得他很好。”

每次听到这样的回答，唐历历就会说：“臭喜林，不理你了，在这件事上，我咋就觉得你特深不可测，你特像个狡猾的小女人呢?”

喜林惊讶万分，很委屈地说：“历历，你好夸张啊，你的话，我不答应，什么叫深不可测，什么叫狡猾，接下去，你再编排的话，我就该叫狐狸精了，说不定还是五千年的。”

“打住打住，你这一狡辩，我可发现你的深不可测又增加了五分。”

其实，喜林明白唐历历的话，至于她说的狡猾，自己却是没有的，她只是想珍惜许多可贵的东西，而有些东西的可贵，就在于，在心里明白就好，嘴上一个字没有，也是可以的。

5

前年的情人节，安择其实就对喜林表达过他的喜欢。

那天冷，下雪了，喜林接到校园门口快递公司的电话，说他们的快递员今天实在是太忙了，送件安排不过来，让她带了身份证自己来校门口领快递。

喜林穿好大衣往校门走，在路上遇到许多手捧玫瑰的男生或女生，有认识的，会彼此心照不宣地一笑，大家都在节日里，大家都被祝福吧。

喜林是不太喜欢玫瑰的，就像她从不认为妖娆的李嘉欣会美过清淡的董洁一样，她只喜欢一些小花，什么颜色都可以，只要它们的气质是细微的。

快递是成语发来的，成语毕业后，不仅工作做得不错，表达感情也更加大胆和直接了，从前他总是叫她小喜林，对小喜林以哥哥自称，自从他工作后，他就叫她老婆了。

唐历历总是开她的玩笑说：“噢，天地和良心，上帝加佛祖，我唐历历如此英明，凡事寻根究底，丝丝入扣，缕缕严谨，却实在是没想到，我身边有个人，竟然就成了别人老婆了?”

喜林红着脸说：“他要这样叫我有什么办法？我也不喜欢听的啊。”

来到校门口，才知道有好几个人排着队在快递公司门口等着签收，喜林远远地站着，将双手插进大衣的大口袋里，踩着地上的雪，静静地似乎并不关心即将的惊喜。

其实也是习惯了吧。

是玫瑰，九十九朵，用纸箱和防压垫装得很完好，一朵都没有坏，只是那一簇火红，热烈不了喜林心底的喜欢。幸好，箱底还有一盒巧克力，绝不是贪吃，喜林当真觉得在这两样礼物中，巧克力让她更开心。

想不到当她把那只铁盒放进大衣的大口袋里，捧着那束玫瑰要回学校时，一个人跑过来急切地问她："同学，你的花卖不？我跑了两条街，都没买到玫瑰花。我女朋友说今天没玫瑰，就会跟我吹。"

喜林觉得奇怪，竟然还有这样要求玫瑰的女孩，她立刻决定成人之美，反正成语就是什么都不送自己，他们以后还是会在一起的。

喜林把花递过去说："都给你，告诉她，你的承诺是花一生。"

男生感激得眼圈儿都快红了，大概实在是太喜欢女友，还有过一番艰辛。他追着要给她钱，喜林回头一笑："用那钱，再给你的女孩买件放得久的礼物吧。"

回去的路上喜林想，她回宿舍了要打电话告诉成语，这束玫瑰花做了一件好事，因为这件好事，她的开心是九十九朵的两倍。

情人节的雪地，来来往往的脚印，来来往往都是甜蜜吧。喜林低着头踩着那些脚印来到宿舍楼附近那棵大雪松下时，有人叫她。

她抬头，看到安择站在树下，穿着中长的藏青色的粗呢大衣，像是一棵来自高原的树。

喜林微笑着走近他，说："安择，节日好！"

见她的脸红红的，安择取下自己脖子上的那条深蓝色的大围巾，给她围好说："喜林，我等你去看电影。"

喜林的手指在大衣口袋里抠着那只巧克力小铁盒，抬头注视安择的眼睛，不让他看出自己的犹豫说："好，我们走。"

电影是赵薇和陆毅演的《情人结》。喜林喜欢这部电影，喜欢那个淡淡的故事，喜欢从前那么疯的赵薇在这部电影里开始变得深刻了。

喜林没有让安择尴尬，她不愿等他说出更明白的意思来，然后才听她说对不起。

电影刚开始不久，喜林就把大衣口袋里的巧克力拿出来，放到安择的手中小声地说："安择，你看看，它一共多少块，咱俩一人一半，谁都不许嘴馋，多贪吃一块，谁也不许耍赖，少吃一块。"

巧克力也像一部伤感遗憾的电影，又甜又苦又浓厚，他们一人八块，在同样的融化里，彼此都明白。

回去的路上，喜林看到风往安择的大衣里直灌，她取下那条深蓝色的大围巾，踮起脚给他围好，轻轻地皱着眉头说："安择，我的脖子有这个大毛衣领子，不冷啊，但是，我的手冷啊，陪你看电影看的呢。"

安择笑，他很感激细密的喜林，她通过已收到巧克力来告诉他，她有了男朋友，又通过分享巧克力来告诉他，她愿意和他一直是好朋友，现在她又告诉他，她想要一件不是情人之间的礼物。

他拉着喜林的手，来到一家小店，给她买了一双厚厚的手套，是喜林自己挑的，上面有小碎花，粉白相间的颜色，像一个女孩又柔软又温暖又内敛的心，像盛开在雪花中不知名的甜蜜。

6

安择蹭了整整三年的美学课后，就要毕业了，去年夏天，他就要离开学校。

这个校园风云人物即将退出校园舞台，去奔向更宽更广的天空时，许多人都不舍。

据说安择的床上，因为学弟学妹们送来的礼物太多，他连睡觉的地方都没有，天天都伏在桌上给他们回写祝愿卡而睡着。

那段时间，他们见面的机会真是少，但是每次见面了，两人总是不言语，只是笑。

喜林没有送安择礼物，安择也没有还她一张祝愿卡。

甚至安择和一大堆同学在湖边合影时，喜林抱着书从前面的小路经过，众人都起哄让她过去一块儿拍，她也只是冲着安择笑了笑，她没有走过去，安择也没有说叫她过来。

他们这样，别人都以为他们这两个好朋友是不是闹崩了，因为从最开始他俩会吵架，到后来他俩总是有说不完的话，可现在，他们仿佛把该说的话都说完了似的安静着，这实在是不符合离别好友的样子。

别人怎么认为，不重要，喜林知道她和安择都懂得，最好的留念，是当你还没有离开时，我便以平常每一个日子一样地存在着，那种安静，就是彻底而纯粹地在分享共度的时光。

这样一直到安择离校的当天早上。

那天是周六，周六校园，在上午九点前总是很安静的，同学们像一只只幸福的小猪一样，在梦里等待着自己的自然醒。

早上五点，睡梦中的喜林感觉到手机在震动，她从枕下摸出它来，看到一条短信：马上、立刻、赶紧下楼，湖边第九个木椅处，我等你。

若在平日，谁在这个时间来短信，都不会让喜林完全地睁开眼。

但是这一次，喜林看到它，突然就有了难过，素日来那一堆堆的淡定都瓦解了，她知道，安择今天就要离开了。

她从床上跳起来，洗漱了把头发一挽便向湖边跑去。

太阳还没升起来，整个校园呈现出一种清蓝色，高大的安择已经等在那里。

明天，眼前这个高大的身影就不在这里了，喜林的脚步变得沉重起来，慢慢走过去，面对着他，不说话。

安择好久也不说，两人就那样站着，像是清蓝晨光中的两棵树。

安择拉过她的手，往湖边走。

美学老师谢教授讲过，校园湖边第九个木椅那里，是整个校园最美丽的地方，美在它不打扰周围它也可以很完美，美在它不需要更多的景物来参与它也可以很完美。

坐在第九个木椅上对着湖水朝前看去，两边的树林对称地夹着湖水，因为前方很远处一直平坦，这样就显得湖水像是一直延伸到天边似的，而且若你只是平视，周围都不会有建筑物进入视线，没有建筑物来打扰，这种美景就呈现出一种原生态。

安择叮嘱喜林坐好别动。

喜林很听话，一动不动，靠着椅背，平视前方。她知道安择做事，从来都不是没经过脑子的，这一定是他觉得的他要走前给他们最好的留念。

没多久，安择重新坐回来，他的高肩膀刚刚靠着她的矮肩膀，这时太阳升起，睡了一宿的阳光照过来，明亮清澈又不刺眼。

安择说："好了。"

喜林转过头，看到身后不远处小树下的三脚架和相机，她懂安择这样的表达，他曾经说过，在一张照片里，背影是朝向希望的。

太阳跳高了，阳光也把安择的脸镶出明亮的轮廓来。他笑着在她的脸上轻拍了两下说："小芝麻，我走了啊。"

喜林说："好。"又说，"把照片给我一张，不要电子的。"说完又觉得实在是多余，他怎么会不给？

安择点头，把手伸进她的头发里挠了两下又说："快回去睡吧！"

喜林真的就走了。等到十点多喜林再醒来时，她的手机上有安择的短信：谢谢你没有哭，如果哭了，那眼泪会永远在我心里。小芝麻，你懂我的方式，懂我的话，那么你也要懂得，任何时候，小芝麻不好了，就要找安择。

7

唐历历跟安择讲了大概半小时，知道了北京那边一家不错的广告公司正招创意策划，她兴奋地问安择有关职场和应聘时应注意的一些细节。

听她的声音，她实在是太开心安择能提供给自己这么好一个消息了，她在电话里说她决定后天离校时，先上北京那家公司应聘，等结果的日子正好回老家看看，再回北京时，结果大概也就出来了，这样就都误不着。

唐历历说完自己的这些事后，冲喜林做“V”手势，然后又说：“安择，谢谢你，你别挂电话，喜林在我旁边呢，她说要跟你说话。”

喜林放下相夹，从回忆中出来，接过那只被唐历历讲得发烫的手机，笑着看了唐历历一眼，对着电话说：“安择，我现在正式告诉你，小芝麻也毕业了！她就要和你们一起来争天下啦！”

“恭喜恭喜，如果是你来争，我让天下都给你！”安择在电话里很开心地笑着，似乎有关喜林的每一点开心，传到他那边了，就会再放大。

唐历历看了奇怪的喜林一眼，做手势说要去旁边宿舍串门儿。

喜林点头，待她走后，她才好好说话：“安择，你最近都还好吧？”

“你放心，我在哪里都会很好的，你呢？毕业了，开心吗？”

“嗯，我还好。但是开心不开心，就跟去年你走时说的，晴朗天气的晨光，对于阳光的到来，是无所谓期待不期待的，因为它本身就自成风味呀。”

安择笑，说：“有什么打算？”

“我后天就走了，回南桥。”

“好，我每年都会来看你。”

“我也会，来看你和历历。”

“好。小芝麻，不管什么时候，都要开心快乐。”

“我会，安择，你也是。”

有一阵短暂的沉默，不是没话说，而是未说的话，两个人都明白，当好朋友超过一定的界限，言语是那么无力，以至于它们都会主动退场，陪当事人一起沉默，静数时光。

“小芝麻，什么时候订下结婚的日子了，一定要像今天这样，第一时间通知我，大声地说，告诉我你的幸福，而我不管在哪里，都会来看小芝麻做新娘子的，她一定是最漂亮的。”安择终于又说话了。

喜林的眼底一热，说：“嗯，我记住了。你以后到了那一天，也要早早地通知我，我来看你的新娘子。”

8

放下电话后，喜林把那个相夹装进包里。

"一个非常小的东西不能美，因为我们的观察处于不可感知的时间内，以致模糊不清；一个非常大的东西也不能美，因为不能一览而尽，看不出它的整一性。"唐历历不知啥时回来了，靠着门看着她，背着美学课本上的原话。

喜林笑得捂住耳朵，问："历历，你干吗呢，还想上美学课，你不是说这届的美学教授像你家远房那古板的大表叔吗？你为啥还是能把他的课融会贯通了啊？"

"嗯，不错，我是融会贯通了，是在某人和某人那超然又恰到好处的友谊里，融会贯通了。真是弄不懂你们，你毕业了，还欢天喜地要报告给安择，你们不按正常的思路出牌，我就只能用伟大的美学来解释了。"

原来唐历历还是在笑自己和安择，喜林随手抓起一只小熊扔给她，说："唐历历，我幸好毕业了，要不然，我会被你气死在这里。"

"NO，我是理解你，入木三分式的，懂不？走吧，吃饭去，那些姐妹听说我们406卖了两百三十块的废品钱，都点好火锅，在等我们啦！"

路上，唐历历不停地说着她去北京的打算，说她争取两年在北京扎下根，争取第三年把自己嫁个好男人，结婚时蜜月一定要出境，她越讲越兴奋，甚至说到如果哪天在北京的街头遇到了朗永淳，一定会礼貌地要求跟他合个影，然后寄给喜林说：我和你的偶像站在一起啦！

喜林含笑听着，她希望唐历历在北京好，北京因为有安择和唐历历，会让她觉得想一想都温暖无比的。

见喜林光笑不说话，唐历历又逗她说："喜林，我还是不懂，刚才你跟安择讲话时，竟然宣告你毕业了？这不多余吗？"

喜林要打她，唐历历跑开了，边退着走边说："你不用说，我也知道的，你是想告诉我，在你的心里，就是有这么一个人，平淡的日子，你把他静静地放在心底，但当日子突然不再平淡的那天，当你有开心有快乐想要同整个世界分享时，那么，他就从心底出来了，变成那整个世界，对吧？"

喜林抿着嘴笑，这唐历历记忆力可真是好，她背的是自己写在她的毕业册上的一段话，只不过她的意思是把"她"换成了"他"。

后天，她们就要分手，各奔东西，唐历历去北京，而她要去投奔成语，再见也不知道是什么时候，想到这里，不禁有些伤感，她多希望唐历历身后的那条路没有尽头，唐历历就这么一直退着走，而她也这么一直面向她走，因为一直的面对面，所以朋友在笑，她知道，朋友在说，她听好，然后彼此懂得。

喜林还想着，不知成语，会不会也在他的城市里，在美丽的南桥，以这样温暖的姿势，和自己走每一条街，到达每一段人生的终点？

第二章　青梅竹马，爱情误差

1

桥上黑压压的好多人，纷纷靠着栏杆把心提到嗓子眼儿处，朝桥下江水里望着。

江水中，有一个人正挣扎着，一会儿冒出水面来，一会儿又沉下去。每一次浮沉，都让人揪心又揪心。

人群中有人叹息，有人惊叫，更多的人在为那个朝江中奋力游去的人鼓劲儿。

时间在这里，每一秒都漫长而沉重。

喜林也在桥上，她心里更是如此，那个在江水中用力游着，恨不得能在水面奔跑的人，是成语。

她脸上挂着眼泪，双手紧紧地抓着栏杆，手指仿佛都要嵌进石头里，心底除了祈祷，便是后悔，如果一切可以重来，她一定不会回到南桥来，一定不会。

突然，有人大声地叫了起来："快看，快看，有救了！"

随大家手指的方向，喜林看到一只快艇正朝落水者飞滑过去。

几秒钟，便已靠近，快艇上两个男人一只手抓着护栏，另一只手一起伸出去，最大限度地往江面探出身，猛地在水面上一捞，就将落水者抓牢，提拉上了快艇。

众人欢呼起来，喜林看到成语在水中用力地晃着手臂，指着远处的岸，大概是让快艇上的人不用管他，救人要紧。

快艇往医院方向飞去，人们也议论着刚才扣人心弦的一幕散开。

成语上了岸，喜林跑上去，抓住他的胳膊，声音发抖着说："成语，对不起。"

成语不理她，只是焦急地挥着手臂拦车。

喜林理解他，他的样子，他的沉默，他的担心，她都理解，可她能做什么？她只知道着急地解释着："成语，我真的没想到南苏苏会那样，对不起，对不起，是我不好。”

一辆出租车停下，喜林拉住成语的手不松开，想要和他一起去医院。

成语恼怒地拉开她的手，独自上车，关上车门远去。

喜林呆呆地站在桥上，眼泪成串地往下掉。

成语刚才的眼神，很冷，很陌生，似乎还充满着一丝敌意，就仿佛，这一切，真的都是她造成的，真的都是她的错。

2

在外地上大学这四年，因为成语，当别人海阔天空地讨论着毕业之后的去向时，她总是想着毕业后她就回南桥，然后一生就在这里生活。

南桥不大，但是在喜林心里，总觉得它有一种小而繁荣的美。

喜林并不是真正的南桥人，她是十二岁那年同父母过来的。

那年夏天，喜林没有伙伴，整个暑假总是一个人在桥下捡石子，捡到了漂亮的就在江边仔细地洗。

她习惯在桥下待到天黑才回家，因为就算回去得早，父母也不在。刚开始她以为父母来南桥是想要重新开始好生活，之前他们一直吵，总是不合心，后来才知道他们来这里，是为了忘掉过去各自开始新生活，只是他们在她面前演得很好，让她觉得依然有个完整的家，依然有在一起的父亲母亲。

有一天，一帮坏小子也在桥下玩，他们欺负喜林，喜林吓得直哭。

刚好成语骑着山地车经过，他跳下去同他们打，鼻子被打得出血，但是血吓退了他们。

那年成语十五岁，为上补习班每天都从桥上经过。他说他好多次看到瘦弱的喜林一个人在桥下，刚开始他还好奇，想看看她要干什么，后来知道她只是想待到天黑而已。

从那以后，成语再从桥上经过看到喜林时，就会停下，车靠着栏杆，他靠着车，看水，看船，到了天黑，就冲桥下喊一声：“喜林，回家了。”

一天，一天，直到暑假过完，直到喜林也习惯了在桥下等桥上的那个声音。

十七岁的夏天，喜林要高考，害怕自己考不好，整天不安，但是当高考那天，远在外地读大三的成语翘课回来，站在学校对面的大树下目送喜林走进去时，喜林就安然了。

那一次，他们之间的相视一笑，美好放大到——仿佛全国的这声势浩大严肃的高考，就只为实现喜林和成语的这一份默契。就像张爱玲告诉我们，香港在漫天烽火烟幕中的沦陷，就只为实现白流苏和范柳原的爱情一样。

喜林一直觉得，她和成语，算是半个青梅竹马吧。

这种感情像是一种缀满零零碎碎花瓣的风铃，琐碎又透彻，它们在风里的摇摆，碰撞出的精彩，不是声音，而是花朵。

上大学后的喜林总是愿意把与成语之间的这些小花朵一样的故事说给好朋友唐历历听。唐历历总是不以为然，说喜林的这些不叫电光火石的爱情，只是因为熟悉而亲近的亲情。

记得喜林有一次说起成语时，唐历历就疑问道："喜林，你怎么就断定这是爱啊？"

喜林说："因为成语对我好啊！"

"你可真够傻的，对你好就是爱啊？那大灰狼丢下面具之前还对小白兔好呢！"

"不是那样的，是真心实意的好，历历，你知道吗？一个人对你是否是真心实意的好，是能分辨出来的。"喜林着急地说。

"怎么办啊？冰冻三尺的半夜你要吃小西瓜看他给不给你跑遍全城的去买？你和他妈妈一块儿掉河里了是不是先救你再救妈？还是你没在桌边他吃不下没你在梦里他睡不香等等。"唐历历是个嘴快的女孩，喜林才一句，她就喳喳地说出这些来。

"当然不是，这些好无聊的，是不是真心实意，是看这个人，是否每时每刻都在意你。"

"喜林你怎么尽是法则啊？那你倒是说说，在意是什么呢？"

"在意是两个人在一起遇到事以后，没有自己的感觉，只有对方的。"

"瞎掰！感觉这事，还不是全凭一张嘴，信口开河起来，都可以流淌成一条感觉河的，哪句是掺在河水里的真话？究竟有没真话？这些河神都不知道，说客和听者难道知道啊？"

"嗯，知道。"

"鬼扯！告诉你，我才不信。这就好比，甲对乙说我爱你，那么乙很快回应我也爱你呀，一万年哦！啊？一万年啊！那请问一万年在哪里？在嘴里吗？在耳朵里？都不是，在空气里吧。"

喜林捂住耳朵，真是受不了历历凡事都要辩一辩的那个劲儿，更加着急地说："历历，不是你的那个意思，感觉才不是这样，才不要靠嘴，它靠的是心，靠好了，整个世界都是安静的。因为知道对方爱你，因为知道你爱对方，心心相印的默契，根本就不关嘴半点儿事的呢。"

“哦，喜林，你还是杀了我吧，求求你杀了我吧！还‘靠——好了’，我知道我这辈子都来不了你的境界了！”说完唐历历又伸过手来捏着她那张因为着急而涨红的小脸，哈哈地笑着说，“喜林，我逗你啦，瞧瞧你急成那样，我们是好朋友啊，你任何一个决定，我就算不理解，也会全力支持的。”

喜林笑了，她知道真正真诚的感情就是这样的，不管对方是对是错，不管你是喜欢或是不喜欢，只要是对方想要做的，你就一定会去支持，完完全全的支持，对了，两个人会一起分享那份喜悦，错了，也会两个人一起承担难过。

3

只是喜林怎么会想到，四年后，当她大学毕业，决定回南桥时，却那么强烈地感受到南桥对她的拒绝。

几乎是从她踏上回南桥的列车的那一刻起，拒绝就开始了。

她和唐历历在火车站分手后，一个往北，一个往南。一路上，她看着窗外，想到这一段路程，她来来往往就经过了四年，不禁有许多感慨，她自己说不清楚，或许是因为路的两端都有她愿意停靠的，所以从来不觉得路途遥远。

成语的电话一直关机。眼看再过一个小时就要到站了，她只好打到他家里。

是成语的妈妈接的，喜林很是小心地问着成语。

成阿姨大概约了朋友在家打麻将，电话里有点吵，喜林似乎都能感觉到她们那一桌人头顶的白炽灯在晃，成阿姨懒洋洋地“喂”了一声后，再就是一种顾不上说话的样子，喜林不由地稍稍提高了音量又很礼貌地问了一遍。

“你找成语啊，有什么事啊？他最近好忙的。”成阿姨尽管顾不上说话，但当听出是喜林，却还是遵从她自己的喜好，不冷不热地应着。

成阿姨一直都不太喜欢她，于是她更加小心地说：“阿姨，是这样的，我今天晚上十点的火车回南桥，想让成语来接我一下。”

“哎呀，刚才不是说了吗？成语很忙的，我也很忙的，再说我又不知道他今晚加班不加班？”

“哦，这样啊，那等下他要是回来了您能帮我和他讲一下吗？他是换手机号了吗？或者您告诉我一下他的新号码，我自己和他联系？”

“我说喜林，你烦不烦哦！行行行，他一会儿下班回来我跟他说，真是的，手里的牌都被搅霉了。”

喜林想道谢，却只听到电话重重挂掉的声音。

也顾不上去理会委屈，听到手机有短信铃，以为是成语，惊喜地打开。

原来是唐历历的短信：喜林，我到了，安择和他同事来接站了。

喜林回：代我问安择好。希望你一切顺利！

——安择问你现在在哪里？快到了没？

——快了，还有半小时。历历，我们离得越来越远了呢。

——但是你离你喜欢的人越来越近了啊。先打住了，到了告诉我。

窗外黑黑的，喜林看着历历的短信，感觉到的是孤单，成阿姨不会不知道成语的电话，她大概也不会对成语说自己到站的时间，她的态度，真是让人有些难过。

果真跟担心的一样，下车后，喜林没有看到成语，她拖着两只大的行李箱，在灯下固执地等，一直等到十一点，成语也没有出现。

喜林打车回家。家里的味道，让人感觉又是许久没人住过，父母从她十二岁起就有一种过于冷静的相敬如宾，那是非正常的，虽然维持着家的样子，但其实有许多传言说他们在外面都各自有家，如此，只是为她。

成阿姨对她的讨厌，有这个因素吧。记得有次在成语家吃饭，她故意指桑骂槐地和成伯伯说："我算是看透了，家庭不好的孩子，也好不到哪里去，你看那谁，不是抢劫了吗？还有那谁，不做人家小老婆了吗？"

不想回忆。喜林感觉到的累，像是一种身心分离，身奔波了，心还在温暖之地，彼此遥远，却都没有力气合二为一。她热好了水，放了满满一浴缸，泡进去给唐历历发了一条平安短信，然后关了手机。就算有再重要的电话打来，她也累了，想先休息。

4

第二天早上，喜林醒来，以为是在学校，是啊，这四年，每一年，她在家里这张床上睡觉的天数都屈指可数，以至于突然回来睡一晚，总觉得还在学校。

有些难过似乎悄悄地留在了昨天的梦里，醒来又是新的希望。

她试着再拨成语的电话，很想听到成语的那一声惊讶——"天哪！我老妈这记性！好喜林，别生气别生气"，然后她就会发现，昨天满心的委屈和疲惫原来都已遗弃在路上。

然而成语的电话，还是关机。

喜林来到阳台，放眼望去才知道南桥的坏天气，昨晚回来都不知道的，整个天都灰蒙蒙的，像个模糊了往事的老人。

半年前成语对她说过换了公司，没有具体说在哪里，今天不是周末，喜林决定去他家附近等他，一会儿，他总是要上班去的。

路上经过那家蛋糕老店，喜林进去买了两份她和成语一直爱吃的小虎皮，一路上总听到有人抱怨这黄沙天，但因为小虎皮那经久如一的味道，喜林还是觉得这是她爱的城市。

成语家在绿茶路，附近有一段围墙的设计很独特，墙的走线是弧线，刚好中间有一段凹进去，像个避风湾一样，从前喜林等成语，总爱在这里。

今天的她，依然想这样。待会儿成语经过，她突然跳出来，一定会吓倒他，是个大大的惊喜吧，想到这里，小虎皮在心里软软地暖开了，喜林不觉地加快了脚步，想要快点走到避风湾。

眼看就要走近了，喜林却不敢再向前挪半步，眼前的情景让她愣在那里，终于明白后，才慌张地退回，背贴着墙，藏住自己。

她看到了成语的背影，还有一个陌生女孩的脸，他们在她的避风湾里紧紧拥抱在一起。

喜林的头靠在墙上，眼泪疯了似的往下掉。

不一会儿，他们手拉手往前面站台方向走。

那个女孩说："你妈可真严，这都什么时代了，每次我来都让我跟她住一屋，而且每回都跟我说你们家的历史，你知道吗？昨晚说到凌晨一点呢。"

"傻瓜，跟你说家史就是拿你当家里人了呗，怎么？这还有意见啊？"成语说。

"说什么呢你。那我又不会写书，难道还指望我为成家著书立传啊？"

"哈哈，你实话说，你如此抱怨，是不是昨天想我了？"成语的声音里，坏坏的。

"去，是在说你自个儿吧？刚才是谁提出要抱抱的？成语，我们那房什么时候交啊！"女孩撒娇着说。

"快了，人家不能一天给我们建好吧……"

他们的声音越来越小，甜蜜却盛大，喜林内心的坍塌一阵轰然，接着又一阵轰然。

难怪成阿姨对她的态度越来越不好，难怪成语的电话一直打不通。路上有几片落叶被风吹走，喜林多希望它们厚些走，厚些走，把那段凹进去的围墙砌成直线，把来过这里的所有心情都垒在里面，把过去的岁月中她在这里等他而揣着的那些小甜蜜小心思全都封好。

南桥从来没有过黄沙天的，不知道这个夏天怎么了，路旁的树没有了绿色，每片树叶上都是厚厚的灰尘，令呼吸无法穿透，压抑和拒绝着外出回来的旧人。

5

整整一天，喜林不吃不喝，呆呆地坐在家里。

天黑了她也没开灯，屋子黑黑的，一直以来，是因为有成语，她才觉得南桥像家，成语弥补了她内心对于温暖的渴求，而现在一切都不再是从前的样子了，她也猛然感觉到家对她来说，也是没有安全感的。

喜林焦虑地在房间里走来走去，拿起电话又放下，放下又拿起，她打开了所有房间的灯，关上了所有的窗帘，却还是焦虑，她很想立刻收拾行李，回到学校去。

可是就这么走了，会甘心吗？她都还没有找到成语突然就不要她了的理由。

她得去找他，她要问问清楚，问他换了电话怎么不告诉她？问他喜欢上别的女孩怎么也不告诉她？他做人从来都没有这么坏过，这一次是为什么要这样坏给她看？

他的新电话号码她不知道，他的新公司地址她也不知道，但是他的家在绿茶路，就算成阿姨不喜欢她，她去敲成语家的门，他们总不至于不让她进门说说话吧？

这样执意地想着，喜林便锁了门往外走。夏夜的街道，闷，喜林的心里也闷，像是整座南桥都压在胸口一般，喘不过气来。

成语家是这个城市的老宅，她以前真正走进去的次数并不太多，总是觉得它里面，从前除了成语，一切都是不欢迎自己的，现在这种感觉更彻底，因为连成语也是拒绝她的。

来到院落门口，成语家的那个铁门有变化，可能不久前才重新刷过油漆，从前是绿色，现在是大红色，不知道有没有人跟她的感觉一样，用大红色门的人家，看似热情，其实冷漠。

喜林伸出手，手指在门上一会儿儿凑近一会拿开地犹豫了好几次，才把门铃摁响。

她希望是成语来，这样她就不用进去，只在门口跟他说明天找个时间他们谈一谈。

是成阿姨开的门，看到是喜林，先是愣住，大概是惊讶喜林那张苍白的脸。这份惊讶让她少了往日的冷漠，说：“是喜林啊！快进来。”

随成阿姨进院，喜林远远看到成语在客厅里，抱着半只西瓜，坐在地板上边看球赛边用钢勺舀，是这个城市里有房住有人爱的男人在夏天里最多见的悠然自得的样子。

那个女孩似乎不在。成阿姨在院子里冲着屋里喊着："小语，喜林来了。"

成语猛地站起来，半只西瓜滚掉了，像个不相信命运的不倒翁，在地板上摇啊摇。

成阿姨给喜林倒了一杯水，便拉着成伯伯急急地往外走，边走边说："喜林，你好不容易放假了，来了就多坐会儿啊，冰箱里有冰淇淋，有那个什么'千层雪'，你自己拿着吃啊，我和你成伯伯去桥上散步的时间到了。"

突然而生的热忱，其实也是拒绝的别样表达吧。喜林站在屋子中间一动不动。

成语慌张地抱起地上的西瓜丢进垃圾筒，然后也像喜林那样站在屋子中间，一动不动。

时间仿佛被冻住，任何事情都无法进展，任何心思都无法交流。可成语的眼神，分明是慌张的，它们可以在一秒钟内看看喜林又将目光躲闪开去，下一秒如此重复。

但是即使不说什么，不做什么，还是有东西在带动着屋子里的空气，很沉，很闷，空气它不会说谎，空气不会随便就摆弄出一副讨厌你的样子，好让你懂得它对于你的陌生和不待见，空气的味道，是人散落下的。

成语似乎没有想起眼前的喜林，是他以前一直叫的"小乖兔"、"小喜林"，他的脸上除了因为喜林突然造访的慌张，似乎并没有隔了半年终于又见到"小乖兔"的惊喜。原来在有些男人这里，再厚重的东西也可以顷刻化为薄雾，见风湮灭。

喜林紧紧地咬着嘴唇，好半天才说了一句："成语，明天是周六，你大概不用上班，那么下午两点，我在小时光等你。"

成语没说好，也没有说不好。

喜林转身跑出成语家的大红色门时，眼泪再次滚下。

6

又是一夜无眠。

下午，才一点，喜林就前往离她家不足半里路的"小时光"咖啡屋。

南桥的风，这些天就是打定主意要欺负人的。

明明是江南，夏风暖暖有繁荫，风里从未请黄沙，这天不知从哪儿来了霸匪似的一阵，撒野般地吹，吹花了人的衣，吹花了人的鞋，吹得人睁不开眼睛。

这样的坏天气里，散步不好，看风景不好，做什么，都是不好，更别说来谈一谈感情。但是人真要去谈感情时，是从不挑天气的，甚至连别人眼里的对错，或是卑微，也是顾不上挑的，每一份有必要赶紧去谈一谈的感情，总是出了问题的，去谈它，就是要谈一谈过错，谈它到底是伤害了你还是伤害了我？谈它能不能继续往前走？

要是以往，这种天气对喜林来说也是没关系的。只要自己事奉真心，成语事奉上真心，天气再恶劣，漫天黄沙也都是支持者，都是为她的幸福撒下的金粉。可现在，每一粒黄沙都像是暴徒，都要把她的希望掩埋。

这半年来，因为临近毕业课题上的事多，平常他们联系都很少，喜林其实是攒了好多话要给他说的。现在都不需要了，他们只要说清楚为什么分手，然后彻底分就好。

刚刚两点，成语来了，从未有过的准时。

喜林恨自己从前总是用心。从前约会，他早到了，她感动，他迟到了，她理解，今天他不早不晚，准时了，她却想哭。

成语显然也是用过心的，大概他权衡再三，认为早到迟到，都怕她有想法。一个不再爱你的男人，不可能早到，因为他认为没有必要讨好你，他也不可能晚到，因为他认为越早说完越好。

喜林也不想说些没用的，更不想死乞白赖地央求，她捧着咖啡杯，看着杯沿说：“成语，我想听你说实话，像以前所有的真话一样，听完了，我就走。”

或许，在故乡的眼睛下，面对故人，根本就无法成功地对在故乡发生过的事撒谎。成语夹了一块糖放进自己杯里，开始说。

“我和南苏苏两年前就认识了，校友，半年前，她来到南桥，人生地不熟，我帮过她几次，后来我们就非常熟悉了，她是个直爽的人，有一次我跟客户发生了矛盾，她二话没说，就跟客户理论，那件事当时的情形我也说不好，反正我特感激她，再然后，我们就在一起了。”成语说这些的时候，一直低着头搅着杯里的那块糖，许久，又说，“喜林，我知道一万个对不起也不能让你原谅我。”

“知道为什么还要这样？为什么就不能早告诉我？”

“感情的事说不清楚，能说清楚也不会一直躲着你了。”

“为什么喜欢她？她比我好在哪里？”

“喜林，你别恨我，我说的都是真心话，她没有你好，她只是更适合我。我和她在一起，无所顾忌，很随意，很开心。”

喜林的脑子里乱乱的，成语这些话，听着明明都是道歉，其实他并不认为自己错了，他原来并不喜欢自己以一个大哥以一个保护神的样子去存在于她的世界里，他更喜欢做他自己，即便是有一堆的坏脾气，即便是对方也有一堆的坏脾气。

“我想见见她，就现在，行吗？”喜林沉默了好一会儿后，才说。

“这个，没有必要吧。”

“有必要，我就看看，你放心，我不会伤害她。”喜林是真的想见见她，说不清为什么。

“好。但是喜林，不管怎样，我希望你以后幸福。”

现在没有力气想以后的事，何况幸福。喜林心里想。刚才他不答应，大概还是怕自己会伤害她。

喜林翻杂志，成语看手机，都心不在焉而又默默地坐了大概十分钟，南苏苏来了。

不知道为什么，喜林明明是不想再说什么的，但是在看到南苏苏的第一眼，她心里竟然奇怪地生出一点希望来。

也不一定就是希望，是她描述有误吧。那么至少，也是她在意识到一切即将不再的情况下，想好好做的最后一件事，想最后一次表达。

十年啊！如果十年里，每个夏天都吹黄沙，那就是一个金字塔。

喜林看着成语，眼泪怎么也忍不住，话怎么也控制不住，她说：“成语，自从我上大学后，这个地方，我们每个夏天都来过，你在这里给我讲过许多故事，它们都很精彩，但是你刚刚讲的这一个，不好听。”

成语低下头。

喜林接着说：“我十八岁那年，我们在南桥上走，有一对半老的人，靠着桥的栏杆在说话，他们一定是久别重逢的，因为大叔对大婶说，咱们都有白头发了，拔掉白头发，就回到从前了吧。我们知道他们是因为相逢惊喜得连开个玩笑都开不好，但是这个并不成功的玩笑，让我们笑出了眼泪，于是我们仿佛瞬间长大，你说我的头发以后白了，你给我染黑，我说，不染，咱们一起白。但是成语，现在，我的第一根白头发都还没有到来，你为什么就想弃它们不管了？”

这一番话，让成语的眼睛也红红的。

南苏苏大概没有想到成语叫她来，是听这个的，她也哭了。

三种不同的哭，喜林是因为这最后一次倾诉很心痛。成语是为最后的那一些内疚。

只有南苏苏不同，她的哭，与内疚无关、与感动无关、与心痛也无关，她只是感觉到了别人的往事对她的压力，她要哭给成语看，把他的心弄乱。

看着成语紧紧地握着南苏苏的手，喜林才意识到自己刚刚的情绪有多失控，有多错误，还有多可笑，她像个可怜的小丑，给一对恩爱的人深情地讲她曾经爱过谁，讲她曾经那么盈盈满满的心，现在在做垂死挣扎，而仅有的那点力气，就是过去那点早被别人忘掉的美好。

但愿眼前的人，能理解一个爱过的人的无奈，就算不能理解的话，也请不要怪罪、再对她伤害。

喜林擦干眼泪，站起来，努力地朝南苏苏笑了笑说：“苏苏，请你别介意，说完了这些，也就是一切都结束了，谢谢你来听，我过几天就会离开南桥，希望你和成语幸福。”

转身的那一刻，眼泪又像决堤的海。

7

这晚，喜林特别累，她终于觉得她该好好睡一觉了。

第二天醒来，她在桌上给父母留了一封信，她知道这么多年的那个从不改变的谣言不会有假，他们各自有各自的幸福，只是在她这里隐瞒，正因为如此，喜林很少给他们打电话，而他们也早已习惯了她的不去打扰，也习惯了她的那种不太正常的安静和乖巧。

这封信，他们会看到的，他们偶尔会分别来这里住几天的，是要给她一点他们在这里生活的痕迹吧。那种用心良苦，喜林不想说对或错，但她理解他们的无奈。

她在信上说：爸妈，我毕业了，谢谢你们过去二十二年来为我做的一切，我出去寻找我自己的生活了，等稳定下来，我会跟你们联系，我已经长大，我知道这一辈子，两个人能在一起，是很不容易的一件事，而好不容易在一起了后来又不在一起，也是无奈的，是深思熟虑后的决定，所以我只希望你们健康幸福！

放好了信，喜林走出家门，吃了饭，去火车站买了后天去北京的车票。

昨晚唐历历打电话来说过，安择帮她提供的那个广告公司属于后起之秀，前两年规模小，打着招贤纳才的旗号招人时，人家还持三分怀疑，可是这两年它默默经营，暗暗厚积实力，其实非常不错了，知道的人，会很努力地想去搏一搏，不知道的却也跟前两年一样，作为路过。

唐历历说：“喜林，我知道你一时半会儿也找不到啥事做，来北京同我一道试试吧，反正也就是试一下，这不刚毕业吗？我可不想你太向原生态的生活看齐，一年后就有小孩子抱上了，要不然小孩以后问你闯荡江湖的经历，你总不能说‘我无’吧，再说，你在北京好，说不定成语也会想过来。”

喜林决定去，不是因为唐历历说得对，而是她想要有一个地方暂时接纳一下如此不堪的自己，那个地方什么都没有都可以，但是一定不能没有温暖的人在。

从火车站回来的路上，喜林遇到以前高中时的同学小白，小白是个热心的姑娘，高中毕业后没上大学，开厂做私营小老板，命运总是给勤奋的人更多的礼物，这四年过去后，她已有百万身家，真是同学中不读书但成功的一个代表。

小白见了喜林高兴得紧紧抱住她，神秘地说今天怎么都是不会放她的。

原来是赶巧，小白今天订婚，13点14分的仪式，未婚夫是本市有名的青年企业家，他们俩还真是登对，她邀请了一大堆同学见证她的幸福。

现在是上午十一点，小白说正好喜林可以陪她吃个饭，然后陪她去化妆。

小白的真诚和热情让喜林答应了，刚刚已经彻底交出了往事，这一走不知什么时候再回来，见一场美好再走也好。

现在的喜林，有能力去好好确定一下做一件事的应该和不应该吗？她连行走都恍如隔世。

订婚仪式在一家饭店里办的，不花哨，给人一种既踏实却又不失浪漫的感觉，喜林坐在角落里，呆呆地看着热闹的人们。

没想到成语也会来，带着南苏苏。喜林想离开，起身准备去跟后面的小白解释一下。

偏偏有不知后景的老熟人，看到喜林，一把拉住她，还在众人面前朝成语吆喝说："成语，你们这一对老青梅老竹马啥时也办啊。"

这句话带来了沉默，喜林感觉到南苏苏眼睛里的怨气，她一定觉得喜林太坏，昨天那样说，今天却又在这种场合出现。

幸好很快仪式开始，司仪要求小白讲恋爱经历，这一讲方知原来小白和她的未婚夫从小就认识，父母原来是同事，在同一个筒子楼里住过，是邻家哥哥和妹妹。难怪刚才那同学，会那样问喜林和成语。两小无猜的爱情，最是容易被人惦记和祝福吧。

喜林边看着眼前的那美好的一幕，想起一件事。

有一次，喜林她们在宿舍里讨论，说哪种爱情最牢靠？

有五个人都说青梅竹马式的最牢靠，因为从小到大，知根知底。只有唐历历反驳，她说是一见钟情式的最牢靠，因为那是爱在一瞬间到达的最高境界。

她还有一段反驳青梅竹马的话："青梅竹马的好，其实也就是得不到的人，在分析情感时给它加了一味陈香料。青梅竹马，不过就是青梅哭一哭，竹马抱一抱，青梅老是哭，竹马就想跑，后来竹马有了红梅，再也不要青梅了。傻傻的青梅去找红梅理论，说只有青梅配竹马的，红梅哪有历史依据。这红梅，对青梅说，你OUT了，最后陪伴竹马先生的，一定是红梅，如果青梅没炼成红梅，那当然是现成的红梅来担当大任。青梅痛恨自己没历练成红梅，她不知道，其实男女之间，要在一起，就是因为相爱，而要分手了，也并没有这么多的理由，唯一的理由，就是没有爱了。”

不想唐历历竟然有先知，一语道破后来事。

喜林心里五味俱陈，抬头想看一看成语时，没发现他俩的身影。想必是南苏苏不高兴了，两人走了。

8

但是令大家万万没想到的是，小白他们的订婚仪式刚刚结束，就有一直和成语处得不错的同学接到成语打来的电话，让他带喜林到南桥上去一下。

原来昨天南苏苏见过喜林后，就很不开心，成语一直解释，她都不依，今天两人都还别扭着，成语本来想南苏苏看了小白的订婚仪式就会好，因为她喜欢这样的气氛。却哪里想到小白会请喜林，加上他们刚进来，那位同学就嚷嚷着那不知深浅的话，南苏苏的旧怨新恨便一起来了，在小白那里就跟成语较上劲儿了。俩人先是在洗手间里发问和解释，说不清，跑出去说。

成语爱南苏苏，在桥上，他差点给她下跪了，说他和喜林已经结束了，南苏苏偏偏不听，无理取闹地说喜林明明是不想走，要走的话，今天怎么有心情来参加这个。成语无奈地说，那他叫人带喜林来，亲口告诉她。

后来也不知道他俩究竟是怎么个吵法，互相之间赌气说了什么不对的话，南苏苏竟然从南桥上跳了下去。

等到喜林来到桥上时，南苏苏已经在水里了，而成语也正在努力向她奔去。万幸的是，南苏苏被及时送到了医院。

成语走后，喜林还是赶到了医院。

在医院门口，遇到成语的母亲，喜林的出现，让她变得愤怒，她逼近喜林，用手指着喜林说：“你来做什么？你还想害我家小语成什么样？”

喜林不知道说什么，也不知道该做什么，只知道哭。

那种既无助又可怜的样子，并没有让这位母亲的心软下来，她继续恶狠狠地朝喜林吼道：“我早就知道你是小语的克星，我一直都讨厌你，你怎么不滚得远远的。”

顿时，医院门口围了很多人，成语的父亲在楼上看到，下楼来拉着喜林既痛心又无奈地说：“喜林，你走吧，这一闹，成语和苏苏的孩子没了。别怪你阿姨。”

原来南苏苏眼里容不得半点沙子，表现得如此刚烈，是因为这个原因。

喜林震惊又难过，不知所措地用手绞着衬衣的下摆角，泣不成声地对成伯伯说：“对不起，对不起。”

“回吧，啊，来这里，你难过，大家都难过。”成伯伯叹气地说。

“对不起，是我不好，都是我的错，我走，我这就走。”

这时成语出来，对他母亲说苏苏叫她。

成语母亲被成伯伯拉走后，喜林顾不上擦下眼泪，迎上去要对成语解释道歉，成语以为她要进去，伸手拦住她。

喜林心如刀绞，低头轻轻地说：“成语，对不起，对不起，我没有要让你们不好过，我让你们难受了，我现在就走，再也不回来，再也不。”

喜林用泪水模糊的眼睛乞求地看着成语，希望他能对自己说一句话，哪怕是一句“再见”也好，可成语什么也没说，半个字都没有。

在成语那望着别处，连眼神都不想再跟她有交流的眼睛里，她明白了两件事，一是对成语来说，南苏苏真的早就已经比她重要好多，二是她和成语的爱早已无影无踪，就像南桥曾经天蓝水清的好天气一样，没有了。

她真是该离开南桥了。如果再在这里多停留，她就卑微得如同赖上别人华衣上的苍耳，别人不仅要拍打着赶你走，或许你还会是他们的仇恨。成语已经拿她的感受不顾了，顾得话，怎么会让同学叫她到桥上为他澄清，她不顾自己的难受赶去了，他却又因为南苏苏冲动出事后，觉得她有罪过。

离开医院，喜林不知不觉又走回到南桥，这时天色已晚了，江面的风，似乎每到这时就会来上一堂叫吹送往事的必修课，今天的风，吹着今天刚刚过去的往事时，有些吹不动，太沉重。

现在不是冬天，南桥下没有树，甚至连半根草也没有，往日看这些，会觉得它是被光阴抛光了的心情歇息宝地，今日看，这一切就像喜林被拔光的希望的心田一样。

千真万确，一切都不在了，一切。

风里依然有黄沙，风沙已经不知是第几次来到她的眼睛里，喜林无力地蹲下来，把脸贴在自己的膝盖上，很快感觉到膝盖那里的牛仔裤已经被眼泪湿透，透到膝盖上，皮肤就感觉到，这么多的眼泪，不是黄沙在眼里的磨砺，而是心里的事在磨着她在这里的最后时光。

喜林真是想为南桥哭一哭，为它曾经也安静地对桥上的喜林和成语寄予过美好愿望，但是爱情是一件什么事？它不讲理，会撒泼、会欺骗、会把原本美好的人变得面目可憎，会突然就忘记一切不承认一切。

喜林像小时候动画片里最勇敢又最无知的那个流浪小孩子一样，没有任何行李，跑向火车站。

天黑出发的火车，加上启程者的恍惚，喜林不知道车在往哪个方向开，就像她不知道幸福会在多遥远的未来一样。

她只能在心里向着北京，为在爱情里失败透顶的自己做着祷告：北京，我来投奔你，请你重新安排我的人生，给我一些比过去美好的故事。

请你为喜林开一扇门！

第三章　请你出现，让我看见

1

北京西站。傍晚。

喜林一直等车厢里的乘客少了，她才走出去，脚落地的那一刻，有如踩着云。

唐历历眼尖，一眼看到喜林，跑过来一把挽好喜林的手臂，等着喜林像往日一样告诉她回家的一些好玩的事儿。

喜林疲倦地冲她笑了笑，这一笑，唐历历慌了，着急地问：“喜林，你怎么了?”

喜林不想说话，看着她，想再笑一次，却怎么也笑不出来。

唐历历更加着急了，声音里有带有哭腔：“喜林，你快告诉我，发生了什么事?”

喜林还是摇头，无力的，沮丧的。

唐历历把她拉出人群，很认真地说：“喜林，从我们前几天从学校分手起，我就想象着你会有多幸福，我甚至想你因为生活太安然，你一定会长胖，等到以后我再见你时，我就可以像你曾经笑我那样说一句‘喜林啊喜林，你好美你好壮哦’，我还想，要是你长胖了，穿婚纱不好看怎么办？你回去后到底发生了什么事？从昨天接到你的电话到现在，我其实就心神不宁。”

唐历历的紧张这才让喜林意识到自己的样子有多糟糕，她下意识地看了看旁边车窗玻璃中的自己，眼睛深陷，表情憔悴，像大病却偏偏又失眠的样子。

她回过头来，很努力地再对唐历历挤出一点笑。笑了，心里就有了一点心安，她不想让朋友替自己太担忧。

昨天她嘱咐唐历历不要告诉安择，现在看来，自己的这个决定，是多么正确，如果她在安择眼里是一棵小树的话，那么她只希望他看到一棵春末夏初的小树，不要树叶发黄，不要树叶掉光，永远绿意盎然，盛装希望。

“连一个线头的行李都没有。”唐历历想帮喜林提行李，看到喜林身边空空的，不由地鼻子又一酸，一个人说着。

喜林央求地说：“历历，先到你的住处好不好？我好累。”

唐历历暂时住在一家小旅馆，不远，很快就到了，在胡同口前的小超市，唐历历进去买了一只脸盆，进旅馆上楼时还特地找服务员要了两大暖瓶开水。

喜林的脚打小开始，一年四季总是冷冰冰的，一直都有睡觉前泡脚的习惯，她总说，两只脚暖和了，才会踩着好梦呢。

看着唐历历为自己倒水，喜林哽咽着说：“谢谢你，历历。”

“傻话，谢我就赶紧把脚伸进来。”唐历历说着，也脱了鞋袜。

从前她俩要是闹别扭了，可以一连几天互相不理睬，最后的和好，总是四只脚在热水里你踩我我踩你地先说话。

喜林靠着桌子，看着脚上的蒸气，终于对唐历历说了一切。她没有责怪，没有怨恨，依然只是不停地在这个成语和他的家人根本就无法知晓的地方，掏心地认着错。

水冷了换，换了再冷，再换，两只水瓶都空了时，一切也讲完了。

唐历历一直气愤着，她在生气的时候喜欢骂人的，曾经好多同学都说过，唐历历一开骂，便把一个艺术生的形象拍碎了。唐历历总是为自己辩护说她的境界，就是骂出艺术来。

喜林仿佛虚脱一般，没有半点儿力气来阻止唐历历别骂，她如同一棵被控干所有营养和动力的小树一样，躺到床上一动不动。

唐历历鼻子一酸，不再多说，帮她盖好毛巾被说：“喜林，你好好睡吧，我去帮你做求职简历。我知道你一定没心情去找工作，但是我们总要做点什么来尽快忘记过去。”

喜林呆呆地望着熄灯后的黑暗，两只脚很暖，却没有力气去找梦踩，当别人的美好时光因为自己走进来而变得苍白悲惨时，那种沉重和负罪感如同整座城市压在心尖上，驻在血液里，沉得担不起找梦的脚。

2

整整有一个星期，喜林都没有走出小旅馆。

唐历历很想逗喜林开心一点，但又明白现在她做什么都是没用的，最好的方式就是陪着她，一起静静地让时间改变悲伤。

除了睡觉吃饭，喜林要么就是发呆，要么就是看各类综艺节目，每个主持人都那么搞怪，喜林却没有笑起来。

那天晚上，唐历历从外面回来。喜林靠着床坐在地板上看电视，唐历历叫了她一声，欲言又止。过了好久后，喜林才把一直搁在膝盖上的脸侧过来问：“历历，要对我说什么吗？”

唐历历坐下小声说：“喜林，我今天收到那家公司回复了，让我等电话去面试。”

喜林笑了一下，把视线又回到电视上，说：“历历，明天我们去爬长城。”

“好。”唐历历开心地将头靠在喜林的肩上，想起以前在学校，两个人不管是谁有开心的事，她们就会做点什么，比如以庆祝的名义去逛街、去江边走很远、去唱歌等等。

第二天她们起得很早，不知喜林是为了让唐历历开心，还是她已稍稍解脱了，这一天她看起来很快乐，一直到傍晚才回到小旅馆。

唐历历是心里存不住事的人，特别是在好朋友面前。这些天，她心里一直藏着有关安择的一件大事，是因为喜林的心情，她不敢说出来。

但是这件事，应该让喜林知道的。于是两人又在一起泡脚时，她试着提到成语，看看喜林的反应。

“喜林，你知道我现在最想做一件什么事吗？”

喜林摇头，想了一会儿，说：“嗯，你想明天再去？”

“明天啊，不想去，我总得歇歇啊。”

“那你想干吗？难道想跟在学校一样啊，半夜溜出去吹风。”

唐历历笑，一本正经地说：“喜林，我想要打电话骂骂成语，我真的是忍不下这口气。”

喜林牵动嘴角笑了一下，说：“你不嫌累啊？”

“不嫌累，我心里堵了几天了，他做事太不明朗了，有担当的话，就该和那南苏苏好时，就果断地和你分手，还有那南苏苏，怎么那样啊，寻死觅活，好像她跳下，是你推的。”

“不说了，人家不爱，就是不爱，再去争，之前那么多年，倒是我在自作多情了，历历，我们不再说这些了，重新开始吧。”喜林说。

“嗯，喜林你是好样儿的，从现在起，你跟他没半点关系了。但这辈子最好别让我看见他，要是遇见了，我先给他一脚，然后再对他说，他闹上这一丑闻，还真是老天开眼，认为他高攀不上你，所以让他恶俗让他发臭去吧！”

唐历历有时就是像个男孩子似的。喜林见她张牙舞爪发挥侠义的样子，无奈笑了。

这一笑，唐历历又恨喜林傻，什么事，都把不对扛着，这么瘦弱的她能扛多少啊？唉，死心眼儿的人，只认一种情、只认一种感觉、只认一种人，她以为只有这样才会让她觉得幸福，可是她认的这个人，是错的，而对的人，她却也认晚了。

唐历历把毛巾递给喜林擦脚，倒水回来，喜林已躺在床上看手机里今天拍的照片。唐历历坐上床去，将手交叉了放到脑后枕着，想着接下来该怎么说。

喜林见她不做声，用肩膀碰了她一下："哑巴啦？"

床头的白炽灯把喜林的小脸映着，看上去她还是不久前在校园里那个安静快乐的喜林，唐历历从她手里拿过手机，假装也要看照片，然后假装轻松地将心里藏着的话拿出来说："喜林，你不说我也知道的，你最难过的时候，你一定还想过安择。"

喜林低下头，眼泪扑扑地滚下来。

从下火车，她都一直坚强着，那是因为那些事，再沉，也是她自己的，没有任何人会因为她可怜就少给她一点，而且就算在说到成语时，她也不哭的，因为哭红了眼睛，那些还是她的，哭得再多又有什么用？

但是现在，仅仅是"安择"两个字，就让她觉得自己好委屈好委屈，那是因为心灵上有了温暖的依靠，假装的坚强便整体崩溃，只剩下一个脆弱的自己。

3

是的，在打电话给唐历历之前，喜林久久地将拇指放在"安择"那个让她心暖的名字上，但最后还是没将接听键摁下去。

安择先毕业两年，应该有自己的生活了。他那么优秀，肯定不会孤单，一定会有一个很爱他的女孩陪伴在他身边。

现在突然去打扰，虽然只是一粒小芝麻，若是真有人要在意，芝麻也是足够磕着心的，被磕着了的心，就会影响生活。她不希望自己真的是陈芝麻烂谷子的事，不希望安择解释不清，不希望安择烦恼，不希望安择有半点儿不好。

所以她才打给了唐历历，并叮嘱让她不要告诉安择。

唐历历递给她纸巾，说："喜林，你想哭就哭吧，这些天你难受，我知道的。"

喜林点头，然后红着眼睛一笑说："历历，你知道的，没有联系上，我也不难过的。"

"我知道你的意思，你相信安择，但是……"唐历历的话里，眼睛里，都有着一丝躲闪。

喜林盯着她看，问："怎么？"

唐历历神色慌张起来，说："其实喜林，这样，真的就挺好。有些事情，有些人，就是这样的，唉，不说了，我们睡觉吧。"

"历历，我要你有话就告诉我，我们之间，不兴这样说一半藏一半的。"

"那好，喜林，你还记得我们爱玩的塔罗牌吗？你相信命运吗？你会觉得不管老天怎么安排，我们都会顺从它的旨意，听好，是不管怎么安排。"

"相信，不管是什么，都没有关系，就像你说的，我顺从老天的旨意。只是，这跟安择有什么关系？"

唐历历坐好了，说："有关系。"

"你说。"

"其实，从那天听几位学长讲过后，我就在想要不要告诉你？这些天也一直在犹豫，你不要怪我残忍，你刚刚才把成语的事放下。"

"你不告诉我，你瞒着，才是你的不对。求求你快说好不好？"喜林央求着。

"半年前，安择出过事。"

喜林的眼圈儿又红了，紧张地拉着唐历历，焦急地看着她，期待她赶紧说。

"喜林，可能我这局外人，要比你更透彻地明白你和安择之间到底是怎么一回事儿，你依赖安择，仅仅只是因为你需要被心疼。而安择，对你呵护，是因为他天生就是那种做哥哥的好人。"

床头的灯光，似乎有风带过，摇曳着光，光影划过，带出空气的伤。

"历历，你快说，安择他怎么了？快说。"喜林心里急，话里带着哭腔说着。

唐历历坐起来，终于一五一十地讲。

喜林一夜未眠。

她为安择睡不着，从来没有过哪个时刻，她是如此的想立刻找到他，甚至于前几天，在她面对南桥的事那么难过时，也没有如此强烈。

唐历历怕她难受，已经非常努力地以一种很轻松、很过眼云烟的语气来对她讲安择的那件事，但是在她这里，怎么会当成故事来听？它们统统的，都会还原成事件本来的面目、状态，让已过去的事，从过去出来，现在进行，紧张重现，担忧犹在。

喜林说不清那种感觉，就好像安择一直是自己心里那个强大骄傲的形象，强大骄傲到她都无法接受他也会遭受打击和低落，无法接受老天也会安排给他不顺和坎坷，无法接受生活给他的每一点不美好。

那是一场谁也没料到会有的噩梦，它像只没头的苍蝇，无眼来袭，对象偏偏是安择。

4

这一场噩梦不是直接降临在安择的头上的，它是通过一个小A的女孩找到安择的。

半年前的一天晚上，安择像往常一样，加班一直到肚子饿了，才想起要走。

当时已是十点多，整个写字楼里，都没有什么人了，白天下了一整天的雨，天色生成的倦怠让人们都想着要回家，再拼命的职场人，在雨天里多半还是不会选择主动加班的。

安择关了电脑，拿了外套走出办公室，虽然很晚了，他却没有累的感觉，相反倒有一种投入工作过后的充实和愉快，他边走边想着明天是周六，何不叫上几个朋友一块儿去喝酒，然后放松地睡到明天下午。

他很快做决定了，掏出电话给几个男同学打电话，约好大家半小时后在他们常去的那个酒吧。

讲完电话，电梯已从一楼来到二十三楼，安择刚抬腿要进去，突然听到楼里“啊”的一声惊叫。

他的心一紧，很快判断这声音大概是来自楼上，离自己并不远，他几乎没有迟疑，转过身就跑向走廊的尽头，箭一样地往楼上奔去。

二十四楼是最近刚刚搬来的一家公司，他还没有跟他们有过接洽和联系。据说也是做广告的，唯一知道的一点小道消息还是公司里的车迷们爆料的，说是这家公司里有一个人开的车是宝马七系。

安择来到楼上，一片漆黑，只有东头的女洗手间里透出灯光来，漆黑加灯光制造的安静，让他都可以听到自己沉重的喘息声。

他走到门前，犹豫了一下，还是大声地问：“有人在里面吗？”

有一个声音弱弱地说：“是。”

安择的手搭在门把上，不知道该不该进去，听这声音，里面的人一定是有困难，但这是女洗手间啊。

正在不知所措间，里面那人又说话了：“地面滑，我摔倒了，你能不能进来帮我一下，放心吧，我穿着衣服。”

安择跑进去，只见一个女孩躺在地上，表情痛苦，脸色苍白，看样子，真的是摔得不轻。

女孩看到他进来，再次请他帮帮她，把她扶起来。

安择弯下身去扶她时，突然想起以前听一个朋友提过，像这种情况，是不能贸然将受伤者移动的，因为非医疗人员不清楚受伤者伤到哪里，要是有骨折，移动反而是害他。

他蹲下身来，讲明了他不扶她起来的原因，又安慰地说："别害怕，我们尽快联系医生。"

安择眼里有那种让人特别信赖的目光，女孩听话地点点头。

安择打了急救中心的电话，讲明了情况，医生果然告诉他安慰好病人，让病人平躺好，千万不要随意挪动。

等医生时，安择环顾了一下四周，是那边有只水龙头关不严实了，弄得地上有一层水，难怪会摔倒。他看到她躺在地上，头发都浸湿了，这头一定也磕得难受。动动脖子应该没事吧，他想把手里的外套叠成小枕头给她垫上，边叠边不断地安慰她不要怕，医生马上就会来。

就在安择叠好外套，蹲在女孩面前，轻轻地托起她的头，要把外套往她头下垫时，一个男人冲进门来。

在女孩的一声尖叫中，安择捂着头重重地倒在地上。

5

那个突然冲进来的人，根本就是个疯子，他没有一秒钟的考虑，完全不问青红皂白，对着蹲在地上的安择提起脚就是一个猛踢，然后开骂。

这时，急救中心的人赶到，女孩躺在地上，用手指着躺在地上一动不动的安择，哭着对医生说："求求你们，先救救他，救救他，求求你们。"

救人要紧，没有人多问，医生便忙开了，他们把安择和女孩分别抬上担架，下楼，上了急救车火速往医院赶。

女孩在车里哭着向医生说明当时的情况，不停地指着安择说："他是好人，他是想帮我。"

相对于受伤的原因，医生们更关心病人受伤的程度，他们一边给安择检查，一边联系住院部准备接收新病人。

那个男人一直没说话，知道自己犯下错，百倍地赔着小心，几次欲拉女孩的手要认错，都被她猛地抽脱。

外人几乎很明白就能看出他们的非正常关系，女孩大概二十五岁左右，眉眼之间透出知性以及一颗不甘平淡的心，男人大概五十多了，周身大牌，但总有一种暴发人物自以为是地认为自己无所不能的低俗。

他是来接女孩的，他刚才是以为安择是要对女孩欲行不轨，他那一脚，好狠好狠，刚好踢到安择的右眼，安择当场就昏迷过去。

唐历历说到这里时，喜林已经哭得泣不成声，她眼前不断浮现安择那双不大却总是神采奕奕的眼睛，她的心缩成一团，不敢往下听，不敢去想。

唐历历递给喜林纸巾，接着说。

学长他们在酒吧久等安择不到，打电话给安择时，是女孩接的。他们赶到医院时，安择的医生正在女孩的病床前说着安择的情况，说要马上手术。女孩一直情绪激动，从在车上起就一直跟医生强调说：“不管他的情况怎么样，需要花多少钱，都只找我。”

医生说：“初步确定安择的视网膜损伤，有可能要考虑移植眼角膜。”

女孩抓着被角哭，因为自己的腰部又异常地疼，眉头紧紧抓着，表情看起来相当痛苦。

那男人搂着她的肩膀对医生吼叫说：“该怎么治就怎么治？该花钱就花钱，我就当倒大霉了，你们别在这里说得那么严重，故意来刺激她，她也是病人。”

这是一个连在柔情中都不懂得正确用语的男人，女孩抬起眼泪汪汪的脸狠狠地看了男人一眼，不知哪里来的力气，一把推开他，指着门对他说：“走开！”

那个女孩叫小A，安择的同事说的开宝马七系的人就是她，安择他们楼上的广告公司，也是她的，她曾是传媒大学的高材生，但是为了更早地成为北京的主人，更早地拥有向往中的物质生活，跟了那个叫老孟的男人三年，得到这一切。

她也算是个是非分明的人，因为这件事，她跟那个老孟分手了，老孟不答应，据说她还以死相挟，老孟怕惹上事，就没再来找她。

安择那只受伤的眼睛，被纱布蒙了整整一个月，因为被撞击得严重，也花了不少的钱才治愈，据说所有的费用都是小A付的，为了后期的完善治疗，她还卖了她那辆宝马，带安择去过国外。

6

喜林认真地听着，一言不发。

唐历历心疼地看着她说：“喜林，小A一直在安择身边。安择自从经过这一劫后，性格好像变了，跟以前有点不一样，不再像以前那么开朗爽快了，他可能很难，也很无奈。”

唐历历的话很直接明了，她是想劝喜林不要去找安择吧，或许那会是一种打扰。

喜林没有说什么，没有人能够明白她在刚刚经历了那么大的伤痛来到这里听到这些事时她内心的挣扎，那种难过像是泼在伤口上的酒，它甚至超过了成语带给她的。

唐历历的担心其实也好多余，喜林从没有想去打扰安择，相对于所有的所有，她更关心的是安择他的眼睛现在还好吗？它那里面那让她望一眼就能得到无限安慰和温暖的东西，还在吗？

还有，安择真的变了吗？他的改变，安于改变，是对自己的失望还是对生活打击的顺应？他有没有苦处？如果他苦，他是否还愿意对当年那个他无话不谈的小芝麻说一说这些？

喜林睁着眼睛直到天亮，北京的夜晚，一点儿也不安静，如果可以，她真想回到几年前，回到学校。

早上，唐历历说要去看她在北京的表姐，可能要晚上才回来。她有些不放心地看着喜林说："喜林，你要不要同我一起去？"

"还是别了，不认识的人，我去了也不知道说什么，反倒影响你们谈家里亲人们的事。"

"那你做什么呢？一个人，哪里也不熟的。"

"我想去买相机，你忘记了啊，我以前就说过，我要给自己送一个毕业礼物。你去吧，我这一天肯定也忙的，总得货比三家，是不是？等我买好了，我们明天就去好好拍照。"

喜林的样子让唐历历还是不放心，但是随后表姐又打来电话，她只得先走，想着尽量早回来就是。

"那好，我走了。"唐历历走出房间门，又折回来看着喜林说，"喜林，我不想让你难过，昨天真是对不起，我只是觉得，你应该知道。"

喜林笑了一下，点头，表示自己懂她的意思。

大概自己一夜不眠，脸色又不太好，唐历历出去了，又发短信来说——喜林，不管你做什么事，我这个死党都支持你，去做你想做的事吧，北京很大，但是你的死党总在，你穿错了街道不知道回来的话，就打我电话，虽然我也不知道路，可你在哪里我都会来接你回家。

喜林眼底一热，唐历历是聪明的女孩，虽然言语思维跳跃，做事风风火火大大咧咧，其实心里有一种更智慧的细腻，她知道自己今天最想要去做的是一件什么事。

下楼来，喜林很奇怪地觉得北京的街道并不陌生，因为不陌生，喜林走得快，如同一个城市的熟人，不经意地在路过每一道街景，要去自己赶往的地方，见一见想要见的那个人。

安择的公司所在地，唐历历昨天有意地重复了几遍。或许她也知道，喜林去找安择，只是想看一看他好不好？

但是当喜林找到那个公司门口时，她还是不想进去，她来，是想要看看安择好不好，但是面对了，安择就会看到她的不好。

7

整个上午，喜林一直在安择公司对面的咖啡厅里坐着。

过来的时候，她已经买了相机，款式型号早就看好的，大学时，她同安择参加过摄影社团，她挺喜欢摄影的，她觉得一个安静的人，有必要用一种安静方式来记录一下生活和经历，就像喜欢说话的人，总是不停地对别人讲述着自己的经历一样。

这些日子以来，她知道自己更加沉默了，坐在这之前的沉默，内心是焦虑的，只有现在，因为知道安择就在对面，内心才是安然。

她只是想等到安择从公司里出来，她远远地看一看后，她就走，离开北京。昨天，她都还没有这个决定，因为她刚来啊，怎么就要走呢？

昨天下午，唐历历在从长城回来的车上睡着，喜林接到母亲的电话。

在电话里，母亲哭了，她说："孩子，祝贺你长大了，我和爸爸对不起你，但是大人的事许多都不是一时半会儿能讲明白的，我们分开，肯定不是为了自己的幸福而丢掉你的，不是那样的。"

喜林很平静，这个结果她早就知道，现在只不过是亲耳听到证实了。

母亲又问："喜林，你现在在哪里？你到妈妈这边来工作吧？"

"不用了，我已经在北京了，我投了简历，应该没问题，你照顾好自己的身体就好。"

"喜林，南桥的那个房子，你要是打算在北京生活，就卖了它，然后有个小的基础，原谅妈妈。"

接下来，就是母亲一直在说，喜林一直在听了。后来也收到父亲的短信，大概是母亲跟他联络过，父亲说有困难，就找爸爸。

喜林回了一句：我知道，您好好照顾身体。

其实如果有一个人坐在她对面，这一个电话和一个短信，是可以让喜林好好地哭一哭的。但是没有这个人，那就还是自己在心里磨砺吧。她没有恨，似乎从小开始，她的安静就让身边的人放心，以至于放心到都不用担心她会不会承受得了，她像一颗小珍珠一样，自己磨砺自己，在黑暗中，在寒冷里，直到谁看到她时，都是安然的那一束小光芒。

这些年都是这么过来的，父母为她已经努力做到他们所能做到的最好了，他们不能在一起，她强求也没有用。

快中午时，喜林终于看到安择了，他穿着白衬衣，下面是卡其色的休闲裤，没变胖也没有瘦，和两三个同事一起，边说着边朝公司左侧走去，看样子是去吃午饭。尽管她看不到他的眼睛，但是他看起来随意，像每个中午的时间一样，和三三两两的同事一起，在阳光下走，这个中午可能午餐味美，可能并不好吃，但是生活的样子，如此淡定着，就是一切还安好。

喜林举着相机，泪眼模糊地对着窗口拍下了安择的背影。

回小旅馆时，喜林的心里就有了决定，离开北京后，她想去西藏。

他们的美学老师谢教授说过："那里天很高，我很小，很是适合丢些东西在那里，因为路远，丢在那里了，它们就不会回来，其实不是它们找不回来，而是它们再也不愿意回到低处，接受尘埃。"

她想要去那里，沉一沉自己的这颗心。

8

唐历历回来，看到喜林坐在床上研究着相机，便知道她早上说的话是真的。

喜林让唐历历坐下，两人凑在一块儿拍了一张照片。不等历历问起，喜林便说："历历，我想和你说件事。"

"喜林，你先说，这件事好不好？说真的，最近，我真是替你担心坏了，你不说话，我替你急，你说话，我又替你急，怕你想得多。"

喜林收好相机，笑了一下说："历历，还好的，经过了这些，我也算是有铜墙铁壁的心脏了，是这样，我妈来电话说，让我去她那边，所以，明天我就走了。"

"啊，那你不等结果了？"

"不等了。其实我来这里，也不是要等这个结果的，只是那天真的是没有去处。"

"现在心里的事都放下了？喜林，你可不要骗我，我觉得这些天你都变了。"

"变了才是好事，要不然总不成熟，也不好，今后遇着的事儿，保不准会更多更糟糕。"

"这话有道理，对了，我今天去见表姐，也才知道闯生活可真是难，唉，不说也罢，走一步算一步，只是走之前，也算算，尽量做得有把握就成了。"

“历历，北京比别处好，我希望你成功。”

“我也觉得北京好。”

这晚两人聊了半宿。

第二天一早，唐历历接到电话，被通知今天上午十点去面试。她高兴地跳起来，喜林也替她开心。

两人研究了一下去面试的衣着，换好后，唐历历拉着喜林的手，伤心地说：“喜林，我不能送你去车站了。”

“没事的，你好好发挥就最好，我以后来看你。”

说着两人出门，分手，各自奔赴前程。

喜林知道她自己去的，仅仅是往前一段人生路而已，不是积极意义上的前程。而对历历来说，北京会是好天下，她各方面的条件都具备，那或许才是真正的前程。

在车站附近，喜林查了一下自己卡上的钱，别人父母给孩子的爱是欢笑，她的父母给她的，是这张卡上来过的数字。她没有怨，有些缺失，是无法对上天要求补足的，它若只想给你这么多，就只能是这么多了。

等南桥、北京、西藏都成了她路过的站点后，她就心安下来，去一个小城市，找一份小工作，然后等命运对自己的各种安排，喜林的心，这些日子以来，被塞满，又被掏空，她无力去向往什么，暂时只能这样想一想最近的日子去做什么。

候车时，她翻开手机里拍的安择的照片，出神地看着，穿白衬衫的安择在好天气里。喜林没有别的乘客的期待，期待车早些走，早些走了就会早些到想去的地方，如果可以，喜林觉得就这么坐着一直等下去，都是可以的。

要上车时，喜林走得缓，与来时的心情完全不同，来时，是车到站了，她在车里迟迟不肯下来，现在是车要走了，她也迟迟地不肯上车。

再不走，车就走了，喜林上了车，刚坐下，突然听到手机响，是唐历历。

“喜林，我面试通过了。”

“祝贺你，历历，我就知道你可以。”

“喜林，我是想告诉你，我刚才告诉了安择你的事，不要怪我。”

“怎么不怪？怎么不？”喜林大声说着，她没有想到唐历历打电话给自己要说这个，眼泪已经扑扑地掉下来。

“那好，喜林，我宁愿你怪罪我，你恨我。安择他来车站了，让他送送你吧。别的话，我们再说。我打电话来就是说安择来了。”

唐历历的电话刚挂断，喜林的电话就响起来，果真就是安择。

不知为什么，喜林突然像那次奔下楼去找照片一样，站起来，慌张地就要往外跑，可是车就要启动了，列车员不让下，她把脸贴在车窗往外看，很努力地寻找窗外的安择。

终于看到，安择站在送别的人群里，握着电话，艰难地向前走。

这时，车已经在缓缓启动，无数次电影中用的桥段发生在他们身上，喜林最终还是没有按下接听键，她只是一个人在车窗里对着安择轻轻地挥着手。

每个人在这样的情景中，都等同于在经历一场生死离别。喜林只要自己看到，自己感受就好，就让安择以为，唐历历不过错报告给他一个消息吧。

电话还在一遍遍地响，她终于瘫痪般地坐下来，取出手机里的SIM卡，丢向窗外。这一走，让往事永远关机吧。

车越走越远，安择越来越远，喜林流着泪但愿她离从前的自己，也越来越远。让曾经悲伤的，不再来，让曾经的懂得，在原地。

第四章　最好不见，最好不念

1

今天已是来西藏的第十天。

这里的天，像是在海水里捞起来的，有种与世隔绝的蓝，透明纯净到仿佛在告诉人们，在它这里，要么就只有前世，要么就只有今生，它从来都没有想带给你任何纷繁与纠葛。

喜林在这里，似乎也是心无杂念了。

她每天都会去一个地方，在蓝天下心无旁骛地走，突然地就成了一个没有期待，没有遗憾的人，口渴了会仰着脸大口大口地喝水，饿了吃什么都香。

脖子上挂着的佳能单反相机，每天都和她的眼睛一起，记录着行走，记录着时光，拍到兴致高时，会嫌相机的抓拍太慢，真想眨下眼睛，就成镜像。

这天，喜林在羊卓雍湖，一直举着相机在拍，直到拍到胳膊软，累了坐在湖边喝水时，听到两个游客在旁边争论着，挺有意思，挺欢喜的对话——

"喂，把相机也给你吧，我背不动了。"

"小姐，你的身外之物，除了衣服，就只有它了呢。"

"但是，它今天拍得多，变重了啊！"

"你没弄错吧？相机拍了照片，会变重？"

"怎么不会？你想你口袋里要是装了东西，还跟原来一样吗？"

"这……不过，好像还有点道理。"

"嘻嘻，就是嘛，口袋里装了东西哪能不变重的。"

"不对，不对。"

"怎么不对啦？你到底帮我背不背？"

"不背。"

"不背，那拉倒。"

"拿来吧，拿来吧。"

"你试试，是不是变重了？几千张照片呢！"

“没感觉！”

“那是你迟钝好不好？看看我，多么善于思考啊！跟你讲，MP3、手机，我都这样想过，会不会因为装多了文件就有质量变化呢？到底会不会呢？嗯？”

“小神经！”

“还有病，哈哈……”

……

这两个人走远了，男孩身上背着大大的包，女孩在旁边连蹦带跳。喜林看着他们的背影笑了，觉得他们真像达西和多雅。

看看时间，已是下午五点，于是给达西的店里打电话，约他们晚上一起吃饭。

电话是多雅接的，听到是她，便喳喳地说开了：“姐姐姐姐，知道我和达西在干吗吗？”

“不知道呢，店里客人多？达西他又把空气说干了？”喜林说着，自己先笑起来。

这是多雅常常说达西的一句话，她说达西他太能说了，恨不得给每个来店里的客人都说说他店里的书，拉萨的空气，就是被他说干的。

“就是啊，姐姐，你不知道，我真的是苦恼极了。不过，我们刚刚想到一个好办法，可以让达西的嘴歇歇了。我们啊，写了一张招聘小海报。是达西写的字，是我画的花边，只是他的字可真难看，把我的画都带丑了。”

“噢！真的吗？什么内容呢？唔，你这小脑袋瓜儿，不会是想要招聘一场雨吧？达西在干吗呢？”喜林笑着说，多雅是个可爱的女孩，任何好玩的主意，在多雅那里都可能发生。

“姐姐，不是招雨，不过经你一说，我决定下次真的就招聘一下它们了，我会说，四月的雨水呀，请你来给我们的书店做一下加湿器吧，你知道吗？我们的书，都快被达西那呱呱的嘴巴点燃了。姐姐，我这样说还不错吧，呵呵，今天的这个嘛，暂时保密，姐姐你快回来看吧！”多雅神秘地笑着挂断电话。

喜林笑着一边想多雅这小嘴巴其实也不赖，一边收好相机，站起来往回走。

一路上不时地遇到像她一样背着背包和相机的游客，他们同自己一样，没有行色匆匆，也没有踌躇不前，就只有在高原蓝天之间的惬意存在感，喜林边走边想着达西和多雅，以及这一个月来发生的一些事。

2

从北京到拉萨那四十多个小时的火车，对喜林来说，仿佛行走了四年。

那四十多小时里，不管是闭上眼睛，还是睁着眼睛，车厢内那满满的陌生，都如同脑子里满满的空白，火车轰隆隆的声音，却又是心底的一切。

喜林不知道安择在车站找她找了多久后才离开，找不到她，他应该会再跟唐历历联系，唐历历知道该怎么对他讲，他最终也是会明白她的吧。

她丢了手机卡，不为别的，她只是不想再让他们替她难过。唐历历工作有着落了，喜林相信她会越来越好。安择身边有小A，不管小A是什么角色，至少她存在在安择的身边，一定是让安择有着某种安心的人。

四十多小时里，喜林就吃了一盒泡面，是她和唐历历在学校曾经百吃不厌的排骨味，只是现在闻之无香食而无味，只觉得整个人越来越困，真正决定睡了，却又睡不着。就那么一直安静着，困着，直到那种困带给她的感觉，渐渐地，让她觉得恍惚，再恍惚，然后一种逼近生死的感觉袭上来。

那应该是困得最深时，喜林觉得自己身似浮云，轻飘飘地在没有颜色的天空中，连挥手告别的力气都没有。当努力从困中清醒一点了，又觉得身如注铅般地沉，沉得同样让她觉得同世界挥手告别的力气都没有，而且因为清醒，还明白自己，如果此时她离开世界，连送别的人都没有。

车到拉萨后，她奇怪地清醒了一点，还背着包走出了车站。

当时她没有意识到自己这就是高原反应，她以为就只是困了累了，便走进一家小店，想着要靠咖啡来提神，在等咖啡端上来的时间里，她倒在桌上，然后就什么也不记得了。

醒来时，发现自己躺在医院里，浓浓的消毒水的味道，睁开眼，床前有两张年轻的笑脸，男孩的脸黑黑的，女孩的脸小小的。

见她醒了，女孩俯下身来说："姐姐，现在没事了。"

男孩也在女孩的身后安慰着说："挺过这一关，就可以上珠穆朗玛峰了。"

喜林被这两个人的灿烂感染了，笑了一下，想要坐起来，女孩见状连忙过来扶她，男孩则很懂事地跑过来将枕头立好。

医生进来，看样子跟男孩女孩很熟，揭下口罩对喜林说："你呀，太没有入驻高原的常识了，如果不是走进咖啡馆，如果他俩正好没事儿干，就盯着顾客看，及时把你送到医院，你可能就不醒了。"

喜林听得心里一麻，看着拉着自己的手的女孩。

女孩摇头，跳起来然后冲医生说："就你讨厌，我和达西就是上天派来救这位姐姐的啊，达西，你说是不是？"

那个叫达西的男孩连连点着头。医生也笑了，叮嘱喜林好好休息，可以开始好好吃饭了，补充好能量，在高原就开心了。

喜林这才想起谢教授讲过的，到高原来要做许多准备工作的，她这样急急地跑来，还真是莽撞，不禁有些后怕。她要来西藏没有想过要面对生死，她只是来忘却一些什么，放下一些什么。

喜林在医院里住了五天，达西和多雅轮流着陪她，倒是一点都不寂寞。

达西是土生土长的藏族人，生于拉萨市，没有上过大学，高中毕业后，便一直在八角街上开书店，书店名叫“好天气”，至今已有八年。

说到这八年，达西的脸上有一点自豪，他说这八年，他读的书可比之前从小学到高中读得都多，也都细致。

不知是谁说过，读书多的人，再坏也坏不到哪里去。达西虽然长相不太好，有些胖，黑黑的，个子也不高，但他就是好。如果有谁不承认，看看爱他的人，就会明白，他一定是很好的人，要不然那么美好的多雅都喜欢他呢。

和他一起救自己的女孩就是多雅，家里几辈人都是做藏饰。多雅给喜林的感觉是一点也不像个藏族女孩，大概是家境富裕，从小备受疼爱，她不仅模样长得好，五官是小家碧玉而又有些俏皮的那种，加上性格也好，不静也不闹，刚刚好的那种，反正多雅给人的感觉特舒服，会让人不由地想，这样的人，可能就是那种一生都不会有烦恼来惹她的幸运儿吧。

多雅喜欢藏饰，每一次出现，身上都叮当叮当地响，喜林不止一次地对达西说：“达西，你知不知道你有多幸福呢？”

“啊，真的吗？怎么幸福了呢？”

“因为多雅啊，她那么美，她又那么喜欢你。”

达西听了就会憨憨地笑，嘿嘿地。

达西不是笨拙的，他只有在别人提到多雅时，自己面对多雅时，才是这样子，憨态欢笑，仿佛多雅两个字，就是他这一生的快乐。

出院后，喜林果然就适应了高原的气候，每天都会去一个地方，回来后会先到达西的书店里，她给他俩拍过许多合影，蓝天下，那两张生动的脸，让她觉得是她这趟西藏之行最好的纪念。

3

不知今天多雅和达西又在店里做什么花样，这两个大孩子，总是知道怎么让日子过得开心。

快到达西的书店时，喜林果然远远地就看到窗玻璃上真贴有一张纸，彩色字迹隐隐约约的，像是多雅身上那些在风里叮当响的饰物一样，喜林加快了脚步。

走近看仔细了，喜林笑了。多雅看到她，跑出来把她的包卸下背在自己身上，拉着她的手说："姐姐，这个办法好不好！"

喜林点头，连说："好，好。"

那张小海报，这样写着：

"好天气"招聘同事

只要你的心和你的眼睛懂得美好，
只要你喜欢书，哪怕你只有一天的闲暇，
你也可以和我们坐下来谈一谈做书店主人这件事！

看着多雅和达西脸上那灿烂的笑容，喜林心里真是好触动，像这里的蓝天一样，让人羡慕。好天气，是高原天空最美丽的妆容，不施粉黛，完全由内而外散发。

有一种感情，就像这好天气一样，让爱着的人快乐，让身边的人也觉得快乐。

喜林想起上一次，一个游客进来挑书。多雅在边上，看那游客的气质，多雅以为他一定是找打发时间的书，便介绍一些彩图多的地理杂志等等。

却不想那人竟然是要找仓央嘉措的书，所有的，诗集，经历等等。

那天的达西，因为这个顾客，高兴得像个孩子，把那人在店里足足留了三个小时，几乎把仓央嘉措的生平和代表作品都聊了个遍。

也是那次，喜林才知道，达西读书读得有多深入，而这个特意要到八角街来买仓央嘉措所有书的人，就是达西在高原终于等来的知音。

千里觅知音。那天喜林坐在窗边，静静地看着和那名游客倾心交流的达西，还有为达西和客人忙着备书打包的多雅，心里感慨万千。

达西看到喜林和多雅说笑着走进来，也抱着本书迎上来神秘地说："喜林，知道我们为啥要出小海报吗？"

喜林不解地看着他俩，到底是多雅撑不住，挽着她的胳膊说："我和达西想要陪姐姐去游览，但店又不能关门，所以就想招个店员来看店。"

喜林感动极了，说："达西多雅，我自从来西藏后，已经天天在麻烦你们了。"

达西直说不麻烦，拉着多雅的手，多雅心领神会地一笑，背诵道："转山转水转佛塔呀，不为修来生，只为途中与你相见……"刚背了这一句，却又不知道后面的了，苦着小脸对达西说，"达西，后面是啥啊？"

三个人一起笑，笑声传到门外，引得游客停下脚步朝里张望。

傍晚时，三个人愉快地关了店门然后去吃饭，饭间约好，等到有人来应聘了，他们就陪喜林去大昭寺。

4

相机里的照片存满了，这天，喜林出了宾馆，来到附近的一家网吧，把照片转存到移动硬盘里。

在整理照片分类时，喜林一张张地浏览着，在这种安然认真中，身边那些玩游戏的嘈杂声也渐渐不存在，身边好像突然就没有了别人，只有她和她的那些照片。

湖里的水像是蓝天掉下来的、蓝天又像是湖水升腾上天的，西藏的美丽，就是这么让人震撼，喜林一边分类，一边想等到离开后，她一定会把这些照片都做成册。

不管多少张，在这一点上，她和安择的喜好一样。

正想到这里，她便看到了相机里的第一张照片，在安择公司的门口，她坐在咖啡厅里给他照的那个侧影，高高的个子，不论怎么看都让她觉得像棵树一样的安择。

喜林陷入沉思，之前心里的那些对或不对，都不出来干扰自己的想念了，她任由自己在这个黑黑的小网吧里，在宁静的高原上，静静地看着那个侧影，想念着这个人。

回到宾馆后，喜林给唐历历打了电话。

接到她的电话，唐历历又高兴又紧张，生怕她挂断电话，着急地说："喜林，喜林，你不要匆匆地就挂了电话，等我说完了，等我知道了你的情况后，你再挂，好不好?"

喜林知道她在担心自己，同时也还放不下那天自己责怪她的事，她平静地说："历历，你不要紧张，我很好。"

"好就好，就怕你不好，这些天，我担心死了。"

"不用的，你工作怎么样?"

"工作很顺利，我们不说这个，你先告诉我，这是哪里的电话号码？还有，你的手机为什么一直没有接?"

"我在拉萨，这是宾馆的电话，那天我把手机卡丢了。"

唐历历沉默了片刻，说："喜林，安择他那天一直等到天黑才离开。"

喜林的眼泪涌出来，但还是假装随意地说："他要做什么？他这个傻瓜，历历，还是要怪你，你为什么要对他说。"

"我有我的理由，我不认为自己做错了，只是我没想到，会让你们这样。这些天，安择总是问我有没有你的消息，我真不想看到他为你这样。”

“你若不说那么多，安择会好好的，那才是我想要的。”

“但是，他迟早会知道。他是真关心你。”

“安择现在好吗？历历，你想办法解释一下，就说我现在很好，在我妈妈那边找到工作了，以后我会来北京看你们。”

“你以为凭我这两句话，安择就放心了？难道你没有想过要自己对他说，就算你说你都不在国内了，只要你好，他也会相信的，别人说的统统都不算。”

喜林的眼泪一直流着，她答应着，说：“好，好，我会说，我会让他安心的。”

这一夜，喜林失眠。毕业不过才几个月，她已经从从前那个特别能睡的人，变成这样，心里有事，就睡不着。

5

第二天，喜林没有去找景点，她来到一家影楼，把硬盘里的照片，挑了一百张，等着别人给她冲洗出来。

还有安择的那张侧影，她也让人给洗出来。她想要把它们快递给安择，让安择知道她来了西藏，并且行走了那么多地方，拍了那么多照片，看到这些后，安择就会放心的，会知道她做了这么多事，她肯定就是好好的，她也想让安择知道她曾经来看过他，正是因为看过他，她才安心地离开。

她不想打电话。

怎么说呢？她和安择，性格上有很多与生俱来的相同，所以才能那么心灵相通，或许别人看安择，会觉得他洒脱又潇洒，但是喜林看他，就是另外一个自己。

在邮局寄了EMS，喜林觉得心头轻松了许多。

一个人随便吃了点东西后，不知不觉就又走到达西的“好天气”书店。

达西在整理书，抬头看到喜林在书架前，笑着说：“喜林，今天没出去啊，桌上的茶是刚泡上的，你自己倒着喝，今天刚到了一批书，我忙着整理上架呢。”

“你忙着达西，不用管我，多雅呢？”

“她回家了，一会儿会来的。”

“那好，我等会儿她。”

喜林坐在窗边的沙发上，听着歌，昨晚失眠，这会儿事情办好了，便只觉得困，很快便靠着橱窗睡着了。

也不知睡了有多久，梦到安择在火车站，一脸的焦急，举着电话，四处张望着找她。不知怎么火车突然就失控了，冲出铁轨，虽然不是朝着安择的那个方向，但是她在车里大声地叫着："安择，安择，你快回去，快回去！"

这一叫，就惊醒了，竟然满头大汗，看到多雅坐在对面，心疼地看着自己。

"姐姐，你看起来好累啊。"

喜林歉意地笑一下说："嗯，昨晚有点失眠，让你看笑话了，你刚才回家去了啊，父母都还好吗？"

"都好着呢，姐姐，安择是谁？你刚才叫他。"

喜林脸红了，伸手给自己倒了一杯茶，咕咕地喝下后说："一个朋友，我做噩梦了。"

"梦都是相反的，你别害怕，你的朋友会好好的。"

喜林看着她笑着点头，多雅十九岁，自己二十三岁，相差不过四岁，但是不知为什么，现在喜林却不记得自己在十九岁时，有没有过她这种单纯的快乐了，记不得了。

性格是个奇怪的东西，它随你而生，却又限制着你去如何生活。岁月也是个奇怪的东西，你随它而生，却责怪它没有为你留住一些想要的。

达西整理完了那批书，满意地在一排排的书架前笑着转了两圈后，拿着一本薄薄的淡绿色的书走过来递给喜林说："喜林，这本书给你。"

喜林一看封面，作者青山七惠，《一个人的好天气》，她看了看达西，又看了看多雅，不解地问道："今天，为什么要送书给我？"

"因为今天天气好啊，因为我们的书店叫'好天气'呀！"多雅不喜欢看书，但是她脑子转得快，很快明白达西的意图。

"哦，对对对，瞧我，睡了一觉，竟然糊涂了。谢谢二位啦！"

一看时间，已是下午六点多了，多雅便跳着去关音响，说一起去吃饭。喜林把那本书仔细地装进包里，装进去后，又拿出来，从桌上拿过一张纸将它包上，她喜欢这本书干净的样子。

出门时，看着门口的那张小海报，喜林对多雅说："多雅，我真想来应聘呢。"

"好啊，好啊，今天面试通过了，明天就来上班，怎么样？"多雅一只手挽着达西的胳膊，一只手挽着喜林的，歪着头看着喜林笑。

喜林也笑，心里想着在走前，似乎真可以去帮他俩看一天的店，感受一下主人的感觉。

6

拉萨的第二十六天，下雨了。

不似江南的雨。

喜林不打算出去，躺在床上，看青山七惠那本书。

这本书不太让人看得进去，看了几页后，喜林便想知道自己还可以在这里待多久。拿过包，看看包里的钱，在心里算着，扣掉回去的车票钱，所剩得已经不多了，她得回去找工作，开始养活自己了，从前在学校听一些家境好的同学在毕业前策划着集体毕业旅行，觉得别人奢侈，想不到自己这也有了一趟毕业旅行，只是个中滋味完全不同，如果不是情不得已，她肯定不愿意这样的自己来到高原。

都说拉萨的雨难遇到，今天她也遇到了，跟有阳光的日子相比起来，雨中的拉萨一点都不美。不像江南，阳光和雨水，可以给它不同的美。拉萨的美丽，就是阳光蓝天，那种纯净，无可替代，如同内心坚守承诺的眼睛。

再待几天，就准备走吧。

这样想时，喜林便拿起手机，拨了达西店里的电话。

喜林是想跟多雅达西他们多待一会儿，多说一些话，这一走，也不知何年何月才会又见他们，或许这一辈子都见不着了。

电话是达西接的，每次电话给他们，他们的声音里总是热情洋溢，达西说："哎呀，喜林，真是巧，我们正要找你呢。"

"噢，是不是多雅又有什么新主意了？"

"不是的，是昨天有人来店里应聘了，我和多雅都觉得不错。"

"那可真好，你俩终于有个帮手了。"

"嗯，我们可以陪你好好玩玩了，你来拉萨后，除了有时吃饭大家在一起，我们真还没陪你去过什么地方呢！"

"不要这样说，达西，你又不是不了解，有时候旅行就是一个人的事。"

"对，这是实话，不过我们还是想陪陪你。"

"谢谢你们了，这样吧，后天，我们去大昭寺吧，我还没去过呢。"

"好啊，就这么说定了。"

"多雅呢？没在店里？"

"没有，她又回家里了。"

"哦，那达西，我们后天见。"喜林看看窗外，雨下得有点大，突然就不想出去了。

她打开相机，找到安择的那张照片，这张是唯一的一张她在相机和硬盘里都留有的照片，她没有电脑，只有在相机里，她才可以看到。

不知道EMS带着那些照片走到了哪里？应该快到北京了吧。喜林看着照片上的安择，将手指轻轻地放在他的脸上，她想看看他的眼睛，可是看不到。

她其实早就可以去大昭寺的，但是她就想在离开前去。原因就是因为安择，她想在离开这个地方前，去大昭寺做个虔诚的信徒，对这里的景色不再有任何牵挂地去做信徒，为祈祷安择的世界好，也为自我修行吧。

书上说，一次哭泣都可以让人成长。仿佛不久前，喜林还和唐历历像两个不谙世事的疯姑娘，而现在喜林知道自己在多雅和达西面前，已差不多是小前辈了。那种成熟和不再无忧的日子，转眼便是自己的呢，你措手不及也好，但是你真的没有办法回到从前。

7

拉萨的第二十八天，天气晴。

喜林早早地就起了床，洗了头发，翻完了《一个人的好天气》。

她对这本书书名和封面设计比书的内容更喜欢，但是她依然会带好它。喜林打开电视，随便一个台，只要有声影晃动就好，然后坐在沙发上开始细细修剪一双手的指甲。

离开前那种惬意令她自己都觉得有些惊讶，大概自己还是小孩子时，每一个早晨，都是这种感受吧，那个年代分明已经很远了。

修好了指甲，看了看时间，还不到七点，她昨天和达西他们约好的是九点。

达西说，大昭寺是神圣的，他在这里生活了二十六年，每次去，都如同第一次一样慎重，唯恐自己带了些浮躁进去。

昨天她去过店里，来店里上班的，是个刚刚高中毕业的小姑娘，戴着眼镜，喜欢看书。听多雅说，这小姑娘来应聘时，竟然把自己读的所有书的笔记都带了过来，有点书读呆了的感觉。但是达西说就要找这样的，爱看书，爱书的人，才会觉得书店工作很享受。

喜林也比较同意达西的观点，多雅听了嘟着嘴说："好的，姐姐，我就听你的，就是这小孩了。"

"你多大啊？你比人家大十岁大二十岁呀？还叫别人小孩！"喜林被她逗笑着说。

"我大啊，我高中毕业，都多年了。"多雅还在调皮。

"贫嘴。那么，多雅姐姐，多雅阿姨……"

"姐姐，快打住，我不说了，不说了。真是笑死我了。"多雅说着又凑到喜林的耳边说，"姐姐，告诉你实话吧，我啊，是不喜欢这小孩读得书比我多呢。"

多雅原来是担心达西不喜欢自己读书少，喜林听着有一点心疼，在爱情中，每个女孩都是不自信的吧，即使她再美。

喜林笑着拍拍她的小脸说："多雅，我可是觉得达西除了那仓央嘉措，就最爱你了，别瞎想，好好的多雅，为什么要变得多愁善感的？"

喜林出了宾馆，开始往"好天气"书店走，雨后的天空，更是着了魔一般地蓝，蓝得像是魔法师手杖上的蓝宝石发出的光。

这样的天空下，应该有更多的美好发生吧。

来到八角街时，喜林掏出手机一看，刚好8点整。刚刚又把它放进口袋里时，它却响了，喜林有点疑惑，并没有设置闹铃啊。

再掏出来一看，才恍然大悟，是有来电。只是她没想到，会是安择的。

“小芝麻，你好吗？我昨天收到的快递，昨晚就想打电话给你，怕你累，怕你睡下了。”在喜林的记忆里，安择从来都没有这么急促地说过话，他总是沉稳，总是把握得住自己，她明白他是真的太担心她了。

喜林一边往前走一边告诉安择她很好，她已经决定就要离开拉萨了。

“喜林，来北京吧，什么都不要想，就来北京。”安择依然急促地说着，生怕与她的联络瞬间就会断似的。

喜林正想说让安择不要担心她，她决定去哪里还没有想清楚时，突然就觉得街对面的书店不对劲，几步走过去，便闻到书店门口有一股浓烈的焦味，像是许多东西烧毁后的那种味道，再看地上，到处流着黑黑的污水，她的心猛地紧张起来。

边和安择解释边往里走，里面黑糊糊的，半个房子都黑糊的，达西蹲在地上，全身也黑糊糊的，喜林不由地紧张又难过地叫了一声“达西”，然后有些语无伦次地对着电话说：“安择，我先挂了，我有事，我再跟你聊，挂了啊。”

8

喜林和达西去医院的途中，知道了事情的全部经过。

昨天下午，多雅说要回家给喜林取一套藏饰，是她阿妈亲自做的，多雅说今天喜林看完大昭寺，做了朝拜后，就要走了。

下午的书店一般生意不错，他们要回去，没人看店，便让那个来应聘的小姑娘提前半天来上班，小姑娘来后，达西和多雅就走了。

本来是想晚饭后赶回来的，是因为那套藏饰还差最后一点工艺，多雅他们晚上便没有赶回到市里，就在家里住下了。

傍晚时，多雅还打电话到店里，让小姑娘下班前检查一下店里，关好门。

但是谁会想到小姑娘还是马虎了，她烧水喝后，电源没拔，壶里的水也不多，快凌晨时，达西他们便接到电话说书店失火了。

等他们赶到时，店里那么多书，已被烧去了三分之二，多雅当时就吓得哭了起来，达西那么爱书，他完全不能接受这样残酷的情景，他不顾别人拦着，发疯一般地冲进店里去，多雅边哭边跟着也冲进去。

多雅刚进去，一排被烧掉一半的书柜倒下，重重地砸在多雅的腿上。

达西说这些时，喜林看到他也哭了。

多雅的腿有点轻微的骨折，达西一直是守在医院里的，是早上多雅醒了，想起和喜林约好的事情，便赶达西去店里等喜林，多雅说她现在不疼，但是喜林要是早上来店里看到那一切，一定会特别难过。

一路上，喜林心里的自责像刀叉一样，达西和多雅原本多么美好快乐地生活着，就是因为她的到来，让他们有了这样的灾难。

到了医院后，喜林哭着对多雅说："多雅，对不起，都是我不好。"

多雅牵着衣袖给她擦眼泪，说："姐姐，不要难过，我阿妈说，有些劫难，人这一生躲不过的。"

喜林握着她的手，这样的话，真的不该是平常那么快乐无忧的多雅说的。心底的内疚更深了。

快中午时，多雅睡着了，达西在床边也累得睡着了。喜林给达西搭上外套，出神地看着他们俩，心里的内疚从早上就一直没有消停过。

手机里，有安择发来的数条短信，她在那样的情况下挂断电话，可想而知，他在那边会多么心急如焚。

喜林回了一条——安择，我还好，是真的好，北京我暂时就不来了。

安择回话：希望你好，不管在什么地方，有什么不快乐了，就到北京来。

几天后，多雅恢复得不错，除了腿不方便外，跟从前的她一样，在病房里总是能带给别人快乐，这让喜林的心，有一点安慰，她希望她快点好起来，又蹦又跳的该多好。

达西每天都在店里清理未被烧毁的书，傍晚来医院时脸上的憔悴就会多增加一分，多雅总是安慰说："达西，找出来的这些书我们以后将书店重装后，就不卖了，专门做一个柜子放它们，这是大难不死的书们，劫后余生的书们。这样一来，以后我们店里的生意肯定会越来越好的。"

听了她的话，达西会笑。

多雅明天就要出院了，她的家人会来接她，说是要让她回小镇上疗养一段时间，达西也要陪着去。

喜林说那她明天也就走了。想到离别，多雅有些舍不得，让喜林把鞋脱了，她亲手把家里给喜林做的那对精美的藏银脚镯给她戴好，边戴边说："姐姐，戴上它，你这一生的路就好走了，这是我阿妈说的。我本来是想陪你去大昭寺时再给你的，可是我阿爸阿妈非要我回家养伤。"

喜林用手抚摸着那只脚镯，眼泪顺着手滴下。她不知道她长这么大，是不是一直就用安静对别人呈现了她的紧张，其实她的内心总是柔软，总是会被暖暖的东西打动，每当为那些温暖感动时，她都希望时间停止。

傍晚时，达西来了，喜林去买了车票。再回到医院，对达西说让她陪多雅一晚。这一晚，两人似乎有说不完的话，直到护士来警告。

天微微亮时，喜林醒了，开始轻手轻脚地帮多雅收拾东西，昨天买车票的路上，喜林取出了卡里剩下的四千五百块钱，趁着现在，包好了三千放到多雅的行李里。

八点时，达西和多雅的家人来了，喜林和他们告别，到宾馆退了房，去了火车站。

火车刚刚离开拉萨时，多雅打来电话，像个孩子一般地哭。

喜林安慰着说："多雅，你不听姐姐的话了吗？"

"不是的。"

"听姐姐的话，就收下它，等伤养好了，和达西一起自己动手做那个特别的书柜，好不好？不然姐姐想起你们时，会难受的。"

"好，我听话。我们自己动手做。"

"嗯，这才是好多雅。"

"对不起姐姐，我没能陪你去大昭寺。"

"你可躲不过的，别想偷懒，我把去大昭寺的日子留着，等以后来找你陪我去，一定会的。"

"姐姐，你是要和那个叫安择的人一起来吗？"

喜林沉默了很久，才缓缓地说："对。"

……

火车越走越远，蓝天越来越远，这一个月的经历，让喜林心里觉得沉甸甸的。对于幸福，她似乎越来越没有答案。

怕朋友们牵挂，她给安择和唐历历分别发一条短信：我很好！勿念！

很快，安择的短信像回声一般而至：会念。好好的！

唐历历则是直接打过来说："喜林，我不允许你改变，我希望你还是从前那个安静认真也很勇敢的喜林，不论你经历了什么。"

喜林说了好，心里却并不像话里那般信心百倍。

最近经历的事，真的是太多，以至于让她开始觉得，她的命运，总是在她感觉幸福得都忘记自己时，就迎来了灾难，祸及身边的人，这是上天的安排，还是幸福本身就是这样坏？

喜林想不明白。或许人人都是如此，只不过有些人早一点找到答案，而有的人，还在寻找答案的路上。

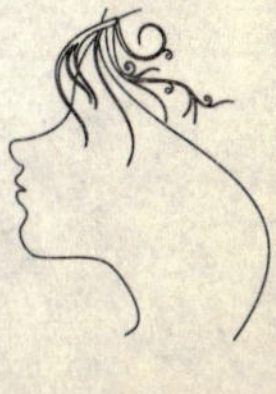

第五章　辗转而来，现世安稳

1

喜林直接来到武汉，她要回学校，为学籍上的一些事情。

重回校园，熟悉的树林小径，熟悉的树叶光影，这里有许多美好的日子，那些过往像温暖的怀抱，将她这个出门归来的孩子拥在怀中。

只是在这个怀抱中的她开始觉得自己已经全然不再是从前的那个自己了，像是因为有了懂得，又像是因为有了疑惑，一个人对人生的思考，大概就是从这时正式开始的吧。

办完了学籍，喜林决定去看望谢教授，他是一位让许多同学都敬仰的先生，豁达、智慧、美好，任何时候，你听一听他说话，都会觉得自己是在书里。

来到教授家门前，喜林想起以前和安择经常一起来时，安择总是会在门口对她说："小芝麻，如果教授在看书怎么办?"

要知道安择可是校园里有名的冒险王，他又聪明又稳重，什么都不怕的。但是唯有在教授面前，他有着一百分的尊敬，一份往日里丝毫不在的忐忑。

有好几次，都是他俩在门口犹豫不决时，教授开门刚好看到他俩，便笑着让他们进去。

教授正在整理他的书房，喜林的到来让他很是开心，喜林也没坐着，帮教授一边整理书架上的书一边聊天。

"谢教授，我刚刚从西藏回来的。"

谢教授停下摆书的手，说："噢，快讲讲，此行有什么感触?"

"正像您以前给我们讲过的，那里的天很高，我很小，有些东西我丢在了那里，有些东西我带了回来，带回来的比留在那里的轻松。"

谢教授笑了，"嗯，喜林，你长大了。"

"谢谢您!"

"不谢我，是你自己走了一段别人没有走过的路，明白了一段对你最有益处的道理。人的这一生，始终如此，亲历亲为，便是懂得。"

“嗯，我懂您的话，当时我真没有方向的，是突然想起您以前说过的话，于是决定去西藏走走。”

教授点头，边摆着书边说：“喜林呐，看来你不虚此行，即便是以不快乐去开始的，生活就是这样，可以忧伤，但是思想积极一点，就是内心的营养，有了营养的内心，去直观自身时，才不会有偏差。”

喜林听得认真，她和安择一样，在谢教授这里，总是能找到心灵所需要的东西。喜林也一边整理着书本一边给他讲了达西和多雅。

谢教授对达西这个人很赏识，说：“真是难得，在那里为书本等知音的人。”

喜林说：“是啊，多雅说他最开心的是，每天都有一个游客来问他找某人的书，旅行中还记得特意找书，这让他觉得他和被找的书都是幸福的。”

聊着快到中午时，谢教授接到一个电话，走到阳台上，聊了好一会儿。

打完电话回来，教授问喜林：“喜林，你有什么打算？”

喜林不好意思地笑了笑。

谢教授点头说：“如果暂时还没有合适的工作，又还没有想到去哪里看看时，愿不愿意先去一家创意工作室练练思维？”

“真的啊！”

“嗯，一个朋友去年创办了一个工作室，说是他们那几个人的思维创意有些固化了，显得有点呆滞老成，需要新人去参与，拓展活泼一下现有的风格。”

喜林惊喜地说：“好的，我去。谢教授，跟您说实话，我现在还真是没有方向。”

“嗯，那下午就过去，锻炼一下，以后再找工作就会轻车熟路一点。”

喜林感激地点点头，实在是觉得意外，本来只是来看看教授，却可以有一份工作。

整理完那些书，已是中午。教授便让她一起去食堂吃饭。

谢教授的爱人工作忙，中午两人分别在食堂里吃。吃饭时，遇上几个很熟的老师，被问起近况，喜林简单地聊了几句。

2

转眼，喜林就在那家工作室工作快两个月了。

初秋了，风和阳光都带着成熟的味道。每天下午，喜林会一边听歌一边整理上次的那些照片，歌是刘若英的歌，照片是高原蓝天。

工作室里已有好几个同事问她是不是特喜欢冯小刚的《天下无贼》，那里面的那歌好像就是她工作时的背景音乐。喜林笑。

学校又开学了，谢教授的夫人张老师前段时间颈椎病犯了，喜林去看望过一次。这天上午刚到办公室，谢教授打电话来说，让喜林下午去学校一趟。

可能是有事吧，喜林打开电脑后，去饮水机那里倒水时，就顺便去孙总监那里请了下午的假，孙总监有点不是太愿意，问为什么昨天不说，他才好安排。

喜林解释说会把周一接的那个小广告的创意做出来了再走，而且电话随时畅通。

孙总监勉强地点了点头，说下次若有事要请假，得提前一天打招呼。

这间工作室小，成立的时间又不长，而且有几个合伙人都是兼职在做，所以平常要有人休息，其他人再跑外单的话，就会让公司唱空城。

这几天一直在为这个广告的创意构思打腹稿，没用多久，喜林就做完了。快中午时，她关了电脑，收好包，同孙总监说了一声，就往学校走。

孙总监不是谢教授那个朋友的合伙人，这人不太好相处，喜林总是处处小心着。

路过“小光景”照相馆时，喜林想起上次她在影楼洗印的照片还没取，上次来，店老板说太多了，她又要做成册，得等些日子。

今天还好没跑空，厚厚的两本，取了它们放在背包里装着，有点沉，但是喜林心里特高兴，不由得又想起在羊卓雍湖边那对小情侣关于电子文件会不会让电子介质质量增加的话来，然后还想到了达西和多雅，他俩现在大概又在书店里忙着了，每天都开心着。

不知不觉就到了学校，喜林怕教授在讲课或是在开会，短信说她到学校了。

教授回信息说：家里有人。

秋日的校园，是水粉画一般的，喜林往双肩上托了托背包，两只手握紧着包带，要是多雅见了，没准会说她背着整个高原呢。谁说文件没重量，这岂不就是？

教授家果真有人，喜林还在楼梯处就听到教授的夫人张老师在说话，等来到门口时，喜林惊呆了，差点儿就叫出声来了。

她怎么也想不到谢教授叫她过来，是因为唐历历来了。

唐历历正背对着门，在给张老师做颈部推拿。

喜林捂住嘴笑着，没有打扰她们，她的肩膀靠在门边，头偏抵着门框看着她们。唐历历的父亲是中医，她懂一点推拿的。

张老师笑眯眯地称赞唐历历：“小唐啊，你的这双手可是药呢！”

“您夸奖了，您知道吗？喜林原先怎么说我的手的？她说，唐历历，你分明就是一只大闸蟹嘛。”唐历历的声音，还是那么又快又响亮，但是也不失一种独特的女人味，好像集聪明美丽活泼于一身的女孩，就是这个调调，有气场，带气氛。

“哪有呢，你的手明明很轻啊，喜林跟你闹着玩的吧。”

“她才不是闹着玩的，她啊，还说过我是甲壳虫。真不知道她在哪里找得来历？”唐历历的话让喜林笑得扶住门框。

“呵呵，你俩啊，真是好，一个文静，一个聪明。今天就到这里了，十二点了，老谢快要下课了。”张老师说完，站起身来，感觉很舒服地扭了扭脖子，让唐历历歇会儿。

唐历历说：“喜林她怎么还不来？急死我了，待会儿得罚她给您擦地板，还有窗台。”

“我早来了，是你怎么还不转过身来呢，大闸蟹，甲壳虫。”喜林终于忍不住了，敲着门快乐地说，并礼貌地问张老师好。

张老师这才转身看到，笑着去倒水，唐历历转过身，跑到门边，高兴地一把抓住喜林，帮她卸下肩上的背包。

包沉得让唐历历皱着眉头，她抱住它左看右看，不解地问：“喜林，我说怎么等你老半天，你原来去打劫珠宝店了啊？包这么沉，钻石吗？我可要瞧瞧。”

喜林笑着说：“不许看！”

“切，还是那德性，好像你总在捡宝似的。我就要看看，看你能把我怎么着？”

“好好好！给你看，看一眼啊，就看一眼。”喜林接过张老师递上的水，在沙发上放下背包，拉开来给唐历历看了一下，又赶紧合上拉链。然后仰着脸，笑着看她，等她生气。

“喜林，你气死我了，我大老远来看你，你还这么小气。”唐历历果然生气了。

“那，再让你看一眼可好？”喜林逗她，说着又假装要打开，其实也是知道她才懒得看这些东西。

“得了，喜林同学，你还是捂好吧，不过你小心，我回北京时，连包都给你提走。”唐历历挽着张老师的胳膊，冲喜林坏坏地笑着。

“历历，快说说你怎么想回学校来了？”喜林不再跟唐历历嬉闹，把话说到正题。

唐历历正要说，谢教授回来了。

3

下午，谢教授夫妇还有喜林和唐历历四人在一家茶楼聊了两小时，谢教授的女儿在国外，他们很是喜欢有教过的学生回来看他们，陪他们说话。

他们临走前，唐历历又帮张老师按摩了一下颈椎，谢教授问了喜林工作上的一些事。喜林照实说，教授点头说他开始也觉得这地方只适合喜林锻炼一下思维，这种小公司是既自由却又束缚大的那种，等以后有机会，心境和状态都适合了，离开时也不用多麻烦。

谢教授他们走后，唐历历这才对喜林说她来武汉的首要目的。

原来是受安择之托。

几天前，安择他们广告公司接了某所大学的校庆宣传策划，他们公司平日里都是做一些商业性的操作，这种与文化底蕴和校园气氛糅合在一起的还真是没做过。

刚好唐历历有事找安择，安择便提起这事，问唐历历所在的公司有没有做过这类。因为一般来说，大学校庆这样的策划，都是在校学生自己做的，与安择他们合作的大学这回请回了不少海外人士，大概是想做得正式和规范一点。

唐历历说他们公司好像也没有，她工作这段时间以来，可是天天在熟悉公司以前做得比较成功的案子，就是没有这种。

不过唐历历想起去年在学校时，学校办得一次大型主题活动的风格很好，当时是艺术系的教授们都参与了的，相当有文化内涵，倒可以借鉴一下。

一语点破了安择，他赶紧和谢教授联系，说了这个事。

在有一次聊天中，谢教授提到了喜林，安择便知道了喜林在哪里。

前天晚上，安择约唐历历出来。唐历历觉得很奇怪，平常安择都不喝酒的，那天却喝了酒，两人先是有一搭没一搭地聊着。

后来安择才说：“历历，上回你不是说要抽时间回一趟学校，办学籍上的一些事吗？”

“是啊，学校又来电话催了。”

“你这几天能去吗？”

“怎么了？”

“我想请你帮忙去看看喜林，谢教授说她在武汉。”

“真的啊。”

安择点头，他喝酒上脸，脸红红的，但是表情却一点也不快乐。他再说：

“历历，你去一趟吧。”

“安择，你不要这样，我去。我相信对喜林来说，武汉暂时是她最适合待的地方，人在熟悉的环境里，才没有焦虑感等等。”唐历历说不清，在安择和喜林之间，她该握着一份什么态度，她只能尊重喜林。

“不是的，上次我给她打电话，她好像在西藏遇着什么事了，她也不说。还是去看一下，才放心吧。这不你正好要回学校一趟。”

唐历历说完这些，看着一直低头绕着手指的喜林，心里一酸，这两个人，都让她心疼。但还是笑着伸手拍了拍喜林的脸说：“喜林，看到你这好那好全都好，我也就算是完成任务了，我回去对安择说，喜林的头发眉毛都没有少一根，好像还长胖了两公斤。”

喜林还是沉默着，不言语。

唐历历慌张了：“喜林，我说错话了啊？我总是觉得你们俩个人，怪怪的，他怎么不亲自来？”

“历历，一切托给你了，说我很好，上次在电话里紧张发慌，是因为别人的事。”

唐历历深深地叹了一口气，像往常一样唠叨着说：“你们，叫啥来着？非主流好友？”

这晚，两人在喜林的屋里，聊初入社会的一些感触等等，聊到凌晨两点才睡，喜林给唐历历讲了西藏的达西和多雅，听得唐历历一脸的羡慕。

4

第二天一早，天刚刚亮，喜林就叫醒唐历历，说起来吃早餐了，好送她到车站。

唐历历不想起床，说哪有那么早的车？喜林只好说是因为今天不是周末，昨天才请假了今天不好还请，便只好早一点送了她再去公司。

在车站，两人笑着分手。

唐历历推了一把喜林的肩说：“下次，我想你了，你得去北京看我才行，不能光我一个人来回跑吧？”

“你又在瞎说了，不是我先到北京去看你的吗？”

“不说了，反正我会在北京等你来看我。对了，还有什么话要带给安择的？”

“有！”喜林很快接话说。

“我就知道有，快说吧！我听着，保证如实转告，包括标点符号。”

“喏，就是这。”喜林把包里一只纸袋交给唐历历，说，“历历，你把这些带给安择就行了。”

唐历历要打开看，喜林说：“照片。”

唐历历拉开自己的包，把纸袋放进去，说：“是上次出门拍的?”

喜林点头。

“多少张?”

“一千。”

唐历历张大嘴巴，还是忍不住又取出来看了看，都是风景，很细致的风景，细致到一处的风景总是用不同的角度拍好几张，拍摄者仿佛是要把拍摄地的一草一木都呈四季地拍下来，给未能前往的但又特别期待的欣赏者一饱眼福。

“喜林，上次去那边挺辛苦吧?”

喜林淡淡一笑，说：“还好。”又说，“历历，我要走了，昨天同你说过的，那个孙总监，爱管纪律的。”

喜林走后，唐历历看着她那瘦削的背影，有一点难过，要是没有小A，一切该多清晰和明朗了，其实在大学时，她就有一种直觉，喜林心里有一个身影，他重要，对喜林来说，是全世界，那身影不叫成语。

喜林赶到办公室刚坐下，就听到外面孙总监边泊车边和别人说话的声音，她轻轻地舒了一口气，准备开始工作。

孙总监进了办公室就说明天要开会，讨论一下这次案子的策划，看哪套方案好，就用那个操作。喜林有一点紧张，这是她工作来，第一次完全独立完成的创意方案。虽然正如谢教授所说，这地方并不用久待，但是她做的案子，还是希望得到上司的肯定。

上午，处理了一些杂事，时光安静得像没人去倒水时饮水机水桶上面的水刻度。

唐历历发来短信，说已经离开武汉了，又说让喜林去北京看她。

喜林回说：历历，要是你有了男朋友，我就来看你们。

唐历历回：臭喜林，我敢明儿就找一个男朋友，你准备买车票吧!

很快又追来一条：喜林，刚才出门时，我在你枕下放了点钱，你还在试用期呢。我现在拿全薪了，我不想你饿肚子，或是被那更年期提前的房东吼。

喜林的眼底一热，昨晚回家时，房东阿姨是催她房租了，今天早上那么赶时间，也是起得大早挤公车到车站，唐历历都看在眼里了。还有，她房里整箱整箱的泡面。

她明白唐历历，刚开始以往日那种语气跟她说话，其实是调节气氛，怕自己太郁闷吧。当一个朋友在离开你后，还想着带给你愉快和轻松，那么那颗朋友之心，是真挚到一百分的。

于是回话说：谢谢你历历！别的我不敢保证，但是我保证我会想你。有机会，我肯定会来北京的。

刚发完这个，电脑上有邮件提醒，点开一看，竟然是安择的！

5

喜林对着电脑，看着安择的邮件，静静地坐了好久。邮件的内容不多，但是每一个字，似乎就成就一个上午所有心情里的一个段落。

安择是问她好不好？问上次去西藏的情况。他到底还是放不下她当时匆匆忙忙挂断电话的事。

喜林本来想好好回复一下，仔细想来，上次西藏之行，就只跟谢教授提过，那些天的经历里，有那么多可以讲一讲的事情和感受，若要好好说，三天三夜未必都会词穷。

但是喜林还是犹豫了，她不知道这样给安择回一封邮件到底对不对？

想来想去，便只回复说：请放心，真的还好。

然而，当点了发送，电脑屏幕上提示邮件发送成功时，她却突然又有一种怅然若失的感觉，他是安择啊，她这样简单潦草不对吧？可是不对在哪里呢？

要是她铺天盖地地写上好几页，安择没时间看，或是粗略地看，看了也不回呢？若是那样写了邮件，若是把一颗心放在里面，所有的坦白都在里面，她就会期待他回啊，不回怎么可以让人心安呢？

喜林总觉得很多东西其实都像这邮件的来往一样，你想要把那种美好的感觉坚持下去，你得有明朗的希望才可以，如果一封邮件来了，你回了，然后知道再也没有联系时，那种感觉是在用橡皮擦擦你脑海里的希望，偏偏这种橡皮擦还不好用，把那希望擦得不干不净，然后就又会对那隐约的点滴痛苦地去希望。

喜林不确定现在的安择，就能给她那种明朗的希望。

但是安择的这封邮件，还是让她开心。而且喜林也知道，她的回信在安择那里有着同样的心情。喜林也不愿意多想，静静地守着心里的这一切就很好。喜林的这个邮箱，好几年了，以前在学校，两人没有邮件往来，后来他去北京了，平常也是电话或短信。安择记得它，并且在这里面同她讲话，那里面有一种只属于两个人的真诚吧。

晚上下班回家，在枕下果然发现唐历历放的钱，喜林再次感到心间暖暖的，然后蹬蹬地跑到房东那里。见到钱，房东阿姨马上与昨日不同，笑逐颜开，甚至还问她在哪里工作。

第二天的会上，喜林那个方案通过了，虽说还要进行修改和完善，但是是在她的创意的基础上进行的。

会议刚结束，她就接到唐历历打来的电话。

“喜林，我到北京了，安择竟然又跑来接我了，我真是不好意思，再欠他一个人情。”唐历历嚷嚷着。

“那你以后也接接别人呗！”喜林笑。

“去你的，你比我心里清楚，人家啊，才不是来接我的，人家是来接你的消息的呢。”唐历历在喜林面前，向来不瞒自己的内心，总是有啥说啥。

喜林有些不好意思，不知道怎么答话了，只说：“东西给了吗？”

“这还能忘啊，人家听到我说你的眉毛头发都还好好地长着，似乎就放心了，拿着那包东西，给我叫了一辆车，就跑掉了，我这一路上，可还惦记着人家至少要请我喝杯咖啡的。”

“下回我来了请你吧。”

“最近的下回吗？”

“嗯，最近好了。”喜林笑着说。

“行，我遥望吧，挂电话了啊。”

第二天，喜林再次收到安择的邮件，依然不长，但是字字让喜林心安。他说那些照片，他每张都喜欢。

除此之外，安择还在邮件中告诉喜林一件事，希望她尽快给他一个答复。

那件事，让喜林的心情很复杂，首先是高兴，然后担忧又翻上来将高兴盖住，然后被藏住的喜悦却又在担忧之下希望着什么。

喜林觉得自己少了一样东西来面对它。

6

喜林去看谢教授和张老师。

在书房，她告诉谢教授，说她独自做的那个小案子策划通过了。

谢教授很高兴，很满意地说：“喜林，如果有合适的其他的地方，你可以再选择了。”

喜林愣住，说：“教授，我才刚刚熟悉啊。”

“本来让你去那里，就只是练练思维，当你的思维能够独自完成一个主题，就代表你的考虑比较周全了，对于美的整体把握有了自己的思维结构。”

“这样啊，那我继续做下去，就是让自己变得成熟啊。”

“不对，有些地方有些环境只能给你这样一个境界，要想再完美，却不是在这里。其实有一个原因，我那个朋友准备放弃这个工作室了，一是他做兼职，顾不上，二是公司其实很不成熟，包括人员安排，怎么？你在那里没有觉得有人不好相处啊？”

“有一点，但是不影响自己对工作的喜欢。”

“唔，这样就对了，我还是那句话，这个地方能给你的东西，能让你学有所得的，已经到了极限。因为喜欢而留下，不如因为感激而提高。论到美学上来讲，哪一种美得更和谐，更有意义，肯定是后者。”

喜林恍然大悟，由此更加深刻地感觉到，人生得一良师，就是在行走的路上多了许多明亮的灯，而那些灯光全部是透过书页的纸张散发出来的，有香味。

正是因为同教授的这番谈话，让喜林明白她内心被潜藏的那样重要的东西，它就是勇敢坦然，或许每个人，在行走的路上，在纷繁的生活里，在内心都不缺少它，只是更多的时候，自己是不知道如何认清它，承认它将会让自己行走得更快乐的。

从教授家回来的路上，喜林下定决心离开武汉。

第二天喜林就找孙总监说了这事，孙总监没问理由，只说：“你走了，那个方案怎么办？”

喜林明白他的意思，那天会上最后通过她的方案时，他就有些不悦，于是喜林说：“这方案本来就是在您的指导下才有的雏形，我走了应该不影响。”

孙总监笑了，很难得看到他笑的，难得孙总监还留着喜林说了一些工作以外的话，说他是如何从一个小县城的画画的来到武汉，然后到现在。

每个人都有一番奋斗史，在这段历史中，人的向上的精神是值得尊敬的吧。喜林道了谢，回到办公室突然有一种豁然开朗的感觉，她没有觉得她给别人带来了多大的好处，而是这样的离开，会让自己心安，觉得自己做了一件完满的事，正如谢教授所说，因为感激而提高，才是人生朝前走的境界。

而心安，不就是生活中孜孜以求的吗？

上次安择在邮件中说，他们公司因为和一家小公司合并运营了，急招艺术专业的员工，他让喜林考虑一下是否来北京？

此时此刻，喜林就以从未有过的坦然，给安择短信：安择，我要来北京！

7

第二次到北京西站时，喜林感觉过去的这五个月仿佛五年。

上车前她给安择说过，唐历历会来接她。当然不是不喜欢他来接，是喜林不想他为难。

喜林刚下车，就被唐历历紧紧地抱住了，她跳着说：“喜林，北京欢迎你，

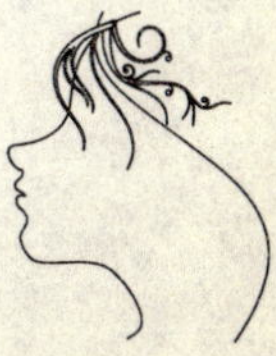

我比北京更加欢迎你。”

喜林忍住笑，故意皱着眉头说：“历历，北京的空气PH值怎么样?”

“怎么了？说这奇怪的话。你是研究气象的啊，管它什么值，只要人开心了，祖国河山上，到处都是好空气。”唐历历手舞足蹈的，引得旁边的人纷纷看过来。

喜林凑近她的耳朵说：“某人的语气，受空气影响，PH值好像呈酸性。”

唐历历明白过来，伸手就要去挠喜林，喜林赶紧跑开，唐历历边追边说：“喜林，你可别得罪本大小姐，你得罪了，可是要遭殃。”

“好吧，反正咱俩是冤家，关系再加深一下也算是成就深刻了，告诉你，在找到房子以前，我可要跟你睡。”

唐历历冲上来，一把夺走喜林的包，替她背上，然后挽着她的胳膊朝前走，边走边说：“我们去安择的公司。”

喜林停下脚步，不赞成地说：“先回你那里吧！这样冒冒失失地跑去多不好啊。”

“没关系的，你跟我走就是了。”

“我不，安择没说让我下车就去的话。”

“真是服了你，他给我说了好不好？他今天不在公司，他让我带你去公司找小A，小A会带我们去见应该见的人，他说一切都已经打点好了，这样你信了不?”唐历历不顾喜林要挣脱出手臂，拉住她，拦下一辆计程车。

在车上，见喜林沉默不语，唐历历用肩膀蹭了蹭她，说：“紧张吧?”

喜林点头。

唐历历揽过喜林，说：“放心吧，安择做事，你还不放心啊!”

“嗯，……不是这个。”喜林欲言又止。

“不是这个，那哪个你都放心，安择考虑得比我们周全。”唐历历知道喜林是害怕见到小A，这份害怕里，有多少说不清道不明的东西啊，她不想明说。

与其说出来，让喜林更加慌乱和没有主张，不如不提的好。来北京这几个月，唐历历觉得人在遭遇困扰时，最好的办法就是顺其自然地去面对它们。不能够坦然的话，你至少知道了你有多慌乱，不能够快乐的话，你至少也知道你有多不快乐。躲避中，人是在面对一个退缩的虚假的自己，迎接中，再纠结难堪，却是最真实的。

大概要半小时的路程，唐历历给喜林说着安择所在那家公司的背景和规模等等，虽然安择都打点好了，这次招聘没有公开，进的都是公司内员工推荐的人，但是也是要准备在先比较好。

喜林想象着小A的样子，她漂亮吗？她有多高？她性格好吗？还有她听安择提过自己吗？喜林真的没想到，来北京，见她比见安择还早。

8

来到DM公司时，喜林真正地觉得谢教授的话有多远识了。

高大的写字楼，非常好的办公环境。从电梯里出来，在走廊里就听到有唱生日歌的声音，大概是有员工在过生日吧。

唐历历带着喜林来到创意部，看到里面的人围着一个女孩，空气里充满了欢乐，想必这个漂亮的女孩就是今天的寿星，她的头上戴着黄色生日帽，有人还别出心裁地给她在上面扎了一支粉色的非洲菊，她的脸上还有几星粉色的奶油，这是一个幸福的女孩子。

唐历历突然小声对喜林说："她就是小A。"

喜林一愣，心里的感觉很复杂，之前不是没有想象过小A的模样，有时候，希望她就是这样的，快乐、活泼、美丽的女孩子，能带给安择幸福的女孩子，但是有时候，却也希望她平常得让人们不太记得住。

小A也看到唐历历，招呼大家分吃蛋糕，向她们走来。

唐历历正要向小A介绍喜林，小A点头，扬扬手势表示她知道，然后取下生日帽，来到同事中间，拿了一只乐扣盒，切了一角蛋糕放好，边擦脸上的奶油边说："这一块谁都不能动啊，这是留给安择的。"

唐历历警觉地看了喜林一眼，怕她有情绪。喜林在心里说，安择不喜欢吃它的，每年他生日，同学给他送的蛋糕，他都给打扫卫生的阿姨带给小孙子了。

小A的那点说得过去的架子总算是端完了，走过来说带她们去见罗SIR。

没想到罗SIR人很好，他是意大利人，中文说得有一种可爱的音调，让与他交谈的人不由地感觉到轻松，他让喜林等公司的电话，说一切放心好啦！

从罗SIR办公室出来时，小A接了一个电话，看样子是安择打来的。

大概是问起喜林，小A说："很顺利。"然后又说，"我生日呢，你怎么忘记了？请我吃饭吧，我帮我订餐？好的，行！六个人的啊，你没弄错吗？给我过生日，顺带请这么多人来一起承你的情呀！好了，行，反正我喜欢热闹，不过，我可是要点一束花当礼物的哦！我想了，只有花，别人不会来与我共享。九百朵也好吗？那谢谢了。"

小A终于讲完电话，转身对唐历历和喜林说："安择说后天回来给我补过生日，顺便请你们这两个朋友吃饭。"

喜林没做声，唐历历替她说了一声谢谢，又说："那你先忙去吧，我们先走了，有事我们会打电话问安择的，真是谢谢你了。"

"不谢。"小A说完冲喜林笑了一下，满意地离开了。她高挑的身材，曼妙的姿态，让喜林不禁多看了她一会儿。

跟唐历历回去的时候，喜林还是没说话。唐历历愤愤地说："本来要跟她说声生日快乐的，还是收回了。"

到现在，见到了小A，喜林才开始觉得安择再也不是从前的安择了，在小A的眼里，她仿佛就是一个初来一个城市，投奔一个并不要好，仅仅只能是认识的一个熟人一样，因为小A的迎接，因为安择的不在，喜林感觉她和安择，在不同的城市，在原来光景的未来里，已是互相将对方推出了自己原来的世界。

喜林没有心情去研究这样的两个人，在他们的私人空间是什么关系，反正她特别地难受，难受中有一点是强烈地自责，喜林怪她自己，是不是对安择的希望和要求太多了？真的是太多了吧，她这边在一个人一个劲儿地要求着，他那边不知情，当然会令她不满不开心。

可是从喜林心里来说，她又觉得他们不该是这样的。可是又该是怎么样的呢？

喜林怕自己会露出难过的表情，赶紧说："历历，我们去逛逛好不好？"

逛累了，回到唐历历的住处，喜林倒在沙发上就睡着了。

她梦到了后天，中午吃饭时，有安择、小A、喜林，还有唐历历和另外两个同学。

大家都没有喝酒，不是要扫兴，是因为他们谁的公司都有规定，中午禁酒。还因为小A说医生说安择要一年后，才可以喝酒。

虽然喜林不喝酒，但是她也知道少了酒的聚会，是没滋味的，饭桌上少了酒的客气话，也是没滋味的。大家以果汁代酒互敬，安择从他的座位左边开始，按顺序来，喜林坐在他的正对面，他端着果汁对喜林说："喜林，北京欢迎你！"

那一刻，喜林的耳朵轰轰隆隆，喜林连谢谢也没有讲，把一满杯果汁喝完，觉得它比酒还辣心。

北京没有欢迎喜林。不知道这样比喻恰当与否，小芝麻此刻对于北京的感觉就是，她误入豪门了。未入之前，无限向往，进来后，又无限惆怅。

从古到今，这样的体验，没有快乐的，没有。

北京欢迎你，只不过是句礼貌用语，谁先到，都可以对后到的那个人说。谁都可以这么对她说，就连唐历历也可以假装热忱逗她开心地说，但是对安择来说，却是不说的好。

"喜林，吃饭啦！你爱吃的方便面，还是那个味。"唐历历在厨房里大声说。

喜林惊醒，原来是个梦！但是梦照现实。喜林陷入自己给自己的难过中，没有答案。

生活很狡猾，突然地，会给你一个梦，突然地，又会抽走你的期盼。

第六章　我有自己，还有个你

1

聚会定在一个不大的饭店里，小A打给唐历历的电话。

喜林不太愿意去，一路上闷闷地不说一句话。

那天小A打给安择的电话，谁都可以听出来他们关系不一般，但是唐历历不这么认为，她很是看透人心地说：“喜林，有的女人是善于做戏的，要把戏做给别人看，让别人对她在剧中的女主角地位毫无疑义，但事实上她根本就还没有进入剧情。”

可能唐历历的话讲得很实在，但喜林没有心思去体会，喜林也不认为她说得对，自己心里在意的究竟是什么，唐历历是不能体会的。

喜林是矛盾的，既想见到安择，又怕见不到过去的安择。

唐历历还生气了，说：“喜林，我不明白，大学时，在安择面前，你是谁啊？你是小芝麻，乖得不得了，怎么突然就要这样？”

喜林解释道：“历历，我没有故意要怎样？我只是觉得这样很好。”

“不好！我想到你们以前在学校的要好，现在这样比陌生人还陌生人，我就替你们难过，这是怎么回事啊？还有，我当面问过安择，问小A是他女朋友吗？他说不是。”

“历历，你知道你在说什么吗？这不是问题的关键。”喜林有些生气地说。

“我觉得有关。”

“那是你的想法，在我这里，不是。”

自己的内心被别人看透，喜林无法描述当时心里的感受，好像既难过被看透，又难过没有被看透，纠结成团。

唐历历沉默了一会儿，很平静地说：“喜林，你和安择两个人，至少有一个在违心。”

“历历，没有你想的这么多，我只是觉得我们每个人都无权要求别人要按他原来的样子进行生活。他觉得这样是在进步，是在更美好地生活，我们何必没趣地把他往往事里拖。”

“这不是你。”

喜林扯开话题，问她周末去不去西单？

她笑喜林的小心眼儿，坐过来用胳膊肘儿撞了喜林一下，说：“喜林，我下个月可能要去上海出差了，我不在，遇到困难了，你还是要找安择的，虽然我支持你的一切态度，但是我并不觉得安择有要拒你千里之外的意思。”

喜林也撞了她一下：“知道啦！没完没了的婆婆嘴！”

喜林承认，唐历历看自己看得很透彻，是安择让她不懂，然后又陷入糊涂。喜林不懂他的眼里，明明透着过去的光芒，但是他却离她好像很远，也很生疏。

喜林很想找个理由让自己安心，比如以前的安择，是因为气盛单纯，觉得他应该照顾一个柔弱的人来让自己更英雄，于是机缘巧合，正好是喜林，而现在他是他，喜林是喜林，他没有必要跟她有那么让别人看来暧昧的联系。可是，这个理由让她拒绝接受。

来到饭店时，远远地就听到那个房里传出的说笑声，声音都陌生。

喜林问唐历历：“历历，你再问一问，要是聚会取消了，我们正好就可以回去。”

“不会的。咱们先进去看看再说吧，要是有人让你不高兴，我随时拉你一起走。”唐历历握着喜林的手，来到了那个餐间的门口。

推开门的那一刹那，喜林呆在那里，她不知道怎么会有这么多人，她也不知道自己为什么在这么多人里最努力最直接要找到的那张面孔，那么安静，就像面对唐历历的各种善意甚至替自己着急的样子时，一样安静的自己。

见喜林呆呆地站着，连同大家的招呼也不知道打，公司人事主管罗SIR做着手势说：“喜林，你怎么啦？我们前天才见过面，你就不认识我了吗？难道你以为你走错门了吗？NO，NO！你没有走错，我们都在这门里，好久都等着你呢。安择说要补给小A生日饭，我说不如这次的新成员大家一起聚一聚，所以我们就这样热闹了。”

罗SIR的中文里那种令人听起来觉得开心的声调，让其他的人都笑了起来。

虽然DM公司的主要业务不是广告，但是老总有心让公司在这个领域也挤下一片天地，这次DM公司一共招聘了五个人，主要是充实创意部，昨天喜林还同唐历历讲，不知里面会不会有校友。

连每片流浪的树叶都明白一种感受，那就是在途中可以见到相同气息的同类。

如果有，喜林一定与之淡淡而又真挚地交往。不知为什么，喜林毕业都好几个月了，她最依赖的地方，还是学校。她还就这种心情和唐历历说过，结果被唐历历正儿八经地批评说：“喜林，要想生存，就得发展。学校只能是怀念，出来了，就把学校放在心里。”

或许在这里喜林可以找到一个同行者，当然，并不是要这人也可以来理解她的校园情结，仅仅只是同行者。

罗SIR把那四个人一一介绍完了，没有校友。

喜林怔怔地，点了一下头，微微一笑说：“很高兴认识大家，我去洗下手。”说完就急转身子，走出门，问服务员洗手间的位置时，喜林听出自己声音里那小小的颤抖。等来到洗手间的镜子前时，喜林的眼睛里的眼泪已快要滚下来。

喜林努力地克制着，一会儿还要出去的啊，还要面对那一屋子的人啊，她是二十三岁的人，她怎么可以在这样一个场合，莫名其妙地就这样？

是的，就像罗SIR说的，喜林没有走错，喜林自己也知道自己没有走错，她要来的是这个门，她要见的是这些人。

而且，喜林还知道，她也没有看错。

安择他坐在中间，他没有说话，像他以往最深沉的那个样子那么坐着，好像在听别人说，又好像在想自己的事，当喜林推门时，他也怔怔地望着她。

不知道有没有人跟喜林一样，如果特别想见一个人，但又总是没有机会见着时，在某一天突然地见到那个人的话，那种惊慌失措会让自己觉得自己有一堆的不对，然而心里明明是高兴的啊。

喜林想逃。

2

喜林在洗手间里待了很久，老天也很照顾她这个总是想要独自安静的人，那一段时间，一直没有人进来，没有人看到那面大大的镜子里，喜林的脸是怎样的在勉强自己要开心。

稍稍平静后，喜林对自己说：喜林，待会儿出去时，你一定要笑，一定要。

这样想着，喜林还对着镜子，努力地练习微笑，就仿佛她从来都不会这个本领似的，喜林知道那样的自己又笨又傻，但是那有什么关系，喜林宁愿让所有的人觉得她傻一点，她也不要有一个人看出她心底所有的秘密。

喜林感觉到自己已经在里面待得够久了，再不出去，就不像话了，她不想让那么多人等，更不想被那么多无关紧要的人去猜测。

喜林用烘干水的双手捂了捂自己的脸，仿佛那一层表面的温暖就是勇敢和宁静，就在她准备转身出去时，却撞着了一个进来的人。

喜林有一点眩晕，头昏昏的。那人有一些鲁莽，用力掰着她的肩。

喜林下意识地觉得这人怎么会这样时，听到了那个熟悉的声音，就算眼睛此时迷糊，但是耳朵不会，那是安择的声音，他说："小芝麻，你好吗？"

瞬间，喜林努力忍了那么久的眼泪，像决堤的海，倾泻而下，没有可能可以被挡住。

真的，有时候，你必须承认，你自己原以为自己多坚强，原以为自己多沉着，原以为自己多冷酷，原以为自己可以让别人看你是多么的平静如水，那也只是你在这世界上除了那一个人面前之外的形象，你只要安静地站在他面前了，你只要被他注视了，你就彻底瓦解，直到什么也没有，除了柔弱，还有依赖。

喜林哭着说："安择，我不好。"这么久以来，经过了这么多，不管是谁问来，她都说好，就算在邮件里在短信里，她对他说的，也是一个好，可是她真的是不好啊？

"怎么不好？"

"我没有让真正的我站在你面前，每次见到你时，真正的那个我，那个想要让你明白和知道的我，被我藏着，就像一个人想要给人送一份小礼物，却小心谨慎地捏在手心里，然后再把那只手放进外套的口袋里，除了她自己，没有人知道她的手心都捏得出汗了。"

他伸手挡住喜林的嘴，轻声地说："在我这里，你的话，不说我也都知道。"

喜林点头，眼泪却更厉害地往下掉，然后禁不住抬起手，去找他受过伤的那只眼睛，所有的内疚都涌出来，知道它受过伤，竟然连它都没有好好地问候一下，她不禁又喃喃地说："我甚至连它都没有好好看一眼，没有问经历了那么多磨难，它好不好？它曾经有多疼？它是否曾经什么也看不见？"

安择永远知道喜林在想什么，他把喜林的手牵下来，在自己的手里握好，笑了一下说："你看它很好，以前怎么看世界，现在还怎么看，没有不同。既不会把一粒杏仁看小成小芝麻，也不会把一粒小芝麻看大成一粒瓜子仁啊。"

喜林终于笑了，眼睛里有光芒闪动着。

安择见她笑，拍拍她的脸说："现在，出去和大家在一起吧。"

"好，我们一起。"

"不，我跟罗SIR说了，有点儿急事先走了。"他看着喜林，眼里充满着鼓励，就像以前，每一次，喜林遇到困难，他总是会以那样的目光看着她，然后喜林就特别有勇气去做任何事情。

他一直目送喜林走到那个房间门口，再回到同事中时，喜林觉得时光静得像桌上的玻璃杯一样，很明亮很透彻。

在这样的光景里，喜林觉得自己终于将手心伸开来，摊在了世界面前。

3

第二天，喜林就被通知去DM公司正式上班了，试用期三个月。

DM公司离唐历历的住处很远，她俩只有两站路的同行路线，早上她们出发很早。

在公车上，喜林想起上次唐历历去武汉的事，抱歉地说：“历历，上次你去看我，我像个虐待狂似的，那么早把你叫起来，那么早把你一个人扔在车站。”

唐历历故意斜了她一眼说：“就是的啊，我的小心脏，到现在还有郁闷后遗症呢。”

喜林挽住她的胳膊，把头靠在她的肩膀上，说：“历历，对不起，那我好好工作，帮你把这病治好哈。”

唐历历扑哧一笑，然后假装病得不轻又幽默地说：“唉，随它去吧，经历多了，一点小事情啦。”

聊着，唐历历要下车了，她走到车门那里，却又返回来坐下，喜林问：“怎么啦！不是到了吗？”

唐历历咳了一声，扮着腔儿说：“喜林，我还是送你去吧，第一天上班，有家长陪的小孩，会平静点。”

“去你的，那家长还得负责接小孩呢！”

“错，家长会在一个地方等着，既放心，又可以锻炼小孩的独立能力。”

“你还真老上了啊，那我叫你大姑，你敢答应吗？”

“唉！真乖！”

喜林红着脸笑，知道唐历历是从来都不会在嘴上吃亏的姑娘。

唐历历真的把喜林送到公司门口，唐历历看着瘦弱的喜林，帮她理了理头发，捏好了衬衣的领子，真心地嘱咐她说：“喜林，走进去，你的新生活就开始了，希望你开心快乐！下班时，我会在刚刚要下去的那个站台等你，我们一起回家。”

原来她要坚持送到门口，就为说这句话，喜林感动眼圈儿一红，说不出话来，只是用力地点着头，然后挥挥手，转身向那幢写字楼走去。

昨晚，她俩聊天，唐历历是个很有理想的女孩，她说她要好好工作，在都市中，让别人看起来觉得你内心强大的外在条件其实就是你有不错的工作，不错的收入，因为这些，你看起来计较得不多，或是有些小事不够你俯下身来计较。她说她要在北京买房子，在北京找男朋友，在北京结婚，她要她的子孙后代无论走到哪里，都说咱老家是北京的。

昨天喜林还笑唐历历，而她自己对这些也还茫然，可现在，她却觉得，为了永远和这么好的朋友在一起，为了贪婪地要一直感受友谊的美好，那么，她也要像她一样，好好工作，开心地生活。

喜林到得早，公司里还只有少少的几个人，不知道安择什么时候会来？人事部在这层楼的尽头，她看到有灯光透出来，想必是罗SIR已经到了。

喜林走过去敲门，罗SIR真是个让人觉得相处起来不拘谨的人，他看到是喜林，便像大人夸奖小孩似的竖起大拇指，说："哦，喜林，你跟我一样，是个喜欢早到的人，现在离上班时间还差三十分钟，我们聊一会儿天，这可是两全其美的事儿，一来，我可以锻炼中文，二来，你也可以了解我们公司。"

两人愉快地聊了一会儿后，走廊里渐渐嘈杂了，公司里的人都分别来上班了。喜林说："罗SIR，您先忙着，我去看看另外的四个同事来了没有？"

"嗯，好的，九点半在楼上第五个房间，那是小会议室，我们开个小会，说工作安排，你们去那里等我，OK？"

"好的，谢谢。"喜林转身出门，刚到门口，罗SIR却叫住她："等等，喜林。"

"您还有什么吩咐吗？"

罗SIR耸耸肩，抱歉地说："喜林，我差点忘记了一件事。"

"您请讲。"

"是安择，他让我告诉你，你要愉快地工作。"

喜林心里一暖，点头说："谢谢您！在这里我感觉很愉快。"

"唔，那就好，那就好，安择，他今天就要飞往意大利，这是公司总部刚刚决定的，他要去一年，你是他的朋友，他有点放心不下你，但是我是他的朋友啊，所以我叫我的朋友放心他的朋友，对不对？"

喜林愣住了，好一会儿才知道自己失态，一再地说了谢谢，从罗SIR的办公室退出来。

在走廊里，她撞到小A，慌张地冲她点了点头。刚刚还满怀期待的心，突然就被抽空了，楼里越来越嘈杂的声音淡下去，楼仿佛瞬间也空洞了。

4

喜林从会议室出来，跟着小A去领电脑和办公用品时，还有点恍惚。

她是下了多大的决心才来的北京，而且安择还是从前的安择，他只是沉默了一些，其他的一切都是她心底的那个安择。

喜林觉得命运给他们的机会，很吝啬，刚刚才给你一阵花香，沁人肺腑，转眼就让你如同在真空中，呼吸都困难。

那天之后，喜林有多心安啊，她都舍不得把这份美好告诉唐历历，仿佛一说就不再是自己的了，她暗暗地美美地揣着一种独特的小甜蜜在心里，她也明白自己，并不是有多贪婪，想要拥有许多，她只想每天可以在公司里看到他，可以听到他的声音，如果碰巧在走廊或是在电梯里遇到，彼此点下头，不说一句话，眼神交流都是对方的整个心。

可是，现在让人觉得多么难过，他的身影和声音，根本就不在她眼前的空间里，不在她能走得到的世界里。

领了东西来到创意部，那种空落落的感觉更甚，创意部的办公空间足足有一百多平方米，大家各自找着自己最喜欢的位置，喜林想着自己去哪里。

小A是创意部新进员工组长，她交叉双臂抱在胸前，来回踱步地告诉喜林他们：“大家看仔细了，网线在左边，电源在右边，接好电脑后在MSN上加我，我传些资料大家先熟悉一下公司的背景和文化，还有我们创意部近年来做的一些经典的案子，另外，请大家在今天之内务必把身份证复印件送到财务部，财务部要给办工资卡。”

喜林朝窗边的位置走去，相对于其他的地方，她还是喜欢坐在窗边。

小A却叫住她说：“喜林，你去哪儿啊？”

喜林往桌上放下东西，不解地问：“我就在这里啊，不可以吗？”

小A一边给大家报着她的MSN地址，一边朝喜林走过来，走到桌边了，小声地说：“你把东西搬到我对面吧，安择让我多多关照你，你离我远了，我怎么方便关照呢，你说呢。”

她的话让喜林有点意外，但还是礼貌地对她笑了一下，说了声谢谢，把东西又抱回来。

小A也跟回来，帮她把笔记本电脑从盒子里拿出来放到桌上，帮她插好电源和网线，她的热情，让喜林有些不习惯，一再说她自己来，不说还好，一说，小A似乎更加热情了，一边帮她把其他的东西摆好，一边问她的MSN地址是多少，说她来加她，还问她喝不喝咖啡，她桌子的抽屉里有，在网上买的，越南的，昨天快递公司才送来。

喜林除了说谢谢，不知道和她说什么才好，倒是小A健谈地说：“我听安择说你们以前是朋友，他的朋友就是我的朋友，在公司里有什么事就找我吧，要是安择不外派到本部，他也会这样的，我这只是在帮他呢。”

面对如此让她觉得意外的小A，喜林真是说客气不是，不说也不是，一声一声的谢谢说得自己都觉得自己傻了。幸好，另外四个新人中，有一个特别爱问问题，把小A叫了过去。

上午这些事情一做完，就到了午餐时间，小A约喜林一起走，在电梯里，小A给大家介绍公司的自助餐厅在哪里等等。

电梯刚到一楼时，喜林的手机有短信铃，她打开看后，没有同小A他们一起下楼，而是在电梯有人进来时，她匆忙地跑了出去，然后乘另外一部电梯回了办公室。

喜林刚气喘吁吁地坐在自己的办公桌前时，小A打来了电话："喜林，你上楼是有急事吧？用我来帮你吗？"

"谢谢，不用的，我就是收一下邮件。"喜林说。

"哦，这样啊，谁发给你的啊？瞧瞧你急的，我还以为你遇到了什么状况。"小A在电话里笑。

"一个朋友，谢谢你，你不用管我的。"喜林面对她的过分热情周到，真是有点不知所措。

"那你吃饭怎么办？餐厅的进餐时间是十二点到一点，你下来晚了，可能就没有了。需要我给你叫外卖送上来吗？"小A继续周到地说着。

"谢谢，真的不用，我很快的，一会儿就下来了，你先吃。"喜林不知道小A接下来还会说什么，要是她真再说，都不知道如何跟她讲话了。

不过还好，小A总算是挂了电话。

终于安静了，喜林轻松地打开自己的邮箱，看到有未读邮件时，她的心里突然就清新起来，也不感觉到饿，也不再有上午那种种的难过纠结了，仿佛世界原本安好，只是看它的人，不小心慌张了，然后就有了不对的情绪。

5

短信是安择的，他说：小芝麻，上午很忙碌吧，习惯了就会好，有难题找罗SIR，我和他是很要好的朋友。马上要登机了，给你写了邮件。

喜林回了邮件，靠在椅背上看着三十楼窗外的天空时，感觉到自己如同呼吸到了拉萨的空气。

她起身，来到窗边靠着，忍不住往达西多雅的书店打电话，是多雅接的，听到她的声音，多雅高兴得喜林都听得到她蹦起来踏响地板的声音，不知不觉一聊就聊了半小时，直到小A他们吃完饭上来。

小A走过来，继续表达着她对喜林的那无微不至的关心，靠在喜林的桌边，看了喜林的电脑一眼，然后笑着冲着窗边的喜林说：“喜林，认识你以来，你好像现在最开心呢，是谁的E-mail啊，力量这么大？”

喜林都还跟多雅他们通着话，见小A这样，只好匆匆地对着电话说：“达西、多雅，你俩忙着，今天就聊到这里了，我要去吃饭了，肚子还饿着呢。”

说完，喜林把电话和双手都轻松地插进上衣的大口袋里，从窗边走到桌边，看看小A说：“是两个西藏的朋友，一聊就忘记了时间。”

“西藏的啊？”小A的语气里似乎有一点失望，还有怀疑。

“嗯，前段时间我去过，你去那里看过吗？”喜林一边关电脑一边说。

事实上，小A突然热情也好，如此健谈也好，喜林隐隐地都明白她心里在想什么吧，只是小A在这件事上，还真是让喜林不喜欢，甚至讨厌，她心里的事，历历那么好，她都舍不得说，何况小A。

“哦，不想去，我怕高原反应。”小A丢下一句话，端了水杯，去水房倒水。

喜林微微一笑，走出办公室。

安择提醒自己看邮件，是因为他在这次的邮件里写了许多有关上次那些照片的话。喜林为那些话感觉无比的欣慰，他可以只从照片上，就可以明白喜林在西藏的种种心情。如同那一次，喜林听唐历历讲他的眼睛受伤时，喜林也会感觉到疼痛一样。

独自在餐厅吃饭时，唐历历打来电话说：“喜林，我下周就要去出差啦，生平第一次呢，我太兴奋了。”

“要去多久啊？你都念叨好多回了呢。”

“去半个月。喜林，你快说，想要我给你带点儿啥回家？”唐历历欢快地说着。

“不要，若你真要带的话，那么……”

“那么什么啊？快说，趁着我现在这高兴劲儿，等它凉了，我可就舍不得了啊。”

“我是说你带着男朋友回来。”

“臭喜林，那好，我带一金龟婿回来了，你给人家见面红包啊。”

“红包有啊，早准备了，包人家百分百满意。”

“你是说把我包起来，给人家吧，告诉你，我是你肚里的蛔虫，你想啥我知道啥。”唐历历得意地逗着喜林。

“那好，我的蛔虫，你说我现在想啥来着。”

“你啊，现在心情大好，看起来，今天初战告捷，对公司的第一印象不错。还有，见到安择了吧。”

"蛔虫，你错了，安择他去公司总部了，一年后再回。"

"啊，喜林，那我走了，安择又不在，你没事儿吧？"

"没事儿的，历历。"说着喜林在电话里压低声音说，"我要离开餐厅了，那个打扫的大姐已经瞪了我好几次了，好像我特能吃似的。我们下班见。"

6

每天，喜林一个人等车去上班，回来时，在那个站台也看不到唐历历的身影，有一点孤单，所幸的是工作还好，到底是大公司，每天都会有不同的收获，罗SIR很关照她，这让喜林明白，安择离开公司前，委托照顾自己的，并不是小A，而是罗SIR。

喜林本来就是个安静，也不善于和别人较真的人，她跟大家相处得也还愉快，只是小A这个人，还是令她有些不明白。

很多时候，她其实明明是想要跟自己了解一些安择以前的事情的，但是却又从来不明明白白地说。而喜林，对于放在心里的人，你就是各种方式用尽，她也不会说的，因为她只知道一点，要是安择想告诉她他自己早就告诉了，安择不说的，她肯定也不会说，无论谁问，无论谁来打听。

唐历历有一次打电话回来说起过小A，喜林顺便提起这个。

唐历历一语道破地说："切，喜林，我告诉你，这现象就只说明一点，安择没有把她当成知心的人，要是有，她岂会如此费尽心机，你想啊，她看上去是那么自信又强势的女人。"

这话很快便验证，那天，喜林去罗SIR的办公室，小A也在那里，只听小A带着央求的语气对罗SIR说："算我求你了，罗，把钥匙给我一下，我只是想帮他打扫一下。"

罗SIR笑眯眯地摇头说："小A，我很抱歉，你难道不懂我们男人们，我们不在意的，而且，我个人觉得，不住人的房子，如果收拾干净了，以后再来看这段时间时，会没有一种离开感，会觉得，哦，我没走多久嘛，这房间干净得好像我昨天还睡过。"

罗SIR的解释很奇怪，或许男人都是如此吧。

小A失望地走了，看到站在门口的喜林，想说什么，却还是不冷不热地看了她一眼就走了。

喜林找罗SIR问了事情出来，回到创意部时，看到小A冲着罗SIR的门口张望着，喜林一进来，她便问："喜林，你不懂职场规矩吗？你有业务上的事情，不可以直接请示罗SIR，你先要同我沟通，然后我和创意部主管沟通，然后请示创意总监。”

喜林愣住了，喝了一口热麦茶，等小A把道理讲完后，她说：“可是我不是去问业务上的事，而且罗SIR现在主要是管人事，与创意部的业务不联系。”

小A大概没想到喜林会顶嘴，生气地说：“你一个还在试用期的新进员工，直接去找人事主管就更不对了，别人会怎么想？说好听点，会说你讨好领导，不好听的，你自己想去，你大概听过别处有潜规则，但是你记好，本公司没有。”

她的话太过分了，喜林也生气了，她深深地吸了一口气，平静地说：“好，我告诉你，我去问罗SIR什么事，我问他，商场的贵宾卡可不可以借我用一下？请问，这算不算越级？”

小A恼怒地看了喜林一眼，抓了桌上的文件夹，走出办公室。小A自知理亏，有关那张贵宾卡的事，还是上次她在吃饭时和他们说的，说整个公司办一张就够了，谁需要谁借去用，还给卡主攒下积分了。

小A一定是生气没有拿到安择房间的钥匙，她要进去做什么呢？小A和安择之间的关系，到底是什么，喜林不明白，但是她知道一点，安择最真实的自己，小A并没有看到。

下午，安择又来邮件了，每每读他的邮件，喜林都会觉得三十层楼里就只有她一个人，安择的每字每句，是在什么样的心境下敲下的，她知道自己可以感受到。

而每一次回信，她也是如此，那只是写给他一个人的话。

下班时，感觉天色明显比前几天稍暗了，秋天一天比一天浓厚了，早晚等公车时，都会觉得冷了，它在酝酿着冬天，不知道冬天来到时，一切会是怎样？

7

没想到唐历历回来的那天，都还没有和喜林见上面，就会接到一个莫名其妙的电话。

当时，喜林正在泡澡，还贴着面膜。唐历历开门进来，在客厅大声叫她时，喜林说她在卫生间。

唐历历一边叫着累一边把自己扔到沙发上，朝卫生间里的喜林喊：“喜林，我可累死了。”

喜林脸上贴着面膜，不方便大声说，直说让她先歇会儿，她给她准备了好吃的。

这时，喜林的手机在茶几上响了，唐历历叫了一声：“喜林，我听了啊。”

唐历历摁了接听键才看清是成语的来电，慌张从来不是唐历历的性格，虽然很累，她还是很优雅地说了一声："你好！"

但是对方却是一个女声："请问，你是喜林吧，我们上次见过的。"

唐历历当即明白对方是何方人物了，赶紧摁了扩音，来到卫生间门口，好让喜林也听到。

"我是喜林，你是哪位？"唐历历替喜林说着。

"我是南苏苏。"

"噢，你好，请问有何事？"

唐历历就这样假装是喜林，一句一句地套出了南苏苏来电的目的。等到弄明白后，她对从洗完澡出来的喜林说："咱们终于出气了。"

原来南苏苏来电是要问成语有没有在喜林这里？他们吵架，成语离开，连手机都没有带，当唐历历弄明白这一切后告诉她喜林在北京时，南苏苏在那边几乎是尖叫了。

唐历历说："喜林，不要不相信，有时候，情敌的一声尖叫代表她很崩溃，我们有幸听到的话，所有的怨恨，从此都烟消云散。"

喜林没理她，拿过电话短信过去说：成语可能去南桥头那家咖啡店了。

唐历历不懂喜林的做法，她快言快语的，几乎是有点生气地说："喜林，你就该让她疯去，你凭什么都被逼得来北京了，还要为过去的情人惦记他的喜好，并且有真诚相告给情敌的义务？你可不要告诉我，你对成语还有留恋。"

喜林无可奈何地要用抱枕去堵唐历历的嘴，被她让开。

喜林看着她说："不是那样，没有什么要留恋的人，只不过是一条可能会正确的信息，给一个可能会需要的女人罢了。"

唐历历朝喜林挤着眼睛说："喜林，你真的这么超脱了？我说话直来直去，就是替你委屈嘛。看你这态度，好像是要有皈依佛门的前兆呐。"

"历历，你去了趟上海回来就不对劲，我得看看，是哪根筋搭错位置了？还是有人让你的小宇宙混乱了？"

喜林一句话，惹得唐历历倒在沙发上，大声地笑着："哈哈，喜林，你还别说，我这次真的遇到了白马王子。"

"我才不信，你的眼界，能看上谁啊？"喜林想起以前在学校时，唐历历的一些故事。

唐历历说过，哪个男人让她爱得要死，爱得可以去死，她就跟那个男人结婚。

但是这么多年来，就只有唐历历被别人爱得要死的。

大学那四年里，几乎每一年，唐历历都会有一场令校园轰动的爱情。

其中最轰动、轰动到彪悍的一次是，在相同的时间内，呈现出多元主角，那一次的故事，人尽皆知，鉴于整个故事经过太复杂，校园BBS上有人曾总结出脱水版：校园情歌王子A在小树林里为她弹《最美》弹唱到一半，扔下吉他和迎面走过来的校篮球队长B发生对决的时候，她，正在宿舍里读着刚收到的文学社社长C的手写情诗，与此同时，她的手机也正迎接了两条暧昧的短信。

这么狗血到美丽的情节，都在唐历历身上真实地发生过。

回忆起这一段时，两人笑成一团。躺在沙发上，看着天花板，时光很静，暖气像正在开始的春天。

8

公司上次试用的五个人，被辞退了两个，喜林顺利通过试用期，刚签完合同，喜林就忍不住告诉安择。

发完短信，喜林用手支着脑袋，看着桌上的手机，等待着安择回她短信。脑子里浮现出不同的可能，比如他在工作，忙得没时间看短信，比如手机放在住处，没有带着，等等。

尽管每一种可能，喜林都不多想，都理解，但是她还是期待着短信回来的小铃声。

两分钟过去了，安择的短信回来：祝贺，新开始，新收获。

看着手机上的这八个字，喜林笑了，第一次觉得安择，有些谢教授的说话语气。

放下手机，准备开心地投入工作时，抬头的一瞬间，却发现对面的小A正看着自己，眼神复杂得像南来北往的风缠在了一起。

自从上次和小A顶撞过后，小A一直不怎么理她。喜林冲她笑了笑，小A端着水杯走过来，说祝贺她终于顺利通过考试。

喜林说谢谢，表达了这与她对自己的关心分不开。小A不好意思地笑了笑，说：“喜林上次我心情不太好，就找走得最近的人出气了，希望你不要介意，我们来日方长，时间久了，你或许就会知道我了解我。”

喜林伸手帮她捡了肩上的一块小纸屑，说：“我们都一样，我有时候脾气也不好。”

小A转过身来，朝大家宣布着今天晚上聚餐，说完了大家你一言我一语的，有的人问在哪里？若是吃海鲜就去，有的人说要陪家人等等，小A同他们寒暄着。

喜林边看着电脑边想，如果小A没有上次的摔倒，或许她的生活要如意得多。

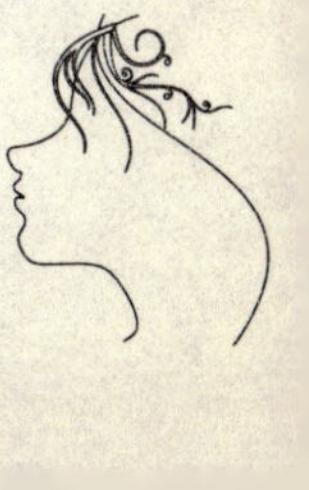

对于小A，喜林心里究竟是一种什么感觉，她自己也弄不明白。似乎普通和不普通掺半，喜欢和不喜欢掺半。而这些建立在什么基础上呢，她遵从安择的态度，安择喜欢，她就喜欢。

下班后，喜林没有去聚餐，她向来不喜欢这种事。

坐车到那个站台和唐历历会合后，喜林说要请唐历历吃饭，唐历历闹着说自己胖了，要喜林陪她走回去，再自己做她精心设计的塑身大餐，喜林不管她，拖了她就朝一家餐厅走。

两人边吃边聊，自然就说到了这件事。

唐历历依然是明察秋毫似的，觉得她比喜林看得清楚和透彻，她说："喜林，小A只是小A，安择身边的一个朋友，现在的朋友，而你是安择很久以前的朋友。其他的无所谓，她的存在，不影响你和安择的过去，至于将来，每个人将来会有什么人来参与，都是未知的，但有一点是肯定的，谁都不可能只认识某一人过一生，就像我和你，在你我的将来，肯定也会有小B小C这样的人来认识我们，还碰巧得了缘字抹不开地要开始一段感情吧。"

喜林点头，说："历历，其实我觉得小A这人不坏，但不知为何，总感觉她有些故意似的，包括对我的好，也很明显的是故意的。"

"随她吧，你又不能限制别人怎么做。"

本来在公司，大家都用MSN，但是有一天晚上，唐历历加班还没回来，小A却在QQ上加她。喜林通过后，以一个普通同事的语气同她打招呼："你好，晚上还在工作吗?"

小A说："喜林，安择给了我你的号，你不介意吧。"

"我不介意，但安择不会。"喜林很自信地说。

"哈哈，你们不愧为多年校友，很了解。我是那天无意间在你的电脑上看到的，登陆后，不都有缓存嘛。"

"很高兴在QQ上也认识你，我们工作上本来就有联系，这样更方便沟通。"喜林打下这行字后，心里百感交集，她果然没有猜错。

安择是不会把她的号随便给人的，即使这个人跟他是相当的熟悉，即使她的号很多人都知道，根本就不是什么秘密，安择也不会。就像安择一直也不会去对任何一个人承认和述说他与她之间的那种互为知己，他只要她知道就很好。

芸芸众生，并不是每个人都会幸运地拥有这样的对方的。一旦拥有，就会觉得世界安好。此刻因为这份安心，喜林想去睡觉了，她不想同小A在内的任何一个人聊天了，她什么也不想知道，不想了解，她甚至不想知道小A加自己要做什么，不想知道小A要对自己说什么。

于是她说：“小A，很晚了，休息吧，明天公司要开策划会呢。”

“你在躲我吗？”小A快速打过来五个字。

喜林在屏幕前瞪大眼睛，然后一笑，她很想告诉小A，你没有那么重要，而且是不带任何感情色彩地要说这句话的，因为本来就是这样啊，她觉得重要的事，她自己就会去理会，不用人家来置疑的。

“你加我是想问我这个？那么我现在就回答你，从没想到要躲啊。”喜林回话。

“我只是想告诉你，我爱安择，谁也阻挡不了。”小A的字里，有咄咄逼人的气息。

不管小A在安择面前是怎样的温柔或是善解人意什么的，但是她可以肯定的是，安择不喜欢这样的人，喜林回话道：“你爱安择，要说给安择听，而不是我。”

“我会！我会！”小A说过这句话后，就暗了下去。

喜林起身去冲了一杯麦茶，靠在椅背上想小A到底是怎么一回事？想不明白，如同手里的这杯麦茶，到底是麦，还是茶？

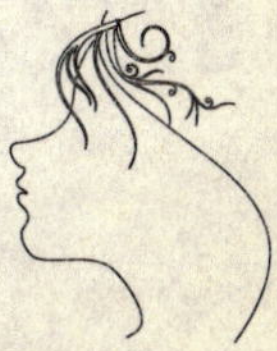

第七章　往事成灰，灰飞烟起

1

创意部计划在月底之前赶出几个案子的策划初样方案，为了方便工作，喜林从唐历历那里搬出来到公司小宿舍住了。

安择似乎很忙，自从上次回了喜林的短信后，一直没和她联系。那天下午，做完当天的工作后，喜林给他发了邮件，告诉他唐历历有了男朋友。

对喜林来说，生活中已经有很多事都成为了必须吧，因为认定是必须的，所以从来不会忘记，不管在这些事之外的一切怎么样。

这天下午三点，整个创意部都安静着，除了偶尔的电话铃声。月底马上就要到了，大家都在埋头工作，得把每人一套的初案赶出来。

大家都没有觉察到有人进来，直到他问："喜林是哪位？签收国际快递。"

喜林放下手里的事跑过去，看了地址后高兴地签了名字，然后像宝贝一样地抱着那只盒子回到桌前，把它放到抽屉里，接着赶工作。

大家都在忙，没有人关心喜林的开心。

除了小A。快递员的话，和喜林的神色，似乎打扰了她。

事实上，自从上次小A和喜林道歉，后来又在QQ上有些神经质地说了那些话后，喜林就一直躲着她，惹不起，可以躲的。

小A用手里的笔顶着脑门，叫喜林。

喜林抬头，笑了一下，问："有什么事吗？"

小A咬着笔头，怀疑地问："你买东西了？怎么不拆开验货就签收啊？"

"哦，还好。"

"是在国外的网站买的吗？有好店推荐一下嘛，别藏着啊。"

"不是的。"

"那是什么呢？瞧瞧你神秘的，我真是觉得你越来越神秘了。"小A狡黠又不自信地说。

喜林知道小A是想知道是不是安择寄来的？但是，是不是安择，与她有关系吗？喜林正不知道和她再说什么时，同事小杨过来叫她一起去再了解一下某个公司的资料。

喜林如释重负地关了电脑，把快递装进自己的大包里，和小杨离开公司。

从收到快递时，喜林的心就一直在快递里，抱在怀里，放在抽屉里，放在包里背在身上时，她的心就仿佛在那快件里面。

不用拆开，来自它本身的沉重感以及意义的沉重感，喜林就已经知道了是什么。

安择刚到意大利不久，有次在电话问她："小芝麻，你还知道有一次谢教授在课上讲过的一个小镇吗？"

安择寄来的，一定就是小镇的照片。而且，这段时间的不联络，喜林也知道了答案，他是去那个地方了。

晚上，喜林洗了澡，打开台灯，每到冬天，她都喜欢白炽灯，那种温暖的灯光，总是让她有一种心安感，有如在心里好好地放着的一段美好的感情一样，因为有它，不管遇到了什么，都会安心，安心地等不开心过去，安心地等那个在生活中勇敢面对一切的坚强的自己。

安择拍照的角度，和自己的那么相似，以前在学校的摄影社团里，每次组织去写生，在同样的景色中，他们总是会拍出几乎一致的照片来。

谢教授是个让所有学生为他着迷的教授，他的举止言行都透出一种博学多才，最重要的是，他有一种又深沉又美好的情调，在课间在言语间在许多方面，都会不由自主地散发出来。有次课堂上，讲到国外艺术，讲到一些小城，他提到这个城市，他说你们有机会一定帮老师去看一看它，它有多美吧？有句意大利谚语这样说："看一眼那不勒斯，然后死去。"

喜林坐在被子里，靠着床背，在灯下一张一张地仔细看完它们，窗外落下雪粒儿，仿佛是时光降落的声音，那声音带着喜林，仿佛去了安择去过的那个地方，踩着他的脚步，顺着他的眼神的方向，凝望注视着厚厚的相册中的一切。

喜林不知不觉地就那样靠着睡着了。北京的夜晚，没有真正安静，但是她却越来越爱，那么多的想念，比什么都暖和和宁静。

2

小A越来越奇怪了。

有时候，她会以一个朋友的样子，对喜林关心着。而有时候，她会故意在喜林面前表现出一种自己先到此地的那种优越感，故意让喜林为自己的初来乍到和不懂得多而内疚。

这天在策划讨论会上，大家就每一个值得做的方案的细节再进行讨论，谁的发言小A都附和着认可，但是偏偏喜林才说了一句话，她就大做文章，把场面弄得好尴尬。

会议下来，喜林抱着文件夹边往创意部走，边约小A中午一起吃饭。

工作中有这样别扭的同事，大家天天在一起，这样其实谁都不快乐，喜林不想这样。

小A看了喜林一眼，仰着头朝前走了几步，很是不屑，可快到创意部门口时，她却答应了喜林。

但是到了十二点，喜林走到她的桌边约她一起走时，她又端上架子了："你看我，正忙着呢，要不你坐在这里等我一会儿。"

喜林笑了笑说："我去对面的咖啡厅等你吧，坐在这里等，影响你工作了。"

"行，你先去，我一会儿就来。"小A头也不抬地说，她大概没料到喜林会这样说。

"锦里锦"咖啡依然是这样，人不多，但是却又永远都不缺顾客，服务员端来柠檬水，喜林捧着玻璃杯，又想起她第一次来这里，是为了要看看安择，今天她照例又坐在角落靠窗的位置，书上说选择这个位置的人，一般都是缺安全感的，或许是吧。因为小A和安择的关系，她不能与小A闹得太不愉快，虽然从心里来说，她真是不喜欢这种不真诚的人。

唐历历打来电话，说："喜林，下午下班了就在公司里等着，我的王子和宝马会来接你。"

喜林笑。唐历历说过，整个北京城，宝马雕车香满路，但是就只有宋子忱的那辆白色的小POLO，具备宝马的特质，她指的是，宋子忱总是每天都会准时来接她，准时到达，无怨无悔，是她真正的宝马车。

唐历历讲这些话时眼里流露出来的幸福，让她从心底为她感到高兴。

喜林回话说："好，我等着。"她其实也想见唐历历了，转眼之间她们大概一个月没有见面了。

打完电话，喜林顺便又打开手机里的那张照片，呆呆地看着，她想安择了。每当想他时，时光都是暖的，像不凉不烫刚刚能在手里满满盈握的那只柠檬水杯，像透过窗子照进来的冬日暖阳，喜林希望杯里的水不会凉，太阳不会西沉。

出神间，不知道小A来了，她站在门口，叫她。

只是喜林怎么也没想到，因为小A的这一声"喜林"，另外两个人也扭过头来，怔怔地看着她。

所有的往事浮上心来，像风掀起的黄沙，喜林拿起包，想离开，趁着小A还没完全走过来时，迎上去和她说去别处也很好，虽然那样很不礼貌，但是相对于可能受到自己根本就无法阻止的伤害，也必须得那样做。

然而，晚了，小A是个多精明的女人，她已经在喜林、成语还有南苏苏三个人不同的神色中，捕捉到了一点什么，她很感兴趣。

3

整个下午，喜林都把自己关在资料室里。下班后，宋子忱准时来了，接她到了避风塘。

唐历历早已等在那里，喜林一落座，就哭了起来。

唐历历慌了，赶紧拿纸巾给喜林，坐到她这边来，着急地问："喜林，你怎么了？"

喜林泣不成声，唐历历对宋子忱说："子忱，你回去帮我把上次出差给喜林带的围巾拿过来吧。"

宋子忱明白是她俩要说话，立即起身往外走。他走后，唐历历问喜林："别闷在心里，快告诉我是什么事？"

喜林给唐历历讲了中午在咖啡厅的事。

因为小A的一声"喜林"，成语和南苏苏同时扭过头来，看到离他们近在咫尺的喜林。

当时的场面真是不好说，喜林只想赶紧走。但是小A很快便捕捉到他们三个人各自眼神里流露出来的故事，别有深意地笑了一下，走上前拉着喜林的胳膊，就在成语他们那张桌边坐下，说："既然是老相识，就大家坐在一起吃顿饭好了，我请。"

喜林两次想走，都被小A用力按住。

接下来的事，就是小A一个人在唱。她极其敏感地知道，这种场合的遇见，只能是喜林和成语之间有什么，于是故意和南苏苏套近乎，让南苏苏认为她是站在自己这一边的，南苏苏本来就是个任性和做事从来不顾后果的人，因为小A这一份莫名其妙的相助，她倒是把自己心里的怨怼挥散得淋漓尽致。

南苏苏扬着脸说："喜林，真是好久不见，没想到你是到北京来了。"

成语试图阻止一下南苏苏，说："苏苏，你不是说还要去商场的吗？"

南苏苏斜了成语一眼，怪腔怪调地说："怪不得你口口声声要来北京发展，原来是有人在这里等着啊，你俩不是还背着我暗度陈仓续着旧好吧？"

“苏苏，你，无聊不无聊啊。”成语显然是怕她，连生气也小心着。

喜林什么也不想说，话被小A接了去：“喜林啊，这是真的吗?。”

喜林用力地甩开小A一直努力要让她坐在这里的那只手，站起来走开。

却不想南苏苏竟然追上来，没脸没皮的，活像一个泼妇似的说：“你想走啊，我还有件事没和你算呢。”

南苏苏竟然声泪俱下地控诉着喜林是如何对成语纠缠不清，以至于她被逼无耐，投河自尽，后来命虽保住了，但是孩子没了。

而成语，自始至终任南苏苏放肆泼言，只敢小心而又害怕地看了喜林两眼。终于等到南苏苏说完，小A这才好人似的拉着喜林往外走。

但想不到到了公司，小A却大张旗鼓地生怕没人知道喜林前任男友的现任女友跟她吵过架似的到处说着，至此，小A那狭隘的女人心暴露无遗。

这样的人，喜林怎么应付得了。

唐历历听了，生气地从喜林的手里夺过手机，不管不顾地就拨了小A的电话。

“告诉你，喜林好欺负，我可不，你倒是问问安择看，我什么人不敢骂？你有本事还回去傍你那位大叔去，想要在这里告别从前装好人，却又暗地里做着小人的事，算什么东西?”唐历历冲着小A叫道。

唐历历的脾气向来都是不认人的，小A那也不是个省油的主儿，大概也在那边说得难听，只听唐历历又说道：“对，喜林从前爱过成语，但是你害臊不害臊，拿人家的干净清白来取笑，恰恰是在笑你自己，你明白不？你以为你是舒淇呀，有本事把脱过的做过的都穿回来纠正过来？让大家都更加喜欢她。”

4

宋子忱回来，愣愣地看着唐历历，大概是没想到她这么会骂人。

唐历历挂了电话，从宋子忱手里拿过围巾，给喜林围好，拉起喜林的手，对宋子忱说：“子忱，送我们去小A那里，这个女人太可恶了，猜猜她刚才说啥，她说我和喜林是拉拉，这话你听得下去不?”

喜林知道唐历历不是真想去那里，她刚才太失控了，引得别人都朝这边看，而且，她也知道，喜林不喜欢这样被人像怪物一样看着。

三人出来后，坐进车里，唐历历也难过地说：“喜林，别理这两个女人，她们明摆着就是嫉妒你，南苏苏嫉妒你在成语那里有她怎么都抹不去的往事，小A是嫉妒安择的心里有你没她。”

喜林眼圈儿红红的，说：“我是难受我没有做错什么，她们怎么要这样。”

“别人要坏，才不是因为你本身有错，而是觉得你影响了她们对于美好的获得。喜林，你啊，就是想得太简单了，你以为只要你认真了，只要你善良了，全世界就都把美好回报给你啊，才不是呢。”

“历历，我现在好多了，今天下午真是委屈得很，你看成语自始至终一副局外人的模样，我有对不起他吗？他哪怕说一句公道话也好。”

“不提这个人，我说过，别让我看见他。”唐历历气愤地说着，“现在让我看见他，我还懒得骂了，子忱，你帮我给他一拳。”

“没问题！”宋子忱边开车边爽快地说着。

唐历历见喜林好些了，让宋子忱找一家好吃的餐馆他们去吃饭。

吃饭时，唐历历才和喜林说：“喜林，我和宋子忱准备结婚了。”

“啊，这么快啊？”喜林惊讶地说。

“我们认识也有几个月了嘛，再说准备结婚，也不是今天说了明天就结的啊。”

喜林替唐历历高兴起来，问宋子忱：“你向历历求婚了吗？”

“你问她。”宋子忱本来想说，顿了顿又把话扔给唐历历。

唐历历把一块辣椒放到宋子忱的碗里，瞪着他说：“你敢做，现在不敢说了呀！”

说完，唐历历掏出她的手机摁了几下，把一段视频给喜林看，说是求婚那天，同事顺手拿她的手机拍下的。

宋子忱竟然像《金粉世家》里的燕西对清秋的表白一样浪漫，在唐历历公司对面的楼上，缓缓地洒下玫瑰花瓣和“我爱你，唐历历”的条幅。

别人的浪漫，喜林却看得眼底潮湿。宋子忱不明缘由，有些得意地看着唐历历说：“看看看，喜林都感动了，我那爱情宣传还真是不错吧。”

“说得好，暂时做得好，都不算数，你可以保证，当我头发都白了，当我的皱纹像川字横铺在脸上时，你还会这样吗？”

“会！而且那时候，你还戴着老花镜，按照物理学原理，老花镜可是放大的，所以你的幸福也是放大的呢。”

热恋中的男女，永远都是甜蜜的。

喜林捧着水杯，静静地笑，心却缥缈。

5

小A在公司里制造的有关喜林把前男友现任女友逼得自杀的谣言，让罗SIR给平息了下去。

罗SIR找小A谈过话后，小A主动来找喜林认错，说她很抱歉，她低估了随便一句话对喜林的影响。

喜林知道她明明是故意的，但是挑明了又有什么用？对她，喜林的态度始终是不让安择觉得难受为好。

安择不爱她，但是安择也没有扔下她，那么安择一定是在什么事上必须在意她才行，他不可能把她当做陌生人，虽然喜林从来没有问过安择迁就小A的究竟是什么事，他不想说，她也不会问。

喜林只知道，安择在意的一切，她也同样在意。不管他在意的事情好不好，她都完完全全地相信他。

年底的工作挺多，大家都相当的忙，忙碌中的小A似乎也顾不上同从前一样，在一些小事上故意横生枝节。小A在年底放年假前，还赶着去香港出了一趟差，回来时竟然还给喜林带回了倩碧黄油。

唐历历沉浸在幸福中，每隔几天都会打电话给喜林，约着见面，不见面的话就长时间地煲电话。

唐历历还升职了，薪水涨了百分之三十，宋子忱依然每天接送她上下班，宋子忱真的是爱她，唐历历在车里小睡，他还特地买了一个能收起来的羽绒被给她放在车里。唐历历说，那天当花朵一样的被子从一个抱枕里绽放开时，她高兴得恨不得下辈子也跟宋子忱在一起。

喜林打趣说：“真的啊，唐大美女下辈子也订下终身了？”

“嗯，定了算了，省得操心。”唐历历幽默地说。

喜林笑，多好的两个人啊。就像达西和多雅。

说到达西和多雅，前不久，他俩来了一趟北京，一是看看喜林，二是达西是想看看北京的书城。

在书城时，喜林问他们：“书店修好了吗？如果离得了家，在这里开书店也不错。”

多雅笑着说：“不，姐姐，达西他说，我们要更加爱书店，它是一个受过伤的孩子。”

喜林差点没被多雅那副认真的样子给惹出眼泪来，他们走后，喜林常常想，这个世界是不会亏待谁的，只要是好人，总是有爱在身旁。像唐历历和宋子忱，像达西和多雅。

那么她呢？她的美好，在哪里呢？

喜林常常觉得自己一直在对美好的向往中，美好在那个叫永远的地方等她吗？

这天中午，唐历历又把喜林叫了出去，说是宋子忱要给她买订婚戒指，她要喜林陪他们一起去。唐历历从前都说过不能少于两克拉的，结果这一次，她是个好幸福好知足的小女人，她给自己和宋子忱挑了一对情侣指环，两只一共才五千块。

在车上，喜林出神地看着唐历历，轻轻地说：“历历，你真幸福。”

唐历历看了她一眼，叹了一口气，伸过长长的手臂，抱了抱喜林说谢谢。都是聪明的人，唐历历明白喜林的话，而喜林也是明白唐历历为何要拥抱她。

饭后，就已经快到下午上班的时间了，宋子忱把喜林送到公司时，前台的人说今天好像有人给她送快递上楼了。

喜林赶紧上楼，问部里谁帮她签了快递，都说没有，小A也刚回来，也愣头愣脑地说什么快递？

喜林失落了，大概是前台记错了。整个下午，心都像不在身上似的。

晚上，坐在床上上网，发了好一阵的呆，然后给安择发短信：“安择，我找不到我自己，你呢？”

“我也找不到。”看着安择回过来的这几个字时，喜林哭了。

喜林感觉时空像是深渊一样，把他们放进去，又提起来。深渊里，视线里黑黑的，她和他彼此看不到对方。

除了那一息心灵相通外，似乎什么也捕捉不到。

6

转眼，春天来了。

达西给喜林寄来一些照片，多雅打电话告诉喜林的，说喜林在西藏时，印那么多照片，他看见了，于是就知道喜林对于照片的喜欢，就像他喜欢书，从来都只喜欢真正的书，纸做的书。

照片全是书店的，全景以及每个角落的。整个布局和装饰与从前很不一样了，自从遭火灾后，达西肯定更加珍惜书店了。

喜林为这一对好朋友的有心开心的同时，更是为她知道了这世界上，除了自己，还有别人和她一样，是活在自己的世界里的，达西的那种安然和美好，比自己更甚，仔细想想这世上，有多少人可以选择自己想要的生活，不多吧，人们总是被太多的东西束缚，到头来还说为生活所迫，这仔细想来，其实是自相矛盾的，既然为生活所迫，那么真正能逼迫到自己的生活，不正是心底想要的生活吗。

其实还是为生活之外的其他所束缚了。达西的书店还是叫好天气，记得他从前讲过，这世界，快乐的人，不会拒绝好天气，郁闷的人，就更是不会。而当好天气告诉你，坏天气之后总会有好天气时，再望向天空时，心境肯定就不一样了。

她决定把它们给安择寄去一份，她知道安择一定会高兴的。

喜林忙着处理完手边的工作，正想着要下楼去快递公司时，有快递员来给同事送快递，喜林便叫住他，向他咨询国际快递怎么寄。

那家快递员说要去公司去办理，因为他们公司综合着几家快递，国际快递涉及的资料多一点，得去公司办。

快递员说正好，这条线路的快递送完了，倒可以随他的车一起过去。

快递员是个很爱说话的小伙子，他在车里问喜林要办快递到哪里的物件。喜林掏出手机，将存在里面的安择的地址报出来。

快递员听完后，很肯定地说："这个地址我有些熟，如果我没记错的话，它前不久寄来过东西到你们公司。"

"真的吗?"喜林随口一问，心想这人记忆力可真是好，每天送那么多，竟然记得这么具体。

"真的啊，要是普通快递，我肯定记不住，但是这个我记得，我不会弄错，因为我做快递员才一个多月，送过的国际快递，就只有这一单。意大利，DM公司。"

喜林突然想起前些天前台提醒她有快递的事，便警觉起来，问他："公司里可不可以查到记录?"

"肯定行的啊。"小伙子爽快地说。

"那待会儿可不可以帮我查一下，我突然有点疑问。"喜林紧张地说。

"行。"小伙子很可爱，有一种喜欢帮助别人的爽朗。

很快，就查出了那单快递的来处和去处，以及签收人的资料。

那么一定有人以她的名义签了快递，并且签的她的名字。

喜林紧张地问快递公司不通过身份证核实签收人的身份吗？得到的答复是，如果有具体的单位，一般都不会错，都不会核实。

离开快递公司的路上，喜林心里疑虑重重，她在努力想会是谁收了她的快递不告诉她，似乎不用排除，她心里就明白了一个大概，只是她哪来的证据去证明，这连签收都是自己的名字。

7

喜林感到一种可怕，被有心机的人算计着，本来就是一件非常可怕的事。

有些人，并不是因为你不去惹，他就心如止水，他就喜欢风平浪静的。而且，他们想要做什么的话，你再小心，也是无济于事的。有时候事情根本就没有你想得那么简单，有的人也是，并不是你不犯她，她也就与你和平，你呼吸你的空气，她呼吸她的烟圈儿，招惹这个词，向来都是跟风和空气一样，从不安分的，特别是具备招惹气质的人，就更是如此，她的举手投足，是招惹，她的顾盼流连，还是招惹。

当南苏苏来公司时，喜林就充分地感觉到了这一点。

当时喜林正从罗SIR的办公室里出来，抱着资料心有所思地想着刚才罗SIR的话，罗SIR说安择快要回来了，因为罗SIR个人的原因，他要回国了，所以公司决定让安择回来任罗SIR的职位。

喜林心里的喜悦是不知不觉地就浮在脸上的，以至于她和从走廊那头走过来的南苏苏差点儿撞上了。

南苏苏在胸前交叉搭着两条胳膊，侧肩膀靠着墙，挑着眼睛，怪腔怪调地问："怎么？白天也做梦开心着啊？"

喜林不想理她，绕过去要走。南苏苏不让，伸手来挡住。

喜林早已领教过这个女人的不计后果，怕她在公司里闹，便说："有事找我吗？等我五分钟，我处理一下工作，我们去外面聊。"

"哦，你要找我聊？"南苏苏一笑，将脸凑过来一些。

喜林点头。

"哈哈，你难道不觉得真可笑，你以为我是来找你的吗？"南苏苏说完，走进创意部，叫了一声小A。

她俩是早就约好的，喜林心里一寒，真的是一寒，不是因为她们做了朋友，而是喜林暗暗知道她们俩是要做什么。

当时已是十一点多了，小A给南苏苏冲了一杯咖啡端过来，还把自己的座位让给南苏苏坐，自己则靠着办公桌和她说着话。

喜林就在小A的对面啊，她们聊化妆品，聊美容，那气氛就好像喜林和唐历历一样。再看这两个人，小A是属于妖娆成风的那种女子，举手投足里自有一种自己特有的味道，南苏苏是精明强干的那种，按说这两种性格的女人，都不是喜林不喜欢的，但是她们都不拿自己当朋友。

喜林知道，即便是此时她俩的亲近友好，也是做给自己看的，怎么可能，才刚认识，就跟闺蜜似的。

这人与人之间，只能是在某一种气息中，才能成为友人或是路人或是敌人，只是喜林不知道自己在她们那里怎么就那么坏了呢？

喜林开始明白，有些人出现在你的生命里，不过是来让你不开心的，但是你若想明白了这一点，还有必要为这个不开心吗？

下班时间到了，喜林收好东西独自下楼，安择就要回来了啊，那种开心让喜林所有的坏心情都沉淀不浮，甚至让她所在的空间里的所有尘埃也都沉淀不浮，仿佛整个写字楼顿时就是一座高大的水晶坊，里面的一切都是透彻美好的，她的期盼都闪着光芒。

在走廊里，在电梯里，喜林愉快地和每个人说你好。她也不想去计较是不是就是小A领了她的快递，那快递是安择寄来的，但是现在安择他就要回来了，那么就再也没有什么不开心可以影响这件事。

8

一连好几天，喜林都快乐无比。对有的人来说，快乐或许总是会不知不觉地就要表现出来，比如唐历历快乐的话，她会说许多许多的话，她还会特别喜欢吃东西，比如多雅，她快乐的话，她会像只小兔子一样，蹦来蹦去，还比如小A，喜林也知道，她要是心情好的话，她会特别喜欢化妆，上次她的工作得到了赞扬，她竟然在办公室里化了一个中午的妆，大烟熏小烟熏一一试过，快到上班时间了，然后卸掉。

而喜林，当她快乐时，她会更加安静，那种安静不同于往日，它仿佛是可以像蒸气一样徐徐上升，又仿佛是像暖流一样漫漶开来，它仿佛是有如藤萝般的手臂的，可以听见自己的心在说着什么。

在部门会议上，部门主管例行公事地读着本季度的工作规划，喜林听着，有些出神。等到主管说到自己的名字时，她恍如梦中地应着，一抬头，却看到一双眼睛带着厌恶、不解等等复杂的眼神看着自己，喜林心头划过一道凉风，预感到小A要做些什么。

果然，宣布散会后，别人都抱着文件夹离开会议室，小A来到喜林的面前。

“小A，有事吗？”喜林望着似笑非笑，欲言又不语的小A问道。

“喜林，有件事，我想告诉你，有关南苏苏的。”

“哦，南苏苏她对你有说过什么呀？你说，是什么事呢？”喜林完全摸不清方向，不知道究竟是小A有意向南苏苏打听了什么，还是南苏苏别有用心地对小A说什么，她不明白，这两个人若是性情相似一见如故，要做朋友的话，为什么要与自己有关？

“因为你，南苏苏这辈子都做不了妈妈了。”小A说着，语气里，不知是替南苏苏在恨，还是因为自己知道一向好人的喜林做了一件大坏事而有的幸灾乐祸，甚至是终于让不喜欢的人归于坏人的一种得意。

但是不管怎么样，不管这话是真是假，喜林还是有些震惊和难过，她把手上的资料放到桌上，努力不让自己的表情显得太难过，因为她已经隐隐地知道，她难过，便是小A唯一想要的结果。

她保持镇定地说："小A，请你不要乱说话。"

小A笑了两声，说："我有吗？你自己做过的事自己不知道，你让一个怀孕两个月的女人走投无路，自寻短见，结果是她被救了，但是孩子没了，而且永远没了。难道你不知道这是你的罪过，你今生都无法赎回的过错吗？"

"不对，不对，小A，这是南苏苏对你说的吗？她没有对你讲整个事情的经过？算了，我不想说了，我会弄清楚的。"喜林心里太难过了，如果她说的是真的，就算当时自己没有错，但是一切也是因为她回南桥造成的，那种强烈的内疚感还是让她喘不过气来。

"告诉你，你弄清楚了，也是这个结果，我只是想提醒你，不要以为你安安静静的，一副小女人姿态，就是在光荣地当一个好人了，我可是知道你是个什么样的人。"说完，小A离开会议室，"噔噔噔"的高跟鞋声响满楼。

喜林一个人在会议室里坐了好久才下楼去办公室里，因为快下班了，有的同事在聊天，有的在看新闻，小A戴着大耳麦在听歌，看到喜林一脸忧虑地走进来，她还得意地坏笑着，随着音乐晃着脑袋。

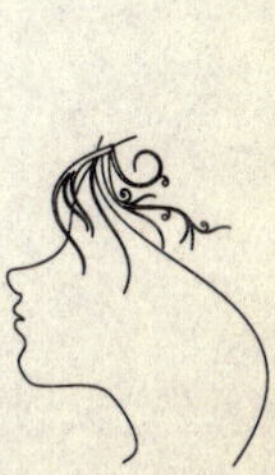

第八章　谁的眼睛，谁的眼神

1

喜林考虑再三，还是打电话给了南桥的小白，要来了成语的电话号码。

小白还是那样善谈，在电话里都可以听到她对整个人生都充满着热情洋溢和信心百倍的热情，小白说了同学都知道了那件事，她很客观地说了南苏苏太冲动，而成语似乎爱得太没有主张。

放下电话后，喜林靠着床，对着窗口发呆，她在想要不要唐历历陪自己一起去见见成语？这事在电话里说似乎不太好，而她一个人去见成语，也不太好。

只是她担心唐历历的脾气，会把事情弄得糟糕，会弄得看起来像是她要去找成语说旧账似的。

喜林决定先打电话约唐历历出来聊聊这事。

没想到唐历历出差了，喜林本来想算了，但唐历历听出喜林有事，逼着她说。

喜林简单地说了小A说的那些事后，唐历历果然很生气：“喜林，我敢说，这些话绝对是南苏苏原原本本告诉小A的，小A她才跟南苏苏认识几天，虽然她也是处处针对你的，但她不可能针对过去的事编排这么完整的一套来。”

喜林有些无可奈何地说：“历历，我现在真的是后悔，我那次真不该回去。”

“喜林你凭什么要认错？你回趟家就有错啦？你回家要见一个从前每一次回家都要见的人也有错？那人家要回家前还不都得经过一番思想斗争啊？你干吗什么都往身上揽？”

“但是我能感觉到，南苏苏是真的恨我，连同小A也是。”

“别这样想，没准南苏苏的这种感觉更强烈，她也觉得你真的是恨她。这样，喜林，你真的有必要见成语一次，我让宋子忱陪你去，你放心，有他在，就没事儿。”唐历历也着急着，恨不得立刻飞回来帮喜林解决这事一样。

第二天，喜林给成语发了一条短信，约他见面，没有别的意思，就是问点事儿。

成语回话说好，周六下午三点有时间。

周六下午，宋子忱提前来接喜林。喜林跟他说着抱歉的话，说真不该还麻烦他。

宋子忱说：“喜林你可见外了，我就是代表历历的，她能帮你，我也能。”

一路上，喜林尽量把话题不放在自己身上，一是因为和宋子忱说怎么都显得不太合适，二是她不想自己太紧张，既然总是要面对，就索性拖到必须面对的那一刻好了。

宋子忱特别高兴聊聊他和唐历历的人生规划，他说一切他就只等唐历历一句话，或是点头答应了。喜林听着，羡慕不已。

上次公司里有大姐要给她介绍男朋友，她没有见面便拒绝了，大姐很是不解，说哪个女孩子不是工作了就开始考虑婚姻问题了？这还能拖几年啊？

喜林无言以对。婚姻在多远的青春里，幸福在多远的未来里，她从来没有想过。

2

见到喜林，成语的表情还同一年前在南桥一样，有些不知所措，唯一比上次多的是，他的脸上，还有一点沧桑，这沧桑，有那么一点什么都看淡，什么都有点无所谓的样子。

对男人来说，经历一多，沧桑就在脸上了，就在眼神里了。

看到宋子忱坐在喜林的旁边，成语的脸上有一点疑问，宋子忱不愧是见过世面，也懂得事理的，他向成语伸出手说：“你好，我是喜林的好朋友唐历历的男朋友，今天送她过来，很高兴认识你。”

成语笑了笑，转过脸来对喜林说：“喜林，你说要问我一点事，是什么？”

喜林有点慌张了，她开始后悔刚才在车上没有好好整理一下思绪，倒是宋子忱，特理解人似的说：“喜林，历历说你和她都喜欢茉莉花茶，要不要我帮你叫一杯？”

“好的，谢谢！”

宋子忱给喜林叫了茶，然后笑着对成语说：“历历和喜林这对好姐妹，每回出来吃饭，都特讲究，在等茶的时间里，就八卦着，成语，女士在这里，我们随她的习惯吧。”

成语点头，主动说到投资的话题，说到在北京到底做什么最适合之类的话。这正对宋子忱的兴趣，于是两个男人先说开了，喜林静静地坐着，想着要怎么开口才对。

待到茶上来时，喜林捧着茶杯，看着上面缓缓上升的蒸汽，说："成语，我知道这样问你不太合适，但是我去问苏苏的话会更加不好，而且我不弄清楚，我真的是内疚，上次那件事后，南苏苏她的身体是不是不好？"

成语点头，说那次落水后，医生说怀孕的可能性不大，因为他母亲也有些计较，他们这才来北京。

喜林低下头去，很自责地说："成语，我很抱歉。"

"不，喜林，这与你没有关系的，你别想多了。"

"我总觉得是我不该回去，不该去找你。"

"事情过去了，不提吧。"

一杯茶的工夫，成语便走了，从刚才他和宋子忱的谈话中，喜林知道他来北京是预备好好做事业的，只是喜林不知道这件事会不会影响他。

回去的路上，喜林对宋子忱说着感激的话，宋子忱说："喜林，历历说你见了成语一定不知道怎么说？这个伤害过你的人，她都不想见，你肯定更是如此。"

"子忱，其实我自己也矛盾，不知道该不该来见，来问，不弄清楚，小A总是那样，我会替自己觉得委屈，现在弄清了，我又难过，是我不好，把好好的他们弄成这样。"

宋子忱特地把车停在路边，认真地说："喜林，我跟你讲，这些事谁都料不到，历历就是担心你太认真，太善良，你有没有想过，你把这罪过往自己身上揽过去的后果，成语会怨你，怨着怨着你们之前的故事全都成了噩梦，这是你想要的吗？就算你们现在如此了，但是作为友谊回忆起来，也还是美好的吧。再说南苏苏，你别认为主动认错这几个字有效果，它远远大于人们的想象，你认下错，南苏苏会恨你，她越是为自己难过就越是会恨你。而说到底，你什么也没有错。"

喜林很感激地对宋子忱说了一声谢谢，然后不语。她知道宋子忱和唐历历一样，都是真心实意地为她好，只是当南苏苏恨她、当小A冷眼笑看她、当成语无可奈何，她能做的有什么？她有办法让南苏苏不恨自己吗？她有办法让小A同她和正常同事一样交往吗？她有办法让成语真的不觉得她的出现令他烦恼吗？

做人，要怎么样才能让别人和自己都觉得对了呢？

晚上，喜林上网，给安择写邮件，她很困惑，突然觉得自己像个置身于成年人群中的小孩，根本就不懂得如何应付成人世界里的一切。

3

喜林打电话给多雅，托她帮忙买藏药。

上次在西藏，多雅和她讲过，她家几代单传，在她这一代，差点儿就没有她的，是她阿妈后来得到一个神奇的药方，这才有了她的，那药方，她阿妈一直当神一样供着呢，有不少人都因为它而得到了孩子。

多雅总是很高兴喜林会想到她，两人在电话里聊了一个多钟头，直到达西不停地在叫多雅多雅，这才挂了电话。

下午，南苏苏又来找小A，当时小A去了上司的办公室谈事情，不好打电话给她。喜林便客气地让南苏苏坐一会儿，喜林很努力地想要跟南苏苏聊聊天，沟通一下，喜林是觉得，当她越来越明白她从前对成语的更多的是一种依赖而不是爱时，那么她们之间，其实也就是没有谁恨谁，谁怨谁的。

南苏苏见喜林主动热情，态度比前几次都要好，虽然只是泛泛地说着北京的天气以及物价什么的，但是至少，没有锋芒毕露，没有针锋相对，没有那种言语神态的碰撞感。

这让喜林觉得，这几乎是她人际交往中，最成功和最有成效的一次，南苏苏过去一直敌对的呢，现在能坐下来说给她听，也听听她说的，已经很好了，喜林真的是不想和任何一个人闹别扭。

但是她们这种不计前嫌的倾向，却令小A非常的不愉快，她带着怒气来到办公桌前，对喜林说："总监让你去他办公室。"说完拉着南苏苏离开公司。

喜林来到总监办公室后，才明白小A生气的原因。

总监告诉喜林，说让她试一下某化妆品的广告创意，这个公司是第一次与这家公司合作，上次在会上宣布了创意部近期的选题后，大家都对这个最感兴趣，一是那家化妆品公司的规模大，相对来说出价高，虽然每个创意广告最后的出台都是创意部的团队合作，但是初案指定的人员，所拿的报酬，和团队组成人员的报酬是不一样的。

当初小A还说过，要是把这个选题的初案分配给她来做，那么她就是真正的时尚达人了，也算对得起她对雅思兰黛从诞生到现在的历史的了解和研究了。

总监说让喜林出初案，主要是考虑她的风格向来是属于柔美自然并趋于完美境界的那种，这更是符合一个化妆品广告的宣传理念。公司创意部在采用初案的方式上，总是多种形式，这一点很是能激发员工的积极性和创造力。

喜林也很高兴的，只是高兴过后，她开始担心小A。自从和小A在一起共事，她的不好，她的好，都会成为小A想要攻击和怨怼的，这让她感到有些不开心，还有紧张。

下午，小A没来上班。

喜林考虑了一下，还是决定去找创意部总监，她很诚恳地与总监沟通，说能不能把化妆品这个选题让她和小A两个人来做，一个人的思维总是太固定，两个人的思维却可以互补，各自发挥所长。

但是总监笑着摇头说："NO，NO，NO，喜林，公司创意部的预案模式，你是了解的，对于这类广告，一个专一的雏形很重要，开始方方面面考虑太多了，结果出来后，便只有方方面面的照顾，而不论是客户还是我们创意部，希望看到的是闪着光的点子，初案不需要合议，方案形成后，自然会有更多的观点来完美它。"

喜林笑了笑，道了谢，从总监办公室无奈地走出来，既然这样，她就认真地做吧。

来到创意部，却看到小A已来了，正坐在自己的桌前，对大家讲着雅诗兰黛的历史，仿佛每一次涂抹，都是在重现历史一般。看到喜林走过来，眼里满是挑衅地问："喜林，你用什么护肤品？也是雅家的吗？"

喜林说："不是，我用理肤泉。"

小A不屑地笑了，仿佛从来不记得有这个品牌似的，在她那样的笑容里，喜林觉得有时候，你在很多事情上的认真或是努力，都是毫无意义的，她很想从此不再计较小A是安择的谁。

4

安择回邮件说：下个月，我就回来，一切都会好。

喜林顿时心安，突然觉得在DM公司，甚至整个北京城，只要有安择在，其他的一切，即使不美好，又有什么关系？她甚至想，如果墙会说话，那么这一年多来，她在这里的想念，墙一定会告诉安择吧。

唐历历出差回来找喜林，看到小A，气不打一处来，说："大美女，最近是在潜心修炼还是在百思招惹呢？"

这话把小A问得愣住，唐历历可是个从来不会在嘴巴上吃亏的姑娘，哈哈地笑着说："难道你不知道啊，当美女当到了一定的级别，她都只做两件事的呢，要么就是向着更高更强的目标，继续修炼，要么就是朝着更高更强的目标，不停招惹。"

唐历历的话让办公室里的几个人听得都开心地笑起来，直夸有才。

"唐历历，你讲话可真逗，怎么今天有空过来啊？"小A明显品出了话里那讽刺赞扬各掺半的意思，但是人家话说得好听，加上这么多人有耳共闻，有目共睹，她又不方便生气。

"是啊，我打马从长安街过，特地驻马来看喜林，唔，我是不是特侠女呀！"

唐历历有板有眼地说着，还伴着意气风发，豪迈江湖的样子。

小A依然笑。唐历历也笑，心里寻思着，你倒是同我斗啊，看你厉害到几分。

喜林叫唐历历疯女人，走过来把她拉到自己的桌前坐下欣喜地说："历历，快给我说说出差的事儿。"

"喜林，藕没啥好说的，藕就是特想你。"唐历历还在调皮着。

"是吗？那没啥说的话，我宣布，你可以回去了。"喜林假装生气了。

"喜林，我特地来请你吃饭的。"唐历历看着喜林说着，说完还探着身子，手臂伸过喜林与小A的办公隔断，用手指轻轻地在小A的肩膀上点了一下，等小A扭过头来后，她又压低声音说，"小A，我也想请你，我们一起聚聚吧。"

小A看了看唐历历，又看了看喜林，喜林也是不知道唐历历为何要叫上她。唐历历笑了说："小A，安择这不就要回来了吗？他走前可是托你我照顾喜林的，咱俩合计合计，要给安择交待的嘛。"

小A尴尬地点点头。唐历历接到宋子忱在楼下催她的电话，说了一下晚上吃饭的地点就走了。

她走后，小A把椅子转过来，面向喜林，她的眼神看得喜林心里发冷。

小A很不高兴地问："喜林，她为什么要请我？"

"我不知道啊，历历刚出差回来。"

"是吗？"小A不相信地说。

"小A，如果你有事，就忙你自己的，我会和历历解释，她不会生气的。"

"不用，我去，你们放心，我一定会去，我倒要看看，她弄个什么宴来着。"说完，小A恼怒地转过椅子，抓起桌上的电话拨了一通，然后说："苏苏，六点过来找我，陪我去一个地方吃饭。"

"什么？有人约你了，那算了，算了，真是的，偏偏这时候。"小A不耐烦地扣上电话。

5

晚上来到饭店，竟然发现南苏苏和成语也在。

原来唐历历回来听宋子忱说了那些事的大概后，便决定要替喜林出出气，当然也不是明白地把这些人召集来了大吵一顿，唐历历有自己的方式，她只是想通过这个方式，让南苏苏明白她的不孕不过是自己咎由自取，与喜林没有半点的关系，然后让小A也明白，她小A情感上的不悦也只是她个人的事，凭什么明里暗里就是喜林存在的原因。

喜林的错就在于她太单纯太善良。她若不这么帮她一次，全凭她自己，就是哭干了眼泪，都没个好的结果，到头来，这伙人合计着的还是她的错。

而且，还有一个原因，唐历历想在安择回来之前，让这些事都不再是事儿，要是安择回来了，小A和南苏苏还是合起伙儿来让喜林不好过，安择也会头疼。

唐历历不敢对喜林说，但她心里一直认为，喜林应该和安择在一起。唐历历还想到自己的幸福，眼下，宋子忱已经在和自己商量买房的事，等到以后自己结婚了，家长里短的事情多起来了琐碎起来了，喜林的性子她了解，到时候，她肯定会觉得经常找自己是在麻烦她。

唐历历和宋子忱坐在饭店里等时，就和宋子忱说了一句话，她说："子忱，你知道吗？作为最好的朋友，我不希望喜林被人欺负，不希望以后喜林还孤孤单单的，守着一份自己和对方都不表明的希望。"

宋子忱说他知道，喜林这种女孩子是少见，他还说这桌上就只差安择了，但是他不希望安择出现在这混乱的桌面上，等到以后，他回来了，他们四个人在一起更美好。

唐历历感激宋子忱这样说，更觉得难能可贵的是，他们认识以来，她和他讲朋友的事并不太多，但是子忱他是一个生活用心的人，他用心感觉到她在意的人，在意的事，以及想做的事，并始终和她一起，保持一样的态度，一起去做任何事。

这份默契，让唐历历心里暖融融的。

成语和南苏苏先到的，成语是宋子忱约的，上次他们聊过关于投资的事情，尽管聊得不多，但正因为谈得不够深入，有些意犹未尽，正因为成语现在极关心这个，加上对宋子忱的为人又相当的喜欢，所以这不过是刚刚认识的陌生人，他便也欣然早到。

宋子忱在对他俩介绍唐历历时，南苏苏一直表现出一种惊讶，她大概早就从小A那里知道喜林有这么一个朋友吧，有些不明白这顿饭为什么而吃。

成语和南苏苏刚坐定没多会儿，喜林和小A就来了。

看到南苏苏，小A的惊讶大过于喜林。喜林只是惊讶于唐历历这次请吃饭过于隆重了，喜林跟南苏苏打招呼时，小A都还愣愣地站在那里，走也不是，留也不是。

屋子里的气氛紧张着沉默着，不知道接下来要发生什么？除了喜林，似乎每个人都有期待。

唐历历和宋子忱期待能如愿地帮到喜林，成语期待在南苏苏和喜林之间不要有什么冲突，南苏苏期待喜林和成语是真正陌生了，小A期待喜林同南苏苏和成语之间再纠葛一些。

然而，愿望是一件永远都还未发生的事，它即使在不同的心里有着不同的美好，却是谁也不能牵引着事件往自己的意愿上行走的，不论你的意愿是为别人还是为自己。

唐历历怎么也没有想到，不管做什么事，都考虑周全的自己，这一次却做了一件错事，犯下大错。

6

雨像是被冤枉了的孩子，肆意挥洒着它们的委屈，从昨夜开始就一直保持一样的架势和密度。

唐历历和宋子忱早早地等在了机场。

雨天的机场，不论是送别还是迎接，都有着更多的有关穿行和天空的忧伤。如果心里烦恼，就更是觉得惆怅。

唐历历把车窗放下一半，看着窗外，靠在宋子忱的肩上，想到喜林，她哭了起来。从那天以后，一向坚强和大大咧咧的她为喜林哭过好几场。

“子忱，本来现在等在这里的，还会有喜林，虽然她安安静静的，但是她等在这里，我也可以看出她的心底有多开心。”唐历历眼圈儿红红地说。

“历历，别太难过，我们要相信一切都会好起来的，相信喜林，相信安择，就像我们俩彼此相信一样。”宋子忱把唐历历的肩紧紧地搂着，希望能给她更多的安慰。

“子忱，待会儿安择要是问起喜林，你解释给他听吧。”

宋子忱点头，有些不确定地问：“都说吗？”

“都说。虽然喜林知道了，肯定不会赞同，但是我仔细想过，还是要说。他们这两个傻瓜，向来都是你的幸福维护给我看，我的不幸福不让你看到，从来不记得不好也是要两个人一起来分担和度过的。”唐历历说着，不禁又哽咽起来。

“历历，我来和安择说。”宋子忱说完，掏出电话打给唐历历的表姐，问了问喜林的情况，然后对唐历历说表姐说喜林今天看起来不错。

正说着，一个人向车这边跑过来，高大挺拔，玉树临风，穿着白咖相间的小条纹衬衫。唐历历一眼看出是安择，下车，宋子忱也跟着下车，举着两把伞，分别给安择和唐历历撑着，自己却淋湿了，雨真是太大了。

上车后，安择朝宋子忱伸过手来，问好说：“你好，是子忱吧，喜林最先把你告诉我的，她说你是历历的神，历历因为你都辣女变淑女了。”说完，转过头对唐历历说，“历历，这可是你的不对，你有了如意郎君，还瞒着老朋友。”

唐历历忍住心里的难过，也借气氛说：“安择，你记好了啊，我来北京后，你接过我两回站，这次我们两个人来接你的，一次性还清了啊！”说完又开始后悔，自己这样强调接站，安择肯定马上就得问喜林。

果然不出所料，安择停住用干毛巾擦头发的手，从副驾驶位置上转过脸来看了看后面，问：“喜林呢？”

唐历历不语，宋子忱也不语，不是不想说，而是他刚刚心里酝酿的那一番话不对这问题，他原本是想带安择去一个喝茶的地方，坐下来从头说起的。

“喜林下车去买东西了吗？”安择好像还没起疑心，继续问。

“嗯，今天雨太大，喜林说在她住处的茶楼等我们，再就是，喜林说她不想给子忱这神当电灯泡，就让我俩来接你了。”唐历历机智地说道，想尽量让安择相信。

“哈哈，那我现在岂不是神灯了。二位，不介意吧？”安择幽默地说。

气氛总算是轻松下来，离开机场时，宋子忱打开车上的收音机，对安择说先听听北京的新闻，出国一年，会觉得特新鲜和亲切的。

安择倒是欣然地听着，唐历历和宋子忱的心里却如同飞絮乱窜。

7

安择回来的第一件事，就是跑去打了他第一次见面的成语。

尽管一路上，唐历历和宋子忱想要以一种最好的方式告诉安择一切，但是安择在路上还是觉察出异样。

那是快要到茶楼的时候，本来大家都聊得好好的，唐历历和宋子忱还已经想好待会儿要怎么说话，这些天一直受唐历历之托在医院照顾喜林的表姐打来电话，虽然是说别的事，但因为有提到喜林，唐历历便有点紧张了。

这让安择看出端倪，他从前面副驾驶位置上转过身来，用力抓住唐历历的胳膊，眼睛直盯住她问：“历历，告诉我，喜林在哪里？”

唐历历突然就哭了起来，在她的记忆中，安择从来没有那么凶过，她有点语无伦次地说：“安择，对不起，对不起。”

安择意识到喜林真出事了，猛地又抓住宋子忱，不顾车在行驶，不顾安全地让他停车。

宋子忱让安择冷静，找地方把车停下后，对安择讲那天的经过。

那天的六人聚，刚开始气氛就不对，小A最初还是一副不知所措的样子，但是很快她便觉得这似乎是一个她能够看到好戏的不错的机会。

唐历历一直努力想要让南苏苏和喜林之间不要再有误会，半认真半开玩笑地说："苏苏，感情的事还真是说不明白，但是有一点肯定是不会错的，就是在一起的那两个人一定是最适合的最般配的，这是上天安排的，所以祝福你和成语，你们是被上天关照的天生一对呢。"

唐历历又问他们结婚后的一些事，并说她自己明年也准备结婚，但是似乎还没准备好。

南苏苏其实是那种容易冲动的简单人，唐历历的话可能符合她心中对她和成语之间最美好的一部分，她看了喜林一眼，对唐历历说谢谢。

唐历历顿时觉得心里轻松多了，今天的人之中，她原本以为最难搞定的就是南苏苏，因为只有她明明白白地在恨喜林，不像小A，因为并没有得到安择的感情而总是怀恨在心，找事出气。

而成语，当然也是希望与他有关的两个女人，和平也好，陌生也好，至少不要恨，不要互相为难。

可是这样的情况，小A是不喜欢看到的，她认为唐历历叫她来就是故意让她来看别人化敌为友，她开始坐不住了。

就在唐历历按自己的想法来，接下来想和小A说说安择，恰到好处地说，既让小A明白喜林在安择那里的重要，又让成语和南苏苏明白，喜林没有想要缠着他们说往事。

可是，唐历历刚刚说了一句："小A，你们公司经常派人去意大利总部工作吗？"

小A笑了笑，把话引开："苏苏，我突然想起一件事来，上回你托我找的那专治不孕不育的主治医生说，要检查这个，得妻子和老公一块儿去检查，有些家庭吧，特喜欢把这事怪在妻子头上，但是有很多是被冤枉的。"

她的话在这样的场合，太不对了，让每个人都感到难受，特别是成语。宋子忱赶紧把话拉开，同成语说投资环境投资项目上的一些事。

可成语还是不开心，不停地喝酒，本来不胜酒力的他很快便醉了。话多了，酒后真言地说："你们知道我俩为什么放着南桥好好的一切不要，跑到这里来吗？我们是在躲，我们在南桥待不下去了。"

接下来的场面，唐历历也控制不了了，成语和南苏苏的伤心事被放到桌面上，他们无论从脸面还是心理上都接受不了，这让他们对喜林又恨了起来。

喜林开始道歉，像个做错事的孩子一样。

唐历历看不过去，袒护着，她一袒护，小A就不悦，总是会想办法再挑起事端，就这样，直到他们离开饭店，都要各自回家时，场面还是那么让人担忧，以至于唐历历都无法应对，只希望餐厅线路短路，停电，然后大家都不得不走。

小A一副看戏人的样子，唐历历看着她就心烦，便让宋子忱先送她走。她陪喜林。

成语喝得多，刚出饭店门口就吐了起来，不知道他真是酒后真言还是醉得不清了，他指着喜林，先是笑，然后是哭，说："喜林，要是知道你也在北京，我们怎么都不会来这里，谁想走进旧的噩梦里呢？"

喜林哭得泣不成声，不停地说："是我不好，是我不好，我去叫车。"

就在喜林很是惊慌失措地要穿过马路去那边叫车时，谁都没有看清，一辆车疾驰过来，喜林完全没有躲避的能力……

8

安择听到这里，眉头紧蹙，眼里有泪光。

唐历历一直在哭，声音哽咽地说："安择，你放心，喜林早已脱险，腰部和腿的骨折要养，住院一个月了，恢复得不错，昨天她还说要来接你的，是我们不让。"

"子忱，把车借我，再告诉我那人的电话和地址。"安择语气坚决地说。

唐历历怕事情闹大，难过地说："对不起，安择，喜林太善良了，她总是认为她有错，而我们竟然保护不了她。"

安择更加坚决地说："历历，不怪你。告诉我成语的电话和地址。"

"我带你去。"宋子忱一直都是赞成有事找当事人谈的，唐历历现在完全没有态度，他便替她回答了，怕安择开车会出事，便这样说。

有些话，还真得有一个有力量的人来给成语说，让他明白，喜林是爱过他的人，所以他不论做什么事说什么话，不念旧情也好，不想替喜林想一想也行，但至少也不能去一次次地伤害她，喜林从来就没想着要伤害谁。

很快便来到成语公司楼下，安择打电话，一个字也不想多说地说："我是安择，你下来，我们谈谈。"

成语可能在电话里犹豫，他本身性格就有些那样，关键时刻，没有担当。

安择发火了，冲着电话吼道："你不下来也行，只要两分钟，我就上来了，你自己比较。"

成语下来了，隔着雨在公司门口张望着。

安择问唐历历那是吗？唐历历刚点完头，他就冲出车外，跑上去抓住成语的衣领，一拳打过去。

宋子忱要下去拉开他们，唐历历哭着阻止说：“子忱，别，相信安择，他不论做什么都是有分寸的，他现在是在为喜林难过，他不会弄到不可收拾。”

雨很大，他们两个人的衣服都湿透了，安择打累了，站在雨里，任雨淋着地朝成语大声吼着：“你记好，从此，喜林和你是陌生人。”

安择上车来，喘息未定，不说一句话。

唐历历知道他现在最想见到的是喜林，便对宋子忱说现在去医院看喜林。

安择却阻止了。

第九章　白衬衣里，好天气里

1

安择不想以这样的样子去见喜林。

安择说他要先回宿舍一趟。到了宿舍，他们在楼下等他，安择再下来时，头发吹干了，也换了身干净整齐的衣服，白衬衣，灰色的休闲裤。

面对唐历历的惊讶，安择很认真地说："我那样去，喜林肯定会难过的。"说完，安择又自己一笑，说："喜林老说，白衬衣是男人的好天气，历历，现在虽然下着雨，是不是也算好天气？"

要是平常，一个男人讲这么一句话，一定会让唐历历觉得装，但是今天，如此疲倦但说到喜林时却又微笑的安择说来，是那么让她感动。

他说得那么平静，没有丝毫的做作，就只想把自己的憔悴放到背后，想到刚才在大雨中的他，还有可怜的喜林，唐历历的鼻子不由地又一酸，这两个人，彼此照顾着，他们心的最深处有他们给对方的美好世界，可是老天却不照顾他们。

安择说要给喜林买花，医院门口的花店，店员很用心地介绍着，看望年轻的病人一般送非洲菊，老年病人送康乃馨等等，安择全不要，他让那个店员把店里的那一大束勿忘我都给他包好就可以。

在医院的走廊里，捧着那一大束紫色小花的安择往喜林的病房走去时，唐历历自己也记不清今天是第几次为安择和喜林流泪了，下雨天，医院里也安静，在这一片安静中，岁月的伤痕累累似乎也在此被治愈，她多想从此之后，她眼前的这两个朋友能再无波折，明明白白地好好去爱。

宋子忱是懂唐历历的，见她停在走廊里不再朝前走，他走上来揽住她的肩，在墙边的椅子上坐下。

喜林的病房在走廊的最里那间，他们一直目送安择走向喜林的病房，唐历历把头靠在宋子忱的肩上说："子忱，我多希望现在是深夜，所有的人都睡着了，就只有他俩醒着。"

宋子忱在唐历历的额头上轻轻地吻了一下，说："历历，我们结婚吧。我现在越来越觉得，既然相爱就要永远在一起，在一起同什么房子、事业等等相比起来，其实是最重要的。”

唐历历点头，说：“我也觉得，或许等到你挣到了房子，你事业飞黄腾达了，你各种的婚前指数都具备了，或许还是觉得差一点什么，那大概就是那种安宁的幸福一直在被期望着，在这些东西的实现过程中，它被期望得太久。”

“历历，你俩怎么坐在这里？喜林不在床上看书吗？怎么不进去说话？”唐历历的表姐外出回来，看到他俩，奇怪地问道。

历历伸手把表姐也拉过来坐下，指着那边说：“姐，喜林的朋友来了，别去打扰他们，我们坐这里说会儿话。”

表姐刚坐下，安择却从病房冲出来，叫着唐历历，说：“喜林不在里面。”

表姐接话说：“喜林大概去下面买书了，她隔两天就会去的。”

“书店在哪里？我下去找她。”安择问。

2

书店很大，大概也是因为雨天，能在书店多停留片刻的理由多了许多，人特别多，有人靠在书架上，像在家里一样看着书，有的干脆坐到地上。

相对于那些看书人来说，安择这个捧着一大束紫色的小花走进去的顾客实在是太特别，许多人都从书里抬起眼睛看过来，有些年轻人还发出唏嘘的声音，店员也觉得惊讶，笑着走过来问：“先生，你是要找人吗？”

安择环顾一下，一层一层的人，他真是太想早一秒钟见到喜林，便指着收银台的电脑问店员说：“你好，请问，这里的电脑接有麦和音响吗？”

“有的。你是需要语音找人吗？”

“是的，谢谢。”

说话间，那边的店员已将设备调配好，把麦克风递过来给安择。

安择礼貌地点了一下头，握着麦克风，深情地说：“小芝麻，我是安择，你在哪里？你快出现，让我看见。”

安择一连叫了五遍，他的声音里那种原有的磁性因为焦虑而让人觉得深情无比，让这家书店在他的声音里也安静下来，越来越多的人把视线从书上移开，向他看过来。

所有在场的听到安择呼唤的人，都期待“小芝麻”快点儿出现，但是一分钟过去，三分钟过去，却还是没有人从人群里走出来。

大家看到安择愣愣地把麦递给身边的店员时，都跟着他一起失望了，他要找的人，怎么不在这里啊。

可是安择突然不再说话，不是失望，而是他看到最里边在靠近窗子的那排矮书架的旁边，坐着他要找的喜林，她坐在那里睡着了，小小的脸，干净着，也苍白着。

安择拨开人群跑过去，蹲在她面前，轻轻地抱起她，也不站起来，就那样保持姿势地蹲在地上，看着她。

喜林醒了，看到安择的脸，竟然没有一丝的惊慌，也没有说一句话，就只是看着安择安静地笑，像个刚刚苏醒的小孩一样。

安择的眼泪掉下来，他明白，喜林就是经受过再多的苦处，给他的，总是这份安静的笑容。

看到他落泪，喜林的眼圈儿也红了，抬起手牵着衬衫的袖子，帮他擦。

这时有小朋友把安择刚才掉在地上的那束花拿过来递给喜林，说："姐姐，这是哥哥要给你的吧。"

大家仿佛这时才注意到喜林穿着医院的病号服，纷纷过来问她是不是不舒服？喜林的眼睛始终不离开安择，笑笑说："谢谢，不是的，是看着书突然就累了。"

安择把喜林背出了书店，外面的雨依然很大，雨声改写了城市的喧哗，雨声中，一个人行走，会孤独，两个人，却会更贴近，喜林举着伞和那束花，在安择的背后说："安择，花香吗？"

安择一边走一边笑着说："香！"

"香。像刚才的梦一样。"

"干吗到处跑，要看书可以让历历帮你买。这样多危险，忘记自己是病人啊？"

"书还是要自己找才好，你知道吗？上次历历帮我找的一本啥书吗？"

"什么啊？"

"《三十六计变金凤凰》，好玩吧？"

"哈哈，那你看没？看了不就成凤凰了？"

"不看，我给历历塞进包里了，历历才是凤凰啊。"

"历历他们在医院等你，子忱那人真是好，就像你说的。"

"嗯。"喜林把头靠在安择的肩上轻轻地说，"安择，刚才我梦到你了。"

安择的心一揪，踩着雨水继续走。

"我梦到你回来了，叫我。在梦里我怕不是真的，都不敢醒，早知道梦是真的，我就早点醒来，坐在书店门口等你来。"

安择不知道说什么好，只是把喜林紧紧地背好，不让雨水淋着她。

喜林那样一直把头靠在安择的肩上，说着话，从书店到医院的路程不远，她却说着就又睡着了，像个孩子一般。安择把她轻轻放到病床上时，看着她那苍白的小脸，鼻子一酸。

唐历历见状，拉了宋子忱和表姐的手，退出病房。

3

安择每天都会来医院，每天都会给喜林带一束勿忘我。

喜林的精神状态呈现出同以前在大学时一样，安静，快乐。她会把前一天的那些紫色小花，用剪刀剪下来，铺在窗台上。

唐历历好几次来，都看到喜林站在窗边守着那些花儿，一朵一朵地翻晒，喜林那安然的样子，仿佛是每天只要给她一碗粥，她在这里永远待着都不会太介意，不用关心外面发生过什么，只要窗台上有阳光透过来就好。

安择接替了罗SIR的职位，罗SIR在走之前，来医院看望了喜林，他总是个让人开心的人，因为喜欢中文，他不放过每一次可以和不同的中国人说话的机会，在医院里待的那十多分钟里，他同医生聊，同护士聊，同唐历历的表姐聊，那气氛会让人恍若以为这不是病房，而是北京随便的一个热闹的小四合院。

罗SIR还特地对喜林说：“喜林，我和我的家人，会在意大利等你和安择去做客。”

喜林感动极了，把手腕上的那只藏银手镯取下来，交给罗SIR，让他带给他的妻子，说这是她上次在西藏买的。

罗SIR走后，安择看着喜林说：“小芝麻，我给你第二次寄的照片，好吗?”

喜林边翻着花朵，边轻声地回答说：“好啊!”

“嗯，我怕你说不好。”

“不会的，安择。”喜林说这话时，突然想起第二次快递被人冒领的事，但是她又不能说出来，她预感到是小A拿了，但是小A的那性格，就算你有确凿的证据，她都可以大闹，眼下没有证据，若问她，她指不定会把自己的委屈放大到什么程度。

自从喜林出车祸后，小A一直没有在她面前出现过。

翻完了花朵，喜林坐回到床上要看书。

安择帮她把枕头靠好，把书递给她手上，握着她的两肩说：“唔，他们来两次电话了，我去公司处理一些事情，下午再来陪你。”

喜林微笑着点头，让他去忙。

当安择走到楼下，喜林又从床上起来，站在窗边看他的背影，想一些事情。

还有一个星期就要出院了，出院后，喜林想辞职，她不想和安择还有小A在一起，虽然自己也不愿意走，但是因为小A，或许谁都会不快乐吧。

还有，喜林想同安择好好聊一次，她想知道小A到底要做什么？而安择准备把小A怎么办？他们之间到底有什么事让安择这样放不下？明明是安择有恩于小A，怎么让大家的感觉是小A有恩于安择了呢？

昨天下午，唐历历和宋子忱又来了，历历讲了一件事，说他们上次买的那对情侣戒，她的那只在洗衣服时不小心滑脱手指，找不到了，她哭了好几天，觉得这是暗示她和宋子忱的不完美。

喜林也紧张地问，那该怎么办？宋子忱说："别听她吓你，我把我的那只，拿去金店让人融化然后做成了两只，这不还是一人一只，纯度一样，小一点有什么关系。"

喜林开心地笑，每次看到唐历历的幸福，喜林也想有人爱着，那种明明白白的，清晰如晨光一般的爱。

看着安择的背影走远了，喜林重新回到床上，思潮起伏，有时候竟然有一种奇怪的感觉，觉得自己来这里很久了，以至于在来这里以前的事，似乎都不太记得似的。

就像窗台上那每张纸上摊晒的勿忘我小花一样，现在她知道花瓣收拢一些的是前几天的，还张开着的是最近的，但是等到以后它们都晒干了，她将它们装在一起时，谁知道哪一捧是哪一天来到的？

4

上午，安择打电话来说要开会不能来。

没一会儿，唐历历也来电话说："喜林，今天要和子忱去看房子，完了再来看你，唔，我要和你谈谈一个即将成为房奴的小白领的心路历程和深切体会。"

喜林说好。

唐历历又说："其实我现在就有很多体会，我握着楼盘的宣传海报，拉着子忱的手问'这是真的吗'，都已经问了五回了，子忱就只知道傻笑，说是的啊。"

喜林笑她："历历，你可不要你们结婚时还这样问一句啊，那可不是你的风格啊，你是被问的那一方呢！当然，我不是说子忱不好哦。"

"嗯，我保证会有那个过程，话说宋子忱先生满怀着喜悦的心情牵着唐历历小姐的手来到了民政局门口，在无比神圣地走完了那几步台阶后，突然转过头对唐历历小姐说：‘天哪，历历，这是真的吗？我不是在做梦吧？’，唐历历小姐无比高贵地点一下头，宋子忱先生却还是不敢相信，于是双手都伸向自己的大腿，分别用力猛掐一下，因为下手有点狠，他疼得直跳，但是他乐得直笑。”

“哈哈，历历，你不去影视界挑战一下太可惜了。”喜林被她逗得开心极了。

“嘿嘿，等我回来再跟你讲。”

“快去吧，回来聊。”喜林催道。

唐历历工作才一年多，平时花得多，积蓄有限，这次买房准备首付，全是宋子忱。唐历历说过，只要有了房子，她在北京就有了安全感，往后不管面临什么她都不会害怕了。

喜林赞同历历的话，对女子来说，能觉得踏踏实实的，就是爱和房子了。

想到房子，喜林前些天又接到过母亲的电话。

母亲不知道她在医院里，喜林当然也不会说，她只是告诉母亲在北京工作得很好，基本上已经稳定下来。

母亲听了，声音有些异样，喜林知道母亲那番复杂的心情，她既替女儿开心又替女儿委屈，不管何时，她总是充满愧疚。

喜林不希望她和父亲这样，赶紧说等到春节时，就来看她。

第二天母亲又打电话来说，她正在着手把南桥的房子卖了，她说：“孩子慢慢来，北京的房子贵，咱们先买个小点的，你自己能住就好，好好的住在自己的家里，在任何地方才不会觉得孤单。”

放下电话喜林哭了，不是矫情，而是这“孤单”两个字让她内心繁冗，她越来越深切地体会到，寂寞和孤单的不同，一个人觉得寂寞，是被选择的，而孤单却是自己去选择的。

她知道母亲其实也有难处吧，但是只要她觉得自己是幸福，而她的选择是让她幸福的，那么就没有错。

安择每次来看她，都会和她静静地说会儿话，但是从来没有提过小A。

有时候喜林想，或许生活给她的幸福，这样就是终极了，不差，但是也不会再好。有些东西，虽然触手可及，但是真正伸手想拥有的时候，会觉得遥远。

5

终于要出院了。

早上，查房的医生都还没来，喜林就已经准备好了，收好了所有的东西等着安择还有唐历历来。

最近几天的勿忘我，昨晚收时还没有晒干，她用干毛巾包住它们，用电吹风给吹干的。一共有十天的，装在唐历历给她买来的一只束口布袋里，轻轻抖一抖，都还听得到窸窸窣窣的声音，像是一些小故事在里面自语。

表姐是最先来的，她给喜林带来了刚煮的粥，喜林很真诚地说："谢谢姐，这一个月我真是给你添了不少麻烦。"

"快别说，你从前还不是什么事都想着姐啊。"表姐是指喜林公司每次发一些物品，自己一个人用不了，总是让唐历历带给她。

"姐，你说是不是把对生活的要求降低到只要每天都有这样的粥喝，就很幸福了?"喜林接过表姐盛的粥，边喝边说。

"喜林，你还真说对了，我和他刚来北京时，心多大啊，也就是你们现在这个年纪吧，真是恨不得在北京最繁华的地段拥有三套房，恨不得路上跑的奔驰是我们的，但现在我们都觉得，只要捧在手里的是暖的，吃进肚子里是暖的，睡在梦里的也是暖的，就好了。"

喜林点头，她虽然没有过表姐那一番打拼的经历，但她明白表姐的意思就是福生于淡泊吧，安稳的生活在哪里都可以，全凭一颗心怎样去感受它。

这时，屋外嚷嚷着，似乎有许多人走过来了。

表姐刚一拉开门，一大群人像鱼儿一样捅了进来，安择在他们中间。

全是公司创意部的人。一向特别喜欢起哄的小杜说："喜林，此刻意义非凡，我们创意部今天为你罢工了，前天我们就问安择，你啥时出院？他答，快了。昨天我们再问，他答，快了。这不调戏人嘛这是。于是我们说，不行，喜林不在，我们干活儿缺气氛，我们今天来医院抢也要把你抢回来。"

安择笑着说："什么逻辑啊？本来是来接人的，倒像是闹事的了。"

喜林也笑，知道他们都是逗她开心，便说："好吧，赶紧把我抢回去吧，这地方我待够了呢。"

喜林被簇拥着上车，一路热闹地回到公司，朗朗的笑声不断地飘到窗外。

只是喜林好几次都看着安择想，过了今天再说离开的事吧，她不想扫大家的兴。

她的桌子，他们帮她擦得干干净净，桌上还有一束花，她知道是安择放的，在人群中给安择投去感激的目光，安择点头微笑，喜林便也笑。

不一会儿，安择被公司上层通知去开会。

喜林打开电脑，随意地看看。整个上午，心情都很好，以至于她似乎真的不太记得从前在这里发生过哪些不愉快。

小A外出回来，拎着包进创意部时，第一眼就看到喜林，她今天穿得很漂亮，喜林对她笑了一下。她走过来，靠着喜林的桌子，眼睛斜了一眼桌上的花，表情有点异样，但还是关心地问："喜林，恢复得还行吧，没什么大碍了吧？"

喜林点头说："就是有些东西不太记得了。"她的本意是让小A和自己一起忘记她们之间的不愉快。

可是小A似乎随时都有一颗防备的心，她说："噢？还有这功效？"说完后有几个人对她投来不解的目光，于是她赶紧改口说，"我的意思是，喜林你痊愈了就好。"

喜林回话说好。放下手机，拉开抽屉，果然有一只U盘。她把它插入接口，戴上耳麦。

中途喜林去茶水间倒水时，忘记把手机带着，与别的部门的一个同事聊了几句，回来时，刚好看到小A从隔断上面把她的手机放过来。

喜林有些生气，说："你为什么要拿我的东西？"喜林最不喜欢别人动她的东西，以前在一个宿舍里，唐历历都知道她这脾气，从来不动她的电脑的。

小A竟然一脸平静地说："这新买的啊？很漂亮。"

喜林抓过手机，戴上耳麦。她越来越觉得自己要离开是对的，对安择好，对自己好。

安择他们那个会开得时间很长，快到中午工作餐时间了，他们还没来，他发短信来说：等我！

其他的同事都去餐厅了，就只剩下小A和喜林。喜林倒希望小A快点儿走，她在这里，就是一颗别有用心的心在这里。

小A突然转过身，对她说："喜林，我很抱歉，一直想去医院看你的。"

"现在看到了啊，谢谢你。"喜林淡淡地说。

小A说："哦，喜林，有件事我忘记了。"她说着，从她的抽屉里拿出一包东西放到喜林的桌上，然后别有深意地一笑，说，"你慢慢看吧，我先去餐厅了。"

她走后，喜林诧异地打开那包东西，有两三层的样子，一层一层地打开，直到里面的东西显现出来时，喜林的双手都在发抖，眼泪不由自主地就掉了下来。

6

安择打电话让唐历历来接走了喜林。直到晚上，他也没有出现。

唐历历忍不住用喜林的手机打电话给小杜，小杜是个藏不住话且有点八卦的人，唐历历问他怎么安择的电话打不通时，他很快便说安择关机了吧，然后又说：“你们知道吗？今天发生了大事……”

小杜说：“中午大家在餐厅快吃完饭时，安择冲了进来，很生气的样子，一把拉住小A的胳膊，就往外走。我们谁也没有见过这样的安择，当时都愣住了。下午，安择没有来上班。小A来了，眼睛红红的。我们想，肯定是这小A怎么得罪了安择吧。”

唐历历说了谢谢，挂断电话回头对喜林说：“喜林，他们没有见过那样生气的不顾风度的安择，我和子忱见过。”

唐历历告诉了安择回来那天，冒着大雨，直接去找成语，并打架的事。

喜林听得心里难受，她是心疼安择，因为自己，而变得这么不快乐。

唐历历问喜林小A给她的是一包什么东西，喜林说：“是安择第二次寄给我的照片，都碎成碎片了，里面还有一张纸条，上面写着，如果你不想让别人得到完美，那么你拥有的，也是碎片。”

“小A到底要做什么啊？”唐历历很是不解。

“我能感觉到安择现在一定很难过。”喜林说时，眼睛又红了。

“喜林你放心，你洗澡了早点睡觉，我和子忱去找他。”

喜林点头，待唐历历联系了宋子忱，就要准备走时，她对唐历历说：“安择要是问我，你就只告诉他，我只希望他做最安心的自己，不用考虑其他的任何人，包括我。”

唐历历心领神会地看了喜林一眼，轻声说：“我知道，你早点睡，这不昨天还是在医院里的人吗？”

喜林刚躺下，电话响了，她知道安择不会这时间给她打电话，所有认识安择的人，都认为他是个外向洒脱的人，只有她知道，他也有很沉郁的一面，他不开心的时候，也是安静的，只有她懂。而且她明白，现在安择心情很坏，他把自己交给了唐历历，他就特放心。

电话竟然是多雅打来的，喜林不太记得起上次她们联系是什么时候，直到多雅说：“姐姐，那两味药终于找到了，我刚刚给你发了快递。”

喜林一愣一愣的，问：“多雅，什么药啊？”

“哎呀，姐姐，上次你不是说你的朋友身体不好，问我阿妈要那个药方吗？因为有两味药，特难找，所以耽误了这么久，但是阿妈说，姐姐的朋友一定会有个像我一样漂亮聪明的宝贝的。”

喜林这才猛然想起一个多月以前，她托多雅的事，以及自己当时千方百计想要为成语和南苏苏做点什么来真正帮到他们，以减轻他们的怨恨和自己的负罪感。

这记性，怎么因为住院都住呆了呢？

多雅的好，喜林都有些不知道该怎么报答才好，便只说：“多雅，想姐姐不？姐姐什么时候有时间了，去看你和达西。”

多雅依然是开心地同她讲这讲那，这姑娘像是没有烦恼的精灵一样的。

唐历历快十二点才回来，一脸的疲倦，看到喜林还没睡，知道她是不放心安择，便说：“喜林，安择没事，只是喝了一点酒，子忱陪他一起喝的，所以你不用担心。”

喜林看着唐历历坐在窗边的懒人沙发上不想动弹的样子，便不忍心再多问，还有，不管是什么事，她最想听安择自己和她说，她相信安择会说的，便心安地钻进被子里。

唐历历见她睡了，轻轻走过来，关了床头的灯，拿睡衣去卫生间洗澡。

外面很静，卫生间里传来的流水声像雨声，喜林想起历历说的安择在雨里打成语的事，心又揪成一团，从枕下拿出手机，在被子里给安择发短信：一起晚安！

安择回：晚安！

喜林放下手机，闭上眼睛，流下泪来。

7

小A竟然主动约喜林见面，电话里声音完全像变了一个人似的。

以往她用心计时，虽然也是想要语气有多低微就有多低微，直到喜林忘记那是装的，而是相信那是真的。

但是今天小A不一样，她的声音里没有那种再怎么也藏不住的骄傲，没有一点自以为是，就只是一再央求：“喜林，我知道你刚出院，身体不好我不能多打扰你，但是我真的想和你见面聊聊，我求你，我来接你，好吗？”

那声音让人听起来不由自主地要去担心，这一次她或许是最真诚的，是真有事要找自己谈，于是答应。

这几天，喜林都没有去公司，安择来短信说让她多休息，然后再就是托唐历历带给她一些东西，并让唐历历把她留在自己的住处住一段时间。

喜林没说什么，也没去打扰安择。什么时候安择可以面对自己了，他会来的。

来到避风塘，喜林一眼就看到了等在那里的小A，为什么有些人就不能保持一种处世态度，何必用一些不必要的姿态来向别人展示不必要的什么。

小A今天憔悴极了，脸色暗沉，平常看着都觉得有弹性的栗色大髦发跟电视上面广告里的头发似的，今天也有点杂乱地束在脑后，穿着一套旧的瑜伽服，小A在公司里是有名的大美女，每天都有着精致的妆容，从来未有过不化妆就出来见人的情况。

看到喜林静静地打量自己，小A不好意思地牵动嘴角笑了一下，说："我在休假，所以就这么随便地出来了，特不能见人吧？"

"没有，我在家也是怎么舒服就怎么穿啊，没人去的话，通常都是小背心加洗得发白的牛仔短裤。"

"喜林，我这也没心思绕着弯说话儿了，我直接说为什么要约你吧。"小A把那杯绿茶捧在手心里，有些发愣地看着杯里的茶叶说。

喜林点头说好。

"不管怎样，我先和你说句对不起，自从你来北京后，我总是为难你，我知道我做得很不好，其实我也不想那样，我……"

喜林打断小A的话说："小A，别说这些了，从现在起，我们不再那样，我总觉得，人与人之间能在一起或同学或共事，都是一种缘分，说不定哪一天谁就得去另外的地方，弄得跟仇人似的，以后回忆起来，就尽是不愉快了。"

"不，喜林，你让我说吧，不彻底地说出来，我会崩溃的。"小A说。

喜林看到她眼睛竟然有眼泪，心里一惊，不再说什么，看着她轻轻地点了一下头。

8

小A紧紧地捧着茶杯，对喜林讲着一切。

"一直以来，安择包括身边知道那件事的人都觉得，安择不爱我却又没有彻底地丢下我，是因为我倾家荡产地给他治好了眼睛，其实我何止倾家荡产，我还有不孝不义，还有生离死别，还有万劫不复。虽然说在所有的器官移植手术中，视网膜移植要求配型的指数是最低的，但是在当时哪里可能那么快就找到供体。安择在医院等待它的时候，情绪很不好，当时我也着急，既内疚又心疼，谁都无法想象当时我内心的煎熬，安择住院的第十九天时，我接到电话，哥哥出了车祸，我把安择托付给护工，连夜赶回老家，哥哥已经快不行了。虽然哥哥一直是个不太成才的男人，坏事不断，只是他自己觉得不及罪恶，但是他一直心疼我，我守了他两天两夜，我害怕他永远睡去，只有不停地和他说话，包括安择，我真的是无心的，但是哥哥临走前，却要求他走后，视网膜捐给安择，他说并不是他有多高尚，而是他想自己能在世上多留一些时光，这样还可以看到我，是最好的决定。”

喜林听到这里，也已经泪流满面。她明白这些天安择不来见她的原因，这件事小A肯定也是现在才告诉安择，而任何一个人，承受这样的事时，都会震惊然后无奈沉重，何况是安择。

“喜林，我爱安择。我做的一切，好的，不好的，都是因为他，我怕他丢下我不管，我怕他永远都不要我。之前我不告诉他真相，就是因为我不想他因为愧疚和沉重而接受我，我承认自己因为这份爱，心态很不明朗，甚至是有些阴暗了，但是我没想到上次我因为嫉妒他对你好，而把那张照片都剪成碎片后，安择竟然伸手打了我。”小A声泪俱下。

小A拉着喜林的手继续说：“喜林，我知道你也喜欢安择，但是你是因为喜欢而非常宽容，而我是因为喜欢而无比狭隘。你知道吗？如果没有他，如果他不要我，我会疯掉，我会死掉。喜林，你能成全我吗？我爱安择，也爱哥哥，我不能想象，离开他以后，我将永远在那么沉重的愧疚自责中度过。”

喜林动了一下嘴唇，想说什么，还是什么也没说，她觉得自己有些恍惚。这时电话却响了，小A有一点紧张，还朝桌上喜林的手机上看了一眼。

是个陌生的号码，是快递员确认地址的。喜林平静地让他送到这个位置的避风塘来，快递员刚好在附近吧，几乎是小A还没来得及继续说那些话时，快递员就抱着一包东西向她们走来。

喜林签收后，交给小A，就那样站着说：“小A，这件事麻烦你，这是给南苏苏买的藏药，请你转交给她。”

小A连说：“好好好，以前你不信我没关系，这次你一定要信我，我今天就给她送去。”

喜林点头，眼泪却掉下来。

“喜林，你这是要回去吗？”小A见喜林并不坐下来，有些紧张地问道。

“是，我累了，要回家睡觉了。”喜林拿起包，走过来，抱了抱小A，苦涩地笑着说，“小A，我最近记性不好，以前的许多都忘记了，但是你刚才讲的这些，我都记住了。”

小A明白点头，不停地说谢谢。

第十章　爱如繁花，花瓣飞离

1

喜林在大街上走着，只觉得头疼，沉沉的，像是塞了铅块儿一般，可是脑子里这会儿明明是空空的，什么都拈不起来想一想的啊。

她也不知道自己走了有多远，直到有人叫“喜林喜林”，声音有些熟悉，像是前几天还听到过的，却又想不起来，等到转过头来，才知道是表姐。

喜林不好意思地牵动嘴角笑了一下，说：“姐，我刚才在想事情，没听到你叫我。”

“我说呢，从红绿灯那里我就看到你了，一直叫着，你都没回头。”

喜林再次牵动嘴角笑一下，问：“要去哪里?”

“听以前的同事说，那边有家床上用品店要拆，打四折，我想去看看，要是有合适的，我替历历买两套备着结婚用，再顺便接孩子一起回家。你呢，要去哪里啊？怎么你一个人啊？用不用我送你?”表姐疼她，在医院里就是。

“不用，你去忙着，我也就是去前面看看，在休息，闲得没事儿做。”

“那好，你逛会儿早点回家，回去时打车，这里离历历那儿可有一段路了。”

“嗯，我知道。”喜林心里想着，这里到底离历历家多远呢，刚才空空的脑子，这会儿好像又塞满了东西，想不太清楚。

表姐在旁边的路口拐弯了，再次叮嘱她别累着。

看着表姐乐呵呵地往那边走，喜林心里又想起，表姐上次说过，她现在最开心的事就是遇到品牌打折，还不是一些尾货。

伸手在包里拿手机看时间，摸到几条巧克力，想到表姐刚才说要去接孩子，便追上去，把那几条巧克力都塞到她手里，让她带给晶晶。

表姐心疼地看着因为追过来而喘着气的她，说：“喜林，真的不用姐送你啊。”

喜林摇头，转身往回走，再转身时，看到表姐还在原地看着她，她的鼻子一酸，想到了母亲。喜林明白自己，如果不是因为从小缺少母爱，母亲离得远，她可能不是现在这种性格吧，只是现在似乎连自己，也不太明白了。

就是刚才那几条巧克力，摸到它们时，她心里想着，这是谁放的啊？是上次安择托历历带回来的？但是她还是想不起是自己装进去的，还是历历。

因为她对自己装巧克力这件事完全没有印象，而历历在生活细节上又不是表姐，她也不会想起或是她也不会觉得她需要去做帮喜林装巧克力这么一件事的。

这事很小，为它想个半天其实也没有意义，但是喜林还是越来越深刻地体会到自己心里的一种恐慌。

她焦虑地伸出手臂去抚自己的头发，路边正经过的一辆计程车以为她是在邀车，停下来问她去哪里。

喜林也害怕再往前走了，便上车回去。

上车后，喜林困得很快便沉沉地睡去。她睡得好香，一会儿到了南桥，一会儿到了西藏，一会儿在学校，一会儿又在谢教授家。

直到司机叫她，她惊醒了，才知道这趟车走了三十多分钟。

2

唐历历似乎也是刚到家不久，家居服都还没来得及换上，一套米色的修身职业装。

看到喜林回来，就兴奋地拉着她在沙发上坐着说："喜林喜林，我和子忱一共跑了十多处房子，就一个体会，北京的房子太打击咱普通老百姓追求幸福生活的欲望了，我说买个小的先住着，一室一厅的，四十平方米的那种，但是子忱说，怎么也得两居室，他说，要是以后喜林或是表姐想你了过来住住，得有个地方吧。为他的这份心，我们定下一套六十八平方米两居室的。"

喜林听她说完，当即就落下眼泪来，止都止不住。

唐历历见状，赶紧说："罪过罪过，我答应过安择，不能让你受一点委屈的。喜林，我知道你是因为听到子忱那样说，他的好你又不是现在才知道，哭啥啊，应该笑。"

"嗯，历历，我不哭，不哭，怎么就要哭呢。"喜林喃喃地说着，眼泪却还是拼命地往下掉。

"哎呀，喜林，你要是再哭，那你今天干脆就送我出嫁得了，要不然，这么好这么让你感动的人，我这迟一天嫁过去不都还遗憾了不是。"说着拉过几张纸巾，递给喜林。

喜林很努力很努力地装出一点笑来，说："谢谢子忱想着我们。"

“不用谢，傻喜林，他啊，说不定是为他的朋友准备的呢。”

“历历，这样说可不好，他的朋友来，你会答应住家里吗？”

“嘿嘿，还是你了解我，我这样说还不是为了让你少一点负罪感吗？瞧你刚才哭的。”

唐历历说完哼着歌去房间里换衣服，边换边冲外面叫着：“喜林，子忱他们公司发的那巧克力，你爱吃吗？我看你那天装了几条在包里，就对子忱说你喜欢，他说他明天把他另外几个同事好朋友名下的也要来给你，你还别说，这种巧克力在我们这边的市场上还不好买的，说是瑞士一家什么美味小作坊制作的，在瑞士一个什么什么地方特有名的。”

喜林心里一惊，巧克力原来是子忱给的？那她怎么一直觉得是安择托历历带回来的呢？还有，今天包里的那几条也不是历历帮她装的，而是她自己装的？

自己怎么最近一天比一天糊涂了，那种恐惧感，又袭来。

唐历历换好衣服出来看到喜林闷着，走过来摸摸她的额头，担心地问：“喜林，你没什么不舒服吧？”

“没，没有。”喜林抱着一只抱枕，冲她笑了笑。

“唔，没有就好，我真是希望你的身体快好起来，你看会儿电视吧，刚才回来的路上，安择打电话说帮我们订了外卖，一会儿估计就到了，我去收个邮件，今天没去公司，有客户说给我发来一个工作函。”唐历历说着便进她的卧室开电脑了。

喜林依然抱着那只抱枕，脸靠在上面，看着地面发呆，只是心里还是翻江倒海。

外卖七点整送到的，唐历历听到声音就从房里跑了出来，只叫饿了饿了，打开那几只餐盒，看到又全是喜林爱吃的菜，鱼香茄子、肉末豇豆、香芋卷，还有一个汤煲。

唐历历边吃边说：“喜林，你知道吗？子忱虽然还不错，但是我觉得他跟安择相比，还是不足了，嗯，这样说吧，子忱可以打八十五分的话，安择至少就是九十五分。”

喜林不接她的话，只知道大口大口地吃饭，仿佛都从来没这么饿过似的。

唐历历看得都愣住了，然后赶紧给喜林盛了一碗汤放过来，直叫道：“慢点吃，今天出去，中午没吃饭吧，慢点慢点，别噎着了。”

为了不回答，喜林一个劲儿地点头点头。

这天晚上，喜林睡得好不安稳，好几次从梦中惊醒，很奇怪的是，她梦里的记忆力似乎越来越好，因为即便是惊醒了，再入睡后，做梦却还是上个梦里的内容，而且每一次都梦到安择，梦到安择远远地看着她不说话，梦到自己不停地对他喊着："安择，要是我忘记了你怎么办？要是我以后，我一点儿也想不起你了，我该怎么办？"

3

唐历历又要去出差了，七天，她不放心喜林，但又没有办法不去。

喜林叫她放心，自己又不是小孩子，保证一周后，唐历历回来时，她好好的。

唐历历还是不放心，念叨着说要叫表姐过来陪她，喜林不许，她便生气地说："喜林，我知道你受伤的地方还疼，好几次晚上，我都听到你疼得睡不着，偷偷地哭。"

喜林鼻子一酸，拿下唐历历手里的手机，认真地说："历历，我从前是一个不能吃苦的女生吗？那年暑假，我们去远足，走到最后的，有没有我？还有那年冬天，我做勤工俭学，在江边给招待所洗床单被套，整整一百条，手都冻得没有知觉，我有哭过吗？历历，我不开心你老拿我当病人，我是一个能吃能喝能睡能醒能走能跑的大活人啊，而且，你说我梦里哭，那是我做噩梦了，最近白天我闲得慌，就算平日里你不在，我遇到困难也会打电话给子忱和表姐，这次我也会啊。"

这一番话，把唐历历给弄得瞠目结舌，她不好意思地笑笑："哎呀，喜林，你别怪我啦，我知道你是个坚强的姑娘，人家只是心疼你嘛！别气别气，啊？"

"没气来着，是明明出院了，还被你当病人看，我心里不高兴，你啊安心工作吧，我也不能老闲着，说不定明天公司就通知我去上班了呢。"

唐历历这才放下心来，看看冰箱，没有什么可吃的，便打电话给宋子忱，说晚上出去吃饭。

没多会儿，宋子忱在楼下叫她俩，她们下楼，三人一起往常去的那家餐厅走去，唐历历看了看时间，念叨着说："这才七点半啊！"

然后突然想起什么似的，随即转过头问喜林："我们要不要叫上安择？他经常给我们叫外卖就是在这家小餐馆里呢。"

喜林低着头走着，没有说话。

唐历历看着喜林，正要说什么吧，宋子忱赶紧打圆场说："历历，你是要多一个人来听你讲购房记吧？我说你还是省省心，我和喜林天天听，这耳朵都不高兴地早就想有嘴巴的功能，对你大吼一声呢。你啊，最好这次跟你们那正更年期进行中的领导大姐出差时，天天和她讲，没准她的综合征就转移了。”

唐历历轻轻地捶了宋子忱一拳，说：“就你没综合征。”

不过她也看出喜林的不开心，很快又挽着喜林的胳膊肘儿，一边走一边嚷嚷着说：“喜林，我告诉你，等我哪年有钱了，我就去小城市买块地，盖房子，我想盖几层就盖几层。我还要屋前有湖水，屋后有松林，我夏天在湖水里游泳，冬天躲在房子里听松涛，我还要养一只小孔雀，让它听我的话，每天都开屏给我看。”

宋子忱笑她：“还每天都对你开屏呢，那你不成它偶像了啊，也属鸟类了啊。”

“宋子忱，你才是鸟类，你是到了夏天，羽毛会掉光的鸟类。”这句没脑子的话冲口而出后，唐历历自己先笑得弯了腰，宋子忱过来扶她，也笑得不行地说：“你在哪里看到过活的裸鸟?”

喜林终于也笑了。眼前这两个人的笑声，在西藏时，也让她深有感触过。她想起了今天一定要给多雅打个电话，告诉她药收到了。

其实，刚才唐历历问她，她不说话，当然不是不喜欢安择来，而是她知道安择不会来。就像自从那天从公司回来后，他的关心一直在，他的情意一直在，但是他的人，一次也没有出现过。喜林了解他，如果小A说的一切都是真的，那么安择是不愿意那个自己来面对她。

这些天，喜林每天都会上网看她的邮件，她以为安择会写给自己一点什么，但是他没有。一天天地等，一次次地失望，她不是不相信安择，而是开始不相信自己，还有生活。

4

唐历历走后，喜林也搬回了自己的宿舍。

记忆力在丢失，她每一天都感觉到，每次沉沉地睡一觉醒来，对于眼前事的印象，都感觉像是几年前的，模糊着陈旧着。

她现在连自己的记忆力都不敢相信，她还敢相信什么。

她不敢外出，因为总是会觉得自己没锁门，有一次特地倒回来看，真的是没锁。她不敢对唐历历承诺什么，哪怕是帮她顺便从超市带回一包七度空间，她都不敢答应，她会忘记得一干二净，她怕被唐历历看出来。那种内心起伏，喜林自己也解释不好，她一点一点地知道自己在忘记身边的人。

那种眼看着明明属于自己记忆的东西，一样一样模糊的感觉，很可怕，很不好受。

昨天，喜林去看了表姐，让表姐陪她去了一趟医院，她要有个人陪着才会安心一点，在医院里，她做了很多检查，CT、核磁共振等等，每项检查时，她都让表姐在外面等她。

表姐想要陪她一起去问医生的，是她不肯，她说："姐，我只不过是来做个复查，现在医生都精着呢，要是我这么大个人还得有人陪着，他们指不定会说我又得入院住几天静养才好了。"

表姐想想也是，每一次便只送她到门口，然后微笑着说："喜林，进去吧，姐在外面等着你。"

每一次出来，表姐都紧张地看着喜林，喜林总是挽着她的胳膊一笑说："结果是医生让我多加强营养，我才不信，想要让我自己把自己养成个大胖子啊。"

其实真实的最后结果是，因为上次车祸时的撞击，她当时脑部没有积血积水，但是还是有震荡，这种失忆，多数情况下是暂时的，但是也有可能不可逆，需要配合治疗。

知道了原因，喜林反而心安了，她多想忘记自从毕业这两年来，她所经历的不快乐的事。她很主观甚至很固执地认为，她只要每天都回忆美好的事美好的人，她就不会忘记它们，而那些不美好的事，那些伤害过自己的人，她不去想，渐渐地他们就真的被自己忘记了。

可以选择性地失忆，比什么都记得，是一件更幸福的事。

从医院出来的路上，她拉着表姐的手说："姐，明天，我带上相机，我们好好拍拍照片，这几天天气这么好。"

表姐竟然有一些羞涩，摸摸自己的脸说："姐老了，拍出来尽是褶子了。"

"哪有？我们可说好了，明天去石景山公园那边。"

"好好好，上次晶晶还同我念着，说不知喜林阿姨有没有拍过写真，她想要一张来做桌面，这回我可帮她如愿了。"

喜林瞪大眼睛，说："姐，不会吧，晶晶小朋友什么眼光啊，她历历姨多美啊，要用桌面也要用她的啊。"

"哈哈，喜林，你是不知道，晶晶说你像奶茶呢，上次她们学校办合唱，唱《最好的未来》，就是那个'每种色彩，都应该盛开，别让阳光背后只剩下黑白……'然后咱家晶晶啊，就成了奶茶的小粉丝了。"

喜林笑，挽紧表姐的胳膊轻轻地哼起来："每种色彩，都应该盛开，别让阳光背后只剩下黑白，每一个人，都有权利期待……"不管自己像不像刘若英，喜林一直喜欢她。

5

上午，阳光很好，喜林坐在阳台上看书时，再一次想起要给多雅打个电话说谢谢，也不知道是几次想起了，总是一做别的事情，就又忘记了。

每当遇到好天气，喜林似乎都会想起多雅和达西来，然后为自己仅仅因为好天气就想到这两个美好的朋友而知足。

就像她为了不忘记安择，已经开始每天都记下一些什么。

虽然已好多天没见到安择，虽然小A的话每每想起来她心里都堵，但是从前她和安择之间就没有原谅不原谅这件事，那么现在，也没有，他们之间只有理解得够不够好、懂得够不够多。

从前，喜林从来不害怕自己不够理解他，但是现在记忆是一件让她无法掌控的事，忘记每时每刻都在发生，喜林会觉得委屈，觉得难过，曾经在心里，她真是那样想，所有的人都放弃她，至少还有他啊。

只是喜林也害怕那些从来都不用想起因为永远也不会忘记的事有一天也会被她丢了。

喜林每天晚上睡觉前，都会抱着电脑坐在床上，记一段与安择有关的事，在过去的那些日子里，他和自己一起经历过哪些开心，他对自己说过什么话，他当时穿的什么衣服，等等，只要现在能想起来的，她都要记下来。

今天晚上，喜林写在安择毕业前发生的一件事。

那年五月，安择已经快要毕业了，同其他的应届毕业生一样，他们经常得参加一些招聘会。

有一天，安择来找喜林，说："小芝麻，你知不知道，我好苦恼，我上次去一家公司应聘，那个人事主管的眼光好苛刻，他指着我说'那谁，你不知道？做一个公司白领，至少得穿衬衣吗？'。"

喜林抿着嘴笑："那人事主管是不是自己穿得也是衬衣呀？"

"才不是的，他是T恤，但是我穿球衣，这不跟他是一类的吗？不就是多个大号码吗？喜林，你今天陪我去买衬衣吧。"安择说出来找她的原因。

喜林想象着那天安择在球场打球，系主任来叫他去面试，他把球扔给队员，就跟着系主任去的情形。

他们在街上一家店一家店地看，每次喜林都摇头。安择说："喜林，你好像比那人事主管还苛刻啊。"

"就是的啊，我以后就准备做人事主管的呢，你信不？"喜林笑道。

"我不信，你要是做人事主管，还不得把大街上的乞丐都请来做员工啊!"

直到最后试穿一件最普通的白衬衣，喜林终于说好。喜林说："安择，你知道吗？你穿白衬衣时，我突然就觉得……"

"嗯？觉得什么?"

"唔……觉得你在一片好天气里。"

喜林开心地比喻着，安择看着她红红的小脸那么微微地扬着，笑了。

就是那以后，安择就喜欢穿衬衣了，特别是，白衬衣。

"白衬衣，男人的好天气。这句话是喜林说的。"喜林记到这里，特地开心地批注了一下。

这也是喜林喜欢达西他们那个书店的原因之一吧，他们的那个书店正好叫"好天气"啊，而那书店就是沧桑古老的西藏的一件白衬衣，真的如好天气一般干净明亮。

写完这些后，喜林觉得心里满满的，以后，如果忘记了这些，看看它们，一定就会想起安择。现在记下得越多，安择就越不会从自己的记忆里走远。

关上电脑睡觉时，喜林一点也不觉得困，大概是刚才想起的事太多了，她睡不着，怕明天早上起来又忘记了，便又起床打开电脑，写了一件又一件安择的事情。

再睡时，已是凌晨三点，安择此时应该在梦里了吧。他的梦，会是怎样呢?

希望他的梦，单纯一点，单纯到不管什么事，都不会让他犯难和发愁，单纯到，即使生活有很多不如意，但是梦比生活美好，在梦里，他永远都像个只记快乐的小孩。

喜林从枕下拿手机设置明早的闹铃，看到唐历历十点多钟发来的短信：安择不知你搬走，也不知我出差，今天子忱去我屋里取东西，又遇到送外卖的。我不敢电话里和你说，我已让子忱明天接你，去和安择一起吃个饭。我们不希望你们这样子。

喜林把手机放回枕下，眼泪从脸上滑落，因为侧着身，它们一直滑落到耳朵里，没有声音，却有冰凉让耳朵听到。

6

那天，小A声泪俱下地还给喜林讲了一些大家不知道的事。

那次事故后，小A和安择都躺在医院里，小A的摔伤无大碍，半个月就出院了，刚开始她还是处于一个感激者的身份，偶尔来看望一下安择，按时交医疗费用。

那时候，小A还没有同老齐分手，毕竟也是几年的相处，不说感情，那份小A需要的依赖，她是舍不得的吧。

虽然因为老齐伤害安择的事，小A起初有一些责怪，但是老齐知道她的脾气，哄哄就好了。

是后来发生了一些事，让小A开始觉得她要爱上一个像安择那样的男人。

安择的眼睛揭纱布的那天，小A和老齐一起去医院。医生找他们谈了话，老齐到底是靠盘算生意过生活的人，即便是拥有的财富再多，他也是不肯真正真心去为一个陌生人做那么多付出的，况且，那个陌生人还是个长相帅气、品行完美的年轻男子。

面对医生说出的后期治疗费用，虽然并不让老齐觉得多，但是老齐还是表现出不悦，当场就说："你们这不是揭了纱布，他也能看到了吗？怎么还不能办出院？"

医生解释，老齐没心情听进去，加上本来就是个粗人，说着说着竟然在医生的办公室里叫嚣起来，无理地说医生是安择家亲戚什么的，这后期预算无非就是想趁机讹他一笔。

为了息事宁人，小A一边把老齐往外拉一边表态说还是从前的那话，费用没问题。结果老齐生气了说："什么叫没问题，你的没问题，还不是我的问题，那是我的钱，你搞清楚了没有？你是不是看上那小子了？"

小A当即气得与他吵。

吵到最后，老齐把她那辆车的钥匙和给她的房子统统收了回去。

小A本来想与老齐一刀两断，但是她不甘心枉费几年青春，到头来什么都没有，再加上医院打电话给她催费用。那天，在走投无路的情况下，小A去她那家公司财务，让财务人员把公司里所有的银行存款取出来给她。

公司上下都知道那公司是老齐投的资，法人代表也是老齐，但是他们不了解他们关系崩了，于是便照办，结果老齐知道后，竟然委托律师，要告小A挪用公司财产，并称如果回到老齐身边，并答应跟他结婚，他还是会放过，并妥协说可以帮安择治好。

但是小A经过了这么多，她已经不想回去了，而且她知道她是真的喜欢上安择了。

于是小A真的就准备迎接那场官司了，是到最后老齐还是念及旧情，说总有一天，你会来找我。

而安择，在这些事中，性格变得沉闷了，特别是眼睛的时好时坏，让他对生活的看法，跟从前完全不同。

当最坏的结果还是发生，需要视网膜移植时，他情绪很坏，要么闷着一句话不说，要么就脾气暴躁，冲小A发火。

小A抱紧他说如果真要那样，他们又没钱做的话，那么她把她的一只眼睛给他。

小A说她虽然知道安择不可能因为她的付出而爱她，但是这些经历他们两人都抹不去的啊，它沉重得会让他们两个人都无法轻易地开始新生活，所以在一起是他们最好的选择，这世界上，并不是所有在一起的人都是因为相爱，还有好多都是因为命中注定，无法把对方排开。何况，后来还有哥哥的捐赠。

小A请求喜林成全他们。

喜林没有给小A表态什么，她只说自己会忘记一些事。尽管她现在努力地害怕自己会忘记，但是她也要让别人知道她已经忘记了。

而安择，虽然至今为止，他都没有亲口和她说说小A以及其他，但她明白，他不说是因为那一切没有她重要，但他不说也是他没有办法抹去那一切，特别是小A告诉他捐赠者后，他更是抹不去了。

从前喜林就知道两个相爱的人，有时候可以在一起是一件特别难的事，现在她更是知道，那么，就让安择安宁一些。

7

第二天，下午四点，宋子忱果然就打来电话说要过来接喜林晚上一起吃饭。

喜林说："子忱，对不起，我不在家里，我在列车上。"

宋子忱一时没反应过来，说："什么列车啊？"

"我上午买了去西藏的火车票，我想去看多雅他们。"喜林说。

"喜林，你可别吓我，你这样子，能去那里啊？"宋子忱担心地问。

"能，都说去西藏像生病一样，去过一次后，就有免疫力了，我这是第二次去，放心吧。"喜林尽量说得轻松。

宋子忱沉默了片刻，然后叹气说："唉，喜林，我真不知道说什么好。"

"你放心就好，到站后，多雅他们会来接我的，对了，还有件事，我要麻烦你，我给公司写了辞职报告，本来想发邮件的，但是还是觉得交正式的好，我把它发到历历的邮箱里了，你帮我打印了送到公司里去，给小A。"

"喜林，这事不和安择说吗？我觉得你最近有些奇怪，怎么总是突然做出一些令人想不到的决定，有什么难处，不能和历历和我说啊。"

"没有难处，你要相信，任何事，都是仔细考虑的结果，不是因为冲动。放心吧，子忱，我会经常和你们保持联络的。"

“那好吧，历历说你跟安择一样，自己的决定，别人无法改变的。那我送辞职报告去，见到安择，要带给他什么话吗？”

“不用，谢谢。”喜林说完便挂断电话。

挂断电话后，一种很强烈的缺失感袭上心头，这就算是一次告别了，她都没有去跟安择亲口说，但是，她希望他是明白的。能留，她不会走，要走，只能是她不能再留。

她刚才对子忱撒谎了，她没有去西藏，尽管她很想去。她的情况越来越糟糕了，昨晚睡得晚，今天起床时，觉得头疼得厉害，脑子里仿佛就只有安择、唐历历、宋子忱、多雅、达西这几个人。就连母亲也模糊，以至于母亲打来电话时，她都没有听出是谁。

她不知道明天她面临的将会是什么，她决定离开北京，把一切可能的不好，都避免在北京发生。

除了那份辞职报告，喜林还给安择写了邮件：安择，不管你是什么样子，是来见我还是不见我，我都懂你，我们彼此都好好珍重。我会想你，请你也想我。如此便足够。

喜林买了去武汉的火车票，在这个世界上，她知道的就只有三个地方令她从来都没有不快乐，让她向往。

武汉、西藏还有谢教授和安择带给她向往的那不勒斯。

8

去往火车站的路上，头都有些昏昏沉沉的，只知道自己要去武汉，而为什么要走似乎却不愿意想一想。

喜林到车站很早，坐在那里候车时，突然想起一年多前，她要离开时，也是像今天这样没有人来送。

可是她很快想起，去年安择来送过她，当时火车就要开了，她站在车里，透过车窗看到安择在人群中焦急地张望着寻找她。

突然有一种什么东西牢牢地抓住了自己的心，很疼的感觉来到心里，怎么都没有办法去抵挡。

心里在说，我就这样走了，我还没有去跟安择告别啊，如果以后，我再也想不起他，那该怎么办？

喜林哭着背起行李，跑出火车站。

她心里就只有一个念头，一定要再看一看安择，如果说说话不可以，就像上次一样，在公司门口，远远地看看他就好，现在看，她还知道他就是安择，她怕以后，安择就是站在她的面前，她也不知道他是谁了。

深秋的天气，奔跑起来的人，脸上会觉得彻骨的凉，像另一种意义上的飞蛾扑火。

喜林跑到公司门口，还是在上次那个“锦里锦”咖啡馆，还是上次的老位置，她坐下来，等安择从公司里出来。

喜林像一尊雕像一般地可怜地望着公司写字楼的大门出口，有许多人进去，又有许多人出来，她在心里期盼着，安择，你快出现，我不是要你给我答案，也不是要你说让我留下，我只是看一看你，就只是看一看，然后我就走。

时光如砂，每秒呈百万粒地磨着喜林的心。

安择终于出来了，他站在门口等车，他穿着深紫色的外套，里面可以清楚地看到白衬衣，喜林欣慰了，安择，你以这种样子，让我最后记住多好。

举起相机，拍下来后，看相机里的照片时，喜林的眼泪滴到相机上，她心安了，她可以就这样离开北京了，即使以后永远都想不起北京，即使以后记忆里再也没有安择，但是有照片在，有她记下的那些文字在，她就会知道，在自己过去的生命里，安择是一个最重要的人。

喜林装好相机，再次抬头望向对面时，眼泪却像决堤的海一般，哗啦啦地往下掉。

安择等来了车，但是也等来了另一个人，他们一起离开。

那是小A，她很快乐地挽过安择的胳膊，一起上车。

虽然之前，喜林也是抱着成全他们的心，但是当真正面对这个画面时，喜林只觉得脑海里所有的记忆都在以光的速度脱离自己，她感觉自己像一个没有灵魂的躯壳一般，那种与自己与自己曾经无比在意的一切生生剥离的疼痛，让喜林恍惚，自己都不认识自己。

下楼时，她从玻璃楼梯上摔倒。

第十一章　朗读往事，朗读悲伤

1

冬天的早晨。

武汉某小区，一套两居室的房内，碎花的床单，碎花的沙发，碎花的窗帘，甚至连拖鞋也是碎花的，这样的房间以及布置，一看就让人知道里面住着的是一个幸福的安静的女孩，她像那些小小的花朵一样，不打扰世界，有自己的繁荣。

这是喜林的房间。

喜林还在睡觉，小小的脸贴在柔软的枕头上，梦里似乎笑过，眉毛上似乎还有一抹甜蜜柔软地飞扬过。

一个中年女人，手里握着一沓旧照片，抱着一条毛毯，坐在床边看着喜林等她醒来。她已经这样坐了很久了，她的眼里有眼泪闪动着，很难过的表情，但还是保持一点微笑，那是希望给的。

这人是喜林的母亲。

闹钟八点响了，喜林准时醒来，看到她，笑了笑，从被子里拿出手臂，很舒服地伸了伸。

母亲把喜林的双手又放回被子里，说："喜林，早上好。"

喜林看着床前这个每天早上都要这样问自己的女人，伸手帮她理了理头发，说："安择，昨晚你又没睡吗?"

"喜林，你真的不知道我是谁吗?"母亲拉着喜林的手问着，手腕处的青筋跳动着。

"你不是安择吗?"喜林皱着眉头说。

喜林只记得安择，因为电脑上都有，她和安择在一个大学里上过学，她和安择之间有许多美好的小故事，安择喜欢穿白衬衣。

母亲继续努力，从围裙的兜里拿出一张照片，上面是一个小女孩和一个年轻漂亮的女人，她指着上面的人说："孩子，看这里，你记好，这个小姑娘是喜林，旁边的是喜林的妈妈，你是喜林，我是妈妈。"

喜林一脸无助地摇头，喃喃地说："这些照片，电脑里没有，我只有安择的。"

母亲抹了抹眼泪，给喜林的背上搭了一条毛毯，摸了摸喜林那张因为搜索记忆没有结果显得无助又无辜的脸说："外面冷，在床上多待会儿，我去做早餐。"

喜林靠在床上，抱过电脑，在等待开机的时间里，她看着窗外的阳光，一脸的微笑，平静地仿佛这个世界从上个世纪起就是这个样子，这样的阳光，这样的早晨，这样的她自己。

电脑打开后，她看着上面记下的东西。那些文字，文字里面的事，里面的人，她真的感觉很熟悉，就像她在梦里记下的一样。

可能就是在梦里记下的吧，要不然，怎么来理解这种似曾相识啊？

2

母亲带喜林去医院做检查。

上次去别家医院检查过，医生告诉她希望的同时，还告诉她喜林也有可能一直就这样了，永远都不再记得从前。

这次是托朋友找的一个专家，在细心地检查后，他给的结果还是和上次差不多，说这只是短暂性失忆，会有一段时间的恢复过程。

医生问喜林："可以想起以前受到过什么撞击吗？"

喜林无辜地摇摇头，母亲心疼地抱住她，哽咽地同医生说着，她心里内疚得厉害。

医生说，病人之前一定遇到过外伤，从状态上看，这种是外伤和心理上两种互相影响导致的结果，还是抱着希望慢慢去等。

从医院出来，母亲和喜林手挽着手走着。

看到母亲一脸的愁容，喜林停下来看着她说："虽然我还没有想起你是谁，但是我知道我们彼此深爱，因为刚才我看到你在医院那里为我哭，我心里也难过。"

母亲摸摸喜林的脸，说："孩子，我是妈妈，生你的人，我爱你。"

其实有时候，母亲倒希望喜林就这样，没有烦恼，而且她除了记忆，她其他的都还好，跟一个正常人完全一样，那么，把以前的清零了，一切幸福从新开始，也是一种很幸运的事。

有一段路，两边是密密的梧桐树。喜林像个无忧无虑的孩子一般，问："这是梧桐树。"

"对啊，原来在南桥，也有许多这样的树，你还有印象吗？"

喜林摇头，但很快她笑着说："我知道这种树，有一次，我和安择看完电影回学校，他惹我不高兴了，然后他说，小芝麻，快别生气了，你要什么我都给你还不行啊？我说那我要城堡呢？他说当然也给啊！我说那我要一个在回去的路上布满梧桐树的城堡呢？他说那我就让城堡的两边都长满梧桐树，它们高大宽阔到在天空上可以头靠着头，在天空下可以手牵着手，还不行啊？我当时嘿嘿地笑说行，因为梧桐树我不生气了。”

喜林很是熟练地背着她在电脑上看到的那些小故事，母亲每听一遍就既欣慰又难过一次，欣慰的是，这世界上有那么一个叫安择的人，给了喜林那么多深刻的美好，难过的是喜林不知道什么时候可以全部记起来。

安择这个人，一定是喜林不愿意忘记的。母亲不知道喜林经历了一些什么，这孩子受了哪些难处？

现在除了这个人，有关喜林长大后的一切，她什么都不知道，想到这里，她内疚的同时，更加下定决心要帮喜林找回过去世界里的那些朋友，只要找到他们，才能帮她找到安择。

母亲想起喜林病后，她能第一个知道情况，就欣慰地想感谢上天。

那天她刚好在北京出差，打电话给喜林，想见见她，不知道喜林在干什么，电话响了好久她才接，但是很奇怪的是，她问：“你是谁？”母亲心里还纳闷着，就听到有人喊“有人从楼梯上摔下来了”。

电话里好一阵嘈杂，过了好久才有人在电话里说话，但不再是喜林的声音，只是告诉她电话的主人从楼梯上摔下来了。

等到母亲赶到那里，看到喜林坐在沙发上，这才长长地舒出一口气。喜林好像很累的样子，见到她也没怎么说话，她手里捏着到武汉的车票。

在回武汉的车上，喜林一直睡。等到第二天，母亲才知道喜林记不住很多事了。

3

这天下午，母亲去了一趟喜林上的大学，她是想打听到一些喜林从前走得近的大学同学。只是那天喜林的那只手机，也不知掉在了哪里，她也没办法和喜林的朋友联系上。

一个母亲总是会保护自己的孩子的，她没有说喜林病了，只是说喜林托她来找一些同学的联系方式。

很巧，竟然遇到了谢教授，谢教授告诉母亲，喜林和唐历历还有安择他们都在北京啊。

母亲心里无比地惊喜，千谢万谢，握着唐历历和安择的电话号码走出校园。

一路上，母亲想了很多，虽然她像喜林一样，最想先知道安择是谁，但是她还是决定先联系唐历历，因为能够被喜林那样详细记下那些故事的人，一定不是简简单单的两个人相互喜欢，那经历中肯定还有不少的磨难。

母亲给唐历历打了过去，通过她来了解安择会更好。

第二天下午，唐历历和宋子忱就从北京飞到武汉了。

接到喜林母亲的电话后，唐历历的眼睛都哭肿了，她怎么也没想到喜林会这样了。

那次她出差回来后，宋子忱告诉她说喜林去了西藏，当时她真的是相信了，因为喜林老是同她讲上次在西藏的事，她知道喜林喜欢那个地方，还有那里的那两个朋友。

接下来，她和宋子忱因为房子的事，一直又忙又烦恼，其间有两次给喜林打电话，都是不在服务区，想起上次喜林在那样难过的情况下去西藏都没事儿，这次她反而相当放心，电话接不了她都认为是高原的信号不好，也没有太在意。

但是昨天喜林的母亲告诉她说了喜林状况后，她不敢相信那是真的，她甚至后悔不该去出差，她先是和宋子忱吵，然后又和他抱头痛哭，她真是为喜林难过，上天有时候太不公平，那么好的喜林，却给她那么多的坎坷和磨难。

她和宋子忱商量后，还是决定先不对安择说，等到他们看看喜林的情况再说。

唐历历和宋子忱到时，喜林午睡还没有醒来，母亲说着说着用手抹眼泪了，说：“这孩子大概是因为心里现在空落落的，每次睡觉都好长时间。”

这样一说，唐历历的鼻子不由地一酸，来到床边轻轻地摇醒她。

喜林睁开眼，看到唐历历，微微地皱了一下眉头，然后就一直看着她笑，眼底如同绿玻璃杯里的凉水，清澈到静止。

“喜林，我是历历。”唐历历拉着喜林的手说。

喜林不记得她是谁，又不知道说什么好，就是那样笑着看看她，又看看她身后的宋子忱。

唐历历背过脸去，眼泪成串地往下掉，怕被喜林看到不好，让宋子忱同喜林说话，自己跑出卧室来到阳台上，终于忍不住，蹲下身来任眼泪放肆地流出来。

母亲跟出来，唐历历抓住她的手说：“伯母，要是喜林一直这样，该怎么办？该怎么办？”

母亲搂住唐历历说：“历历，我联系你，就是想知道喜林的一些情况，喜林她只提一个叫安择的，我想知道安择他是谁？”

听到安择的名字，唐历历的心里又难过了好几分，但是她心里还是突然对喜林充满希望，她说：“伯母，只要喜林还记得安择就好，只要安择在她心里，我们就应该有信心把从前的喜林找回来。”

4

唐历历回到北京的第一件事，就是去找安择。

当喜林的母亲告诉她说，喜林握着到武汉的车票在“锦里锦”摔倒后，就什么也不知道了时，唐历历心里一酸，她知道那家咖啡馆，她也知道喜林一定是想见安择一眼再走。

但是安择，自从喜林出院后，他一直在做什么？躲吗？

唐历历太了解喜林，以至于无论喜林做什么决定，她都是支持的，因为她知道喜林不管做什么事，都是仔细考虑过的啊，她有丰富细腻的情感，但是她从不冲动，她照前顾后，顾得最少的却是自己。

然而现在，当喜林如同被他们所在的世界抛弃了一般地在武汉天真无邪地笑时，当她连唐历历甚至连自己的母亲都不认识，而只知道安择安择时，安择在做什么？

昨天唐历历问喜林，说：“喜林，你这么爱睡懒觉啊，你知道吗，你从前半夜里还拉我聊天呢！”

喜林笑着说：“是吗？现在睡觉可以做梦啊，不愿意醒呢。”

唐历历出了机场，就去DM公司了，来到安择的办公室，敲了门，就直接推门进去，却看到小A在安择的办公室里，她站在安择的旁边，正在往安择桌上的一盆花里浇水。

唐历历这突然的不请自来，让他们两人的表情都有些尴尬。小A看了安择一眼，识趣地拿着那只水杯出去了。

安择招呼唐历历坐，问：“历历今天怎么有空？是喝茶还是咖啡？”

“什么也不喝。”唐历历冷冷地说，说完却又严重鄙视自己，没有冷到底，因为眼泪已经滚下来。

安择不知道她什么事，有些愣住。

“安择，你还记得不？你回北京的第一件事，是去找成语，你还打了他。”唐历历虽然生气，但是还是理清了自己此行的目的。

“历历，怎么提这件事？”安择给她端过水来，不解地问。

“我提它，是想告诉你，你上次打成语，是因为喜林，那么，如果我是男人，我今天也会打你，也是因为喜林。”

“喜林怎么了？”安择觉察到一些不好，紧张地问。

“哼，你真关心吗？”

“历历，你是怎么了？快告诉我喜林怎么了？”

“我现在不说，我怕有人给听到，然后暗自高兴，你若有兴趣听，就来锦里锦。我和子忱在那里等着。”唐历历说完，眼圈儿红红地跑出安择的办公室。

在走廊上，安择追出来，抓住唐历历的胳膊说：“历历，我跟你一块儿走。”

小A果然像个附件一样，随时关注着安择，安择和唐历历走到电梯口时，她也追上来，假装问：“安择，待会儿的客户洽谈会怎么办？”

“延期。”安择不耐烦地说。

5

在咖啡馆的二楼，唐历历特地挑的角落里的那个位置，那里刚好可以看到DM公司大门，而且会让人有安全感，她觉得喜林那次来这里见安择，一定会是在这里，喜林外表冷静，但是她内心一直都是个缺乏安全感的人。

安择坐在桌子对面，伸出一双手分别抓住唐历历和宋子忱的胳膊，着急地说：“求求你们，快告诉我，喜林她怎么了？”

唐历历看着安择，眼睛红红的，扭头对宋子忱说：“子忱，你给他看。”

宋子忱从包里拿出DV，调好后，放到桌上，也难过地说：“安择，你自己看看这个，就明白喜林怎么了。”

那是在武汉拍的一段喜林的视频。

画面上，喜林表情安详，面带微笑地坐在学校篮球场的最高那级台阶上，抱着双膝，将脸轻轻地落在膝盖上。

唐历历坐在旁边问她：“喜林，知道这个地方吗？”

喜林摇头，一脸的茫然，然后又因为自己不知道太多而觉得罪过，脸上有一种很抱歉的无奈。

唐历历伸手搂过喜林的肩，轻轻地说：“喜林，我知道你一定记得这里，你只是暂时忘记了，那么我们慢慢来回忆，这里啊，是我们读过的大学的篮球场，安择以前经常在这里，而你总是坐在最高处，看着他，有一次，安择他们那队输了，你对我说，‘历历，安择今天打球时心不在焉了五次，要不然，他们才不会输呢！’我当时笑你，你问我笑什么，我没告诉你，喜林，现在我告诉你，我笑你竟然不知道安择心不在焉是因为你在啊，而且你一个人坐得那么高，都像篮球架给移植到了最高看台上呢。”

喜林听了像个小孩一样害羞地笑了，然后喃喃地念着：“你说的，安择，篮球场，安择，篮球场……”她一遍又一遍地说着，眉头紧蹙，仿佛她的往事都被一层厚厚的壳给封存住，她得一遍遍地找到它们对于自己唤醒的回应一样。

唐历历难过地背过脸去。

过了一会儿，喜林大概是想起电脑里她记下的什么了，缓缓地说："我知道篮球场了，但是安择他真的是因为我在才心不在焉的吗？"

"是啊！快和我们说一说啊！"唐历历转过脸来，期待地看着喜林，希望她如同找到那个厚壳的缺口一般地找到往事。

"那一天下午，安择和他的那些队友在篮球场上，同科技大的队员进行着一场很酷的友谊赛，我坐在台阶上，远远地看着他们，那场球，安择打得好认真，我想他球衣上的每滴汗珠，大概都叫奋斗吧，我的身后，是一片空地，那天不知怎么有一辆车经过，路不平，车上的西瓜滚了下来，我没有看见，但是安择看见了，他从球场中直接跑向台阶，跑向我，把我紧紧抱住。那场球，最后没有胜负，因为篮球都被他们扔下，我们坐在地上吃着滚落下来的西瓜。他们说，安择的腿，那天得到的是刘翔的灵感。

"那一天下午，我在球场一直没有等到安择出现，我不走，就那样坐着，后来安择来了，他说，'小芝麻，你傻啊，电话都不接。'我摸口袋，手机不在里面，我说忘记在宿舍了，他听了没说话，把手伸向我，我的手落在他的手上时，才知道他的手那么烫，他发烧了，他说，你不想想啊，一只变红的螃蟹，来到篮球场上跑，是会被篮球嘲笑的。安择坚持把他的外套给我，我不披，他说，难道你也想变成红螃蟹啊。"

6

视频中，喜林就像这样，一件小事一件小事地说着。

安择、唐历历、宋子忱三个人都安静地看着画面中那个干净美好的面孔，深深遗憾。

那段视频放完后，安择无比焦虑又难过地说："快告诉我，喜林她怎么了？"

唐历历哽咽着说："喜林失去记忆了，与感情有关的任何人任何事都不记得了，连她妈妈也不记得了，我去了，她也不记得我。她可以说这么多与你有关的事，那是因为在她感觉自己状况不好时，就都把与你有关的事在电脑上记了下来，喜林她最害怕的不是她的过去抛弃了她，而是她不记得你。她每天都要看她写的那些事，但是它们现在在她的脑海里是找不到回忆联系的，于是她每天看，直到背下它们。"

安择把脸扭向窗口，久久没有回过头来。

“安择，喜林被她妈妈找到的那天，就是在这个咖啡馆里，不知是什么原因，她从那个玻璃楼梯上摔了下来，昏迷后她醒来便像个新生的小孩一样，什么都不记得了，当时她手里握着去武汉的火车票，她大概已经决定去武汉了，我猜想她一定是想见见你再走。”

安择的眼泪无声地掉下来，滴到桌上。

唐历历哭着说：“安择，自从喜林出院后，你们就一直没有见过吧。你或许觉得无所谓，但是喜林不是那样。我回来时一直在想，如果你的做法让喜林感觉到的是漫长的等待和绝望，如果她再也找不到记忆，那么过去的那个喜林是带着你给她的难过没有的。而现在的喜林，却那么努力地在朗读与你有关的一切美好的过去，她活着的目标就是为了只知道你。”

安择哽咽着说：“历历，不要说了，我这就去找她，这就去。”

唐历历用面巾纸擦了擦脸上的眼泪说：“不急这一会儿，还有许多话，我想要问下你。”

安择点头：“你说，你说。”

“安择，我知道你和喜林一直在坚持你们的原则，对别人没有承认过，但是在你们心里，一定对自己承认过，那是爱，独一无二的，你们所有的美好，都建立在这份感情里，虽然喜林从不这样说，但是我可以感觉到这是她心里最重要的东西。我一直好羡慕，因为这羡慕，我甚至对我和子忱的感情是不是真爱情发生过怀疑。但是我现在觉得你们对自己对对方都很残忍，你们的原则，在我们这些以生活为主题的人看来，不过是你们在坚持你们对爱情的偏见，或许你们比谁都深刻，或许你们也觉得自己比谁都幸福，但是请扪心自问，你们是温暖的吗？除了心的距离近，你们可以像我和子忱一样，伸手就可以触到对方的手，咳嗽一声就能让对方听到吗？你们真正的在知暖知冷吗？”

“历历，现在最要紧的事，不是论什么，是让喜林早一天好起来，还是让安择尽快安排一下了，去帮帮喜林吧。”宋子忱见唐历历越说越激动，忍不住拦着她说。

“不，反正喜林现在是个没有任何烦恼的人，索性让她多快乐一段时间，等到想起一切，一定还没有现在这份平静。”说完，唐历历又对安择说：“还有，安择，我不知道你是怎么处理事情的，说实话，小A这个人，我们都不喜欢，但是喜林一直说，她跟你有关，所以她不能不喜欢她，但是你有和我们说过小A究竟是以一种什么样的身份存在在我们大家的生活空间里吗，我们想到她时，要把她界定在什么角色上？她是你的朋友加同事，还是你决心要跟她生活下去的人？如果是后者，你为什么还要让喜林心存希望？如果喜林真的存在你心里，难道你的想法是，你既拥有生活中的人，也拥有心里面的人，但是喜林呢，她只拥有你，而没有生活啊。”

唐历历的话，让安择觉得不对，他没有心情来理论，站起身来看着他们说：“历历，子忱，有些事你们不了解，等我去武汉回来再解释。”

安择跑下楼。

唐历历望着窗外那个焦虑的身影，对宋子忱说：“子忱，他们怎么就这么难?”

7

安择回到公司时，公司里的人都走了，只有小A在那里。

看到安择，小A迎上去说：“安择，你脸色怎么这么差?”

安择没有说话，整理了明天开客户会要用的资料，发到经理信箱里，然后打电话请假，说要外出一段时间。

电话里经理可能有些微词，安择发火了，然后又低头央求，说真是有很要紧的事。

安择的样子，让小A站在门边大气也不敢出，等到经理大概是同意了，安择说了感激的话后，她在安择的面前放下一杯水，又问他怎么了?

安择冷冷地看了她一眼，说：“你知道了有用吗?”

“与你有关的事，什么是对我没用的?”小A反问道。

安择把双手插进头发里，抱着头说：“我现在没有力气和你吵架，有话说的话，等我回来再说。”

“我想现在知道，你为什么做什么事都瞒着我，存心吗?”小A不依不饶着。

“小A，告诉你，我现在最想做的一件事是，你干脆把我的那只眼睛拿去，那样，我不欠你什么了，我也省心了。”安择把头仰着靠在椅背了，又冷又无奈地说着。

“安择，你为什么要这样伤我的心?”小A哭着说。

安择站起来，一双手无措地那么举着，说：“我求你，别烦我，等我回来再说。”

安择走出了办公室。

8

飞机上，安择一直想着喜林最后一次在邮件里的话：安择，不管你是什么样子，是来见我还是不见我，我都懂你，我们彼此都好好珍重。我会想你，请你也想我……

这份邮件，他早就收到了，就像喜林懂他一样，他也懂得喜林。

这段时间，安择时常觉得自己活得相当的苍白，生活和他开得玩笑太大了，突然地就让他极其被动地陷在一种沉重的恩赐里，让人无法辨对错、做决定，只好强迫自己无比地忙碌，那种身不由己的忙碌，像是对心的一种逃脱，只是每当静下来，却会觉得其实是对心的迷失。

害怕这样去想个明白，也害怕这样问清楚自己，便只是一味地去更忙碌一点，总以为越忙乱，就越是没有安静的时候，其实是根本就静不下来，所以根本就不知道心在哪里？直到它在疼了，才知道它已经伤痕累累。

那天，安择散会儿回来，找喜林一起去吃饭时，看到喜林捧着小A给她的那包照片碎片在哭，心里气愤得不行。

把喜林交给唐历历后，他去餐厅拉着小A上楼，为她为什么要这样做？

小A冷笑道："安择，你不是说欠我的，要陪着我的吗？那这些算什么？喜林这个死丫头算什么？我都还没有找你说，你还比我生气了。"

"你伤害谁都不关我的事，除了喜林。"

"怎么？你心疼了啊？告诉你，你不在的日子，我天天看到她都烦。你出国一年，你给我寄过什么东西吗？问你，你说没时间，可你却有那个闲心拍照洗好了还给她寄过来，你怎么不问问我心里是什么滋味？我的难过、我哭，你有没有看到。"小A歇斯底里地大声叫着。

安择不想理她，小A像他整个人生中的一场噩梦一样，抹不去。

有时候安择想，真是希望自己从来都没有来过北京，从来就没有遇到小A这个人。

小A见安择那么漠视自己，痛苦地拉着他哭着说："安择，求你不要对我这样，有时候我也想，最先是我欠你的，我怎么做都是还你，但是你知道吗？我无法不去想我的哥哥。"

小A哭诉了她哥哥捐眼角膜的事后，让安择极其的震惊，那是一种极其强烈又极其复杂的感受，如同针芒一样直刺心尖，无从躲避。

那天以后，小A每天都会跟他提旧事，一提就让他心里充满内疚感负债感，他感觉自己完全被某些东西给捆绑住，他感觉自己已经根本无法从那里边逃脱掉。

他只能默默地关心着喜林，希望她一切都好。

人是越成长越知道生活其实是一件让你在很多情况下都无能为力的事情，你无法抗拒和抵挡它以最正当的理由对你身心的欺负和伤害，你只能遵照它的要求它的样子，无奈看日出，无奈看日落，无奈地看着光阴在不随心的日子里流过，而心里那些美好统统在黑夜中逃脱。

极度困惑的安择给谢教授打过一次电话，他很真诚地问谢教授："教授，您说人怎么是越活问题越多，越思考却越是没个明白透彻的理解。"

谢教授和蔼地问："怎么？安择，遇到不好的事情了？"

"是啊，不好决定，由不得决定，明明知道方向不正确，却没有办法扭转一下。"安择沉痛地说。

谢教授语重心长地说："安择，我不问你遇到的是什么事，我只告诉你，人就是这样的，到了一定的年龄，都会觉得遵从世人的眼光，遵从生活的惯常，要比遵从自己的心更能得到安宁。所以要快乐的话，不妨让心粗陋一点，越是精细，越是烦恼。但是，如果你不想违背自己的内心，你想要得到自己认为的完美，那么你就要勇敢地去面对一切，任何拥有良好心愿的事情，美在于坚持到底，不美是因为半途而废。"

第十二章　看得见你，看不见你

1

武汉。

一切都是那么熟悉，这个城市不美，在许多人眼里它都太市民化，似乎连大街上的树都有九道心思一般。

但是任何一座城市，都是因为它的往事而拥有内涵的，觉得武汉不美好的人不管是少数还是大多数，他们肯定是在这里没有故事的。一旦有故事，城市再不美，也是装自己故事的城池。

唐历历说过，在中国，武汉是让喜林最安心的城市，因为她最无忧和快乐的时光在这里，那么此刻的安择也知道，对他来说，也是武汉最美，因为喜林在这里。

熟悉的街道，仿佛每踩一步，都可以踩出一段和喜林一起跑过的情形，安择匆忙却又留恋地朝喜林的住址走，边走边想不管喜林能不能恢复，他真的都不想走了。

经过那排梧桐树时，安择想起喜林在那段VCR中提到的那件事。

那是喜林大二那一年夏天，他们看完电影回学校的路上，他拉着喜林的手说："你怎么老是走不快啊，就要天黑了呢。"

喜林那次竟然使小性子，索性坐在树下不走了。他逗她，哄她，说她要什么他都给她，只要她听话。她仰着小脸认真地问："安择，那我要城堡呢？"

他说当然给啊！还说赶紧回学校，要不然就没有城堡了。

喜林听了托着脸看着他笑，却不起身走。

他也蹲下来，催促地说："学校门口那家小店的创意刨冰每天都会被抢光的，我们回去晚了就没有了。"

喜林依然看着他笑，然后说："安择，我不是要叫城堡的那份刨冰，我是要一个在回去的路上会穿过梧桐树林的城堡。"

他笑，然后伸手拍拍她的小脸说："好，让去往城堡路上的两边都长满梧桐树，每一棵都高大宽阔到在天空上它们的树梢可以头靠着头，在天空下它们的枝条可以手牵着手。"

细致的回忆让安择的眼眶湿了，他和喜林对生活的理想，不就是像两棵树一样吗？蓝天上，和另一棵树头靠着头，蓝天下，和这棵树可以手牵着手。

安择多么希望因为自己的到来，喜林很快也可以这样真切地就找回了从前，而不是靠强行的记忆去背诵他们的往事。

按照唐历历给的地址，安择来到喜林的住处。

喜林的母亲打开门，凭直觉便知道是安择，说："孩子，你是安择吧？"

安择点头。

母亲的眼圈儿立刻红了，连连地说："孩子，你来了就好，来了就好。"

喜林的母亲把安择让进屋后，告诉他喜林在阳台上看书，便下楼去买菜了。

安择穿过一间卧室，来到阳台上，阳台不大，迎西，此时阳光正暖。喜林穿着棉袍，头发简单地挽着，坐在那里，脸朝外，静静地看着书，那一刹那，安择眼底一热，眼前的喜林看上去就是还在大学时的那个又单纯又清澈的女孩啊。

喜林没有察觉到后面有人，安择也没有叫她，等她看了好几页书，然后把书扑在胸前，揉着太阳穴时，他才轻声叫道："小芝麻，今天真是好天气。"

喜林猛地转过头，看到身后的安择，却没有慌张，好像知道他会在这个下午来似的，她对着他笑着，说："安择！"

安择心里一阵难过，他知道喜林不可能一看到自己记忆就全部恢复，她只是迅速搜索到她对于他的照片的记忆，知道长这种样子的人、叫她小芝麻的人，就是安择。

安择扶着椅背蹲下身来，脸刚好和坐着的喜林的脸在一个高度，努力地冲她笑，说："真聪明，是安择。"

喜林微微地皱了一下眉头，想说什么，目光落到安择手里的花上，开心地用手指轻轻地拨着那一大束花的紫色小花瓣说："这花叫勿忘我，安择总是送它们给我，我喜欢它们。"

安择将花放到她的怀里。喜林把脸凑进花中，喜欢得久久不肯抬起头来。

安择心疼得跟针扎的一样，现在的喜林并不知道他是安择，当一个人明明已经忘记所有的东西，却只是一味地机械似的记住一个人时，就如同用刀尖在心上雕刻一样，那种疼痛，喜林无从感知，却疼在他这里。

2

在谢教授的帮助下，安择带着喜林去了曾经的宿舍、食堂、图书馆、教室等等。

每到一处，安择都会细心地给喜林讲他们在这里的经历，喜林总是认真地听着，偶尔也会顺着说一点，但她说的依旧还是她背下来的内容。

那天下午，他们去学工处查找出喜林她们那届美学系的档案，还和喜林一起去听了一堂谢教授的美学课，靠窗的座位，喜林像个刚上学的孩子般专心，安择心疼地看着她，多想时间就这样停止，为喜林停止，也为他停止。

从学校回来的路上，安择拉着喜林的手说：“喜林，要是失去记忆的是我，我们现在该有多开心。”

喜林不解地问：“为什么啊？是你的话，你也会跟我一样，虽然不记得我，但是却也知道有关我的许多事吗？”

“会的啊，我也会只记得你。”安择看着她笑，心里却难过地说。

“真的啊？”喜林笑得好开心。

安择点头。喜林仿佛得到鼓励，说：“那么安择，我一定要加油，把真正的你想起来。”

安择把她的手握紧一些，心里却不是滋味，等到喜林想起真正的他了，那个让她心存愿望却始终又与她保持距离的他后，她还会同现在一样，觉得自己的生活是简单又安然的吗？那样的他，真正让她觉得心安吗？

路过花店，安择跑进去给喜林捧出一束勿忘我，喜林抱着它，还是像以前一样，用整张脸去扑花香。

回去后，喜林母亲一眼看到喜林的高兴，但也看到安择眼里的失望，她给喜林放好水，让喜林快去洗澡。等喜林抱着衣服去了卫生间后，她坐过来安慰安择说：“孩子，别着急，哪能跟找一件什么东西一样，翻着翻着，一下子就找着了。”

安择点头说：“谢教授也是这样说，这事不能着急，他说喜林心里肯定还有一个结，它就像一把锁，锁着她的过去，不打开它，也就找不到过去。”

“对啊，前段时间，我想过去找一下心理医生，只是喜林这孩子太敏感，我怕她不能接受，毕竟她除了忘记一些经历外，还是个很健康的孩子。”

“伯母您别担心，谢教授帮着联系了一位熟人，明天，我就带喜林去找他，我们是以拜访的名义去的，也就是聊聊天，喜林不会紧张，也不会多想的。”

“那就好，谢谢你，安择。”喜林母亲由衷地说。

“您别这样说，是我没有照顾好喜林。”

“错的哪能是你，是我和喜林的爸爸，我们对她的关心没有深入到她的心里，没有真正地懂得她需要的是什么，是我们的疏忽让她从小就习惯了什么事都闷在心里，一个人默默承受。”喜林母亲说起这些，又开始抹眼泪了。

安择赶紧递面纸给她说：“伯母，您别难过，我了解喜林的，她虽然喜欢把事闷在心里，但是她从不消沉，她的心从来不在阴影里，再难的事再苦的事她总是往好处想，还有喜林心思太细，我们最好不要让她看到我们的难过，她会内疚的。”

喜林母亲连连点头，边擦眼泪边说去厨房看看给喜林煲的汤。

3

这天晚上，喜林特别安静，吃过晚饭后，她要刷牙，发现家里没牙膏了，说她要去楼下买，母亲说她去，喜林不让，说她买回来刷牙就睡觉了，今天出门鞋没穿对，腿和脚都酸。

说完还转头问安择说不是说今天有留校的学长要他晚上去聚聚吗？她约他一块儿下楼，她去超市，他去找学长。

那学长是安择以前的上铺兄弟，自从毕业后还没见过，安择陪喜林来到小区门口超市，还要陪她买了东西再把她送回，喜林说不用让他赶紧去见学长，这么近她知道回家的，安择看着喜林一副随意的样子，心想也是，便安心地走了。

可是，安择还没走到与学长约好的酒吧，就接到喜林母亲的电话。

“安择，喜林还没回来，是不是和你一块儿去见同学了？”喜林母亲问道。

安择的头一懵，感觉到喜林出事了，不容自己多停留一秒，转身就往回跑，一边跑一边说：“伯母，喜林没跟我在一起，我赶紧回来。”

安择气喘吁吁地跑回到小区时，喜林母亲已在门口等着。

两人见面，什么话都不敢说，他们担心喜林不回家会是有意的，她今天安静得异常。

小区的保安过来说，他亲眼看到喜林进去了，只是监控昨天就坏了，物业明天才来换新的，没法看视频，不知道她是不是后来又出去了。

安择努力让自己镇定，安慰喜林母亲说：“伯母，别急别急，才过了不到半小时，喜林大概只是忘了回家的路，您先在小区内找找看，看她是不是走错了楼。我去外面找，我们随时保持联系。”

安择说完，便冲出小区的门，他一边跑一边感觉到内心的那份紧张像四面八方的巨浪一起向他劈头涌来，他害怕，他喘不过气来，脑子里就只有一条思绪是清晰的，他刚才是朝左边走的，如果喜林是有意要离开，她就应该往右边走，他不想把结果想得这么坏，一万个不愿意去想喜林是有意离开，但是现在时间多么紧迫，还是晚上，他就得先要考虑坏的结果。如果他有一点点的大意，如果他只想到喜林就是想到处走走，而就是随意朝左边走，那万一她是有意的，那就会耽误事情。

安择一边跑一边叫着喜林，声音划破天空，也划破他自己的心。

半小时后，喜林的母亲打来电话说，整个小区她都找了一遍，没有找到喜林。喜林母亲伤心欲绝地说："安择，我们报警吧，要是喜林遇上坏人该怎么办?"

"伯母，我们再找找，十点钟前，若还是找不到，我们再报警。"安择抑制住自己的难过，尽量让喜林母亲感觉他有把握地说着。

其实他一样伤心欲绝，他怕最坏的结果，他也根本就不能确定喜林到底能不能在十点前被找到，他只是依然凭着自己和喜林的那些心灵相通去相信一点，喜林不管是迷路还是有意离开，她肯定是不想警察去见她的。

正在这时，学长打电话来。

"抱歉，我来不了，再联系。"安择因为着急都有些不耐烦地说着，现在他哪里有心情去吃饭喝酒。

"安择，不是的，我是想告诉你，喜林现在在学校里，刚才学工处的张老师打电话来说，喜林请她帮忙查一下他们那届的入校时间，张老师没你的电话，因为那天是我带你去查资料的，她就打给我了，让我问你怎么是喜林一个人来的，太让人不放心了。"学长解释着。

安择惊喜得眼泪掉下来，他紧握着电话，语不成调地说："好，好，好，快告诉我电话，张老师的，我马上去，谢谢你，谢谢你。"

4

从学校回来的路上，喜林有些低落地说："安择，今天我真是想一个人在外面走走，因为我越来越觉得我自己是个有罪过的人，我好像丢掉了一件大家都很在意很关心的东西，而我又找不回来它。"

喜林太敏感了，刚才他放下电话一路跑到学校见到她时，他真是想紧紧地拥住她，仿佛那样她就再也不会丢掉，但是他也想到他那样的话一定会让喜林感觉到她自己做错了什么，于是他只是慢慢地走近她笑着说喜林回家啊。

可是尽管如此，安择还是意识到，他们这些天的担心和努力已经成了喜林的负担，他尽量以极其轻松的语气回答她说："小芝麻，你傻啊，这样想才是错了呢，过去的那些小事儿，我们能找到就找，找不到，我们也要好好的，这世上的每一个人，其实都是更愿意开始新的故事呢。"

"嗯，安择，告诉你呀，刚才我来学校，走了一段路后，发现自己不认识周围了，但是很奇怪，我却知道学校在哪里，于是朝学校走来，走进校园后，我突然又想知道我是哪一天来学校上学的呢，便又去找白天在学工处见过的老师了。"喜林开始说她刚才这段时间里，自己的一些想法。

安择牢牢地拽着她的手，另一只手里却也紧紧地拽着后怕、幸运、心疼还有希望而出汗。

回家后，按照安择的嘱咐，喜林母亲没有表现出刚才找不到喜林的紧张，只是随意地问他们去哪里玩了，现在才回来。

这天晚上，安择辗转难眠，他不确定明天是去见谢教授的那个心理医生朋友好，还是不见的好。任何事情，任何动机，他就是掩盖，喜林也能觉察得到，当她知道自己都需要去瞧心理医生时，她一定会更加为自己的现状紧张和难过。

今天喜林这样算不上出走，但是他知道，一旦有一天，喜林若是对什么绝望了，有心要走，他是永远都再也找不到她的。

第二天清晨，安择还在犹豫着要不要去时，喜林也起床了，走出卧室看到他在客厅里，开心地告诉他说："安择，好巧啊，那天你告诉我我的邮箱地址，我不知道密码了，我每天都试，可是一直都不对，就在刚才，我用昨天查到的入校的时间去试，竟然对了，我还收到你的邮件，真是太让我惊喜了，谢谢你。"

安择用一双手抚了抚她额前的头发，笑着说："是吗喜林，你可真是不错，都已经快找到打开过去的钥匙了。"

喜林笑着，又高兴地跑到厨房去找母亲，听到喜林在里面快乐的声音，安择终于下定决心不去心理医生那里了。

他相信，在过去的日子里，喜林都是依赖邮件带给她的安宁的，那么，现在依然如此，在邮件的来来往往中，喜林会找到过去的。就像他，也是在她的邮件中，找到自己内心最柔软的东西一样。

那以后，喜林每天都会收到安择写给她的邮件，她也会认真地回，都不长，但是每个字都透出她的快乐。

5

转眼间，安择来武汉就已经有一个月了。

他每天晚上会在网上处理一下公司里的工作，收上司和下属的邮件，回复邮件等等。但是尽管在邮件中他把事情说得详细又详细，因为身在异地，还是有很多工作都由于不能现场体会和办理而不够完善具体。

那天小A又打来电话，不同往日，问责似的说一大堆为大局考虑的话，这次她以一种很善解人意的语气让安择安心做自己想做的事就好，还说她已经说服上司，把她的年休假借给他，如果不够，她再来想办法，他需要她帮着做的工作上的事，也请尽管告诉她。

公司从来没有借用年休假这样荒唐的事的，想必小A也是花了很多心力才说服的。

安择说了谢谢，就再无他话。对于小A，他的感受从开始就奇怪，是不想去了解，也不愿意去了解的那种吧，反正他自己也说不清，就如同他和她之间总也扯不清的债一样。

因为他的陪伴，喜林的状况好了许多，时常不经意地，她就能提到自从失忆后从来没有提到过的一些小事，她没有记下过的小事。

看到这样的情形，安择那种奇怪的心情又涌上心头，他既高兴又害怕的，高兴真正的喜林不久就要回来了啊，害怕真正的喜林会因为他而再次难过啊。

每天晚上，安择处理完工作后，便开始把与小A那些扯不清的原因，发生过的一些事，都详细地写在电脑里，他想等到喜林想起往事的那天，他的解释也给她。喜林看到后，就会明白许多事情吧，也会明白不是他不想说，而是他说不太清楚。

其实上次让喜林惊喜的邮箱密码，并不是喜林入校的时间。

他们还在学校时，有一次喜林和唐历历她们在校外参加一个活动，她的一个朋友发给她一份重要邮件，她不能回来当时身边也没有电脑，便告诉安择密码托他帮她收一下。

这么多年，喜林的那个邮箱一直在用。喜林独自去学校的那天晚上，他进去她的邮箱，发现这么多年她竟然还是用那个密码，只是喜林她想不起来了。

于是，他把她的密码改成入校的时间，他觉得喜林既然那么在意这个数字，她肯定会在邮箱里试一试它，看它是不是密码。

这被安择猜中了。

喜林那天用它进入邮箱成功后，果然很开心。虽然安择知道喜林不喜欢别人这样做，但是为了让喜林有一点自信，有一点惊喜，他以后再跟她解释。

这件事让安择觉得他做对了，因为似乎就是从那天起，从知道了邮箱的密码，还经常会收到安择的邮件时，她才觉得，她已经站在了往事的门口，在迷雾中她已经看到一角属于她的过去。

6

喜林不记得有多久，是昨天还是今世之初就开始的，她觉得自己仿佛是活在云中的一个人，随云飘着散着，自己很努力地想在经过的风景中抓住一些熟悉的东西，但是双手和内心总是空空的，像一个孤傲又悲伤的城市，明明是期待经过的人留下笑声甚至人生，但是看到的却总是一个又一个陌生的过客。

虽然有现在，虽然也有将来，然而没有过去的现在是不沉着的，没有过去的未来也是空洞洞的。母亲的紧张，安择的紧张，她其实每时每刻都感觉到，她明白他们的笑里有多少难过，也明白他们的轻声细语里有多少沉重。

这天上午，安择接了很长时间的电话，大概是说工作上的事，等他讲完，喜林走过去说："安择，你还是去忙你的事情吧，不用天天陪着我，总有一天，我会好的。"

安择抬头看着她笑，说："没关系。"

喜林歉意地看着他，心里想怎么能没有关系啊。

那天下午，安择有事下楼去了，手机放在桌上。有个电话一直打，喜林怕有事，就接了。

她刚说话，电话里就有一个女人的声音问："你，是喜林？"

"是的。你是哪位？"喜林感觉很奇怪，回道。

那边便传来几声大笑，接着便是莫名其妙却又穷凶极恶的话："喜林，你装什么装？你上次不是答应我，要离开我和安择的生活，你要成全我们的吗？现在把安择弄到你身边去，这就是你的成全？这么长时间不见你，我还一直以为你不在这地球上了，原来你不仅在，你还把安择骗得神魂颠倒。今天你竟然还装着不认识我？真是笑话，告诉你，喜林，你就是化成灰，我也记得你，我可不管你记不记得我？那套骗男人的柔弱小把戏在我这里没用，我早该知道，对你这样的人，要防一手才行……"

喜林听得一头雾水，这堆话里激烈的责怪和羞辱让她很生气，她声音发抖地说："我真不知道你是谁？你是个很没教养的人，你若是有事找安择的话，他下楼了，等他上来，我让他回你电话。"

"得了吧你，你的用心，我心里清楚得很，你不就是想让安择知道我骂你了，然后他就会疼着你，再来骂我吗？"

"对不起，我不明白你的话，我先挂电话了，你不要我转告他，那么你待会儿自己打来吧，大概半小时他就上楼来了。"喜林委屈又无奈，她真是不知道如何应对这样的人。

"喜林，你听好，既然今天恰恰是你接的电话，也省得我挖空心思地找你，你接电话反而更好，我希望你明白一点，为一个人好，不是捆着他绑着他，安择已经三十八天没来公司上班了，这公司不是他家开的，再不来，他就别想回了，你要真想为他好，就让他赶紧回来工作。"说完那边便啪的一声挂了电话。

安择上楼来，递给她勿忘我，喜林凑近花嗅了嗅，然后对安择说她想睡会儿，她一直都没有说这个电话的事，但是这件事这几天一直在她心里翻滚着，虽然她并不知道打电话的人是谁，脑子里也完全没有这个人的记忆，但是凭这番话，她明白这个人因为安择而非常怨恨她。

不管那是个什么人，与她有过什么过结，但是有一点她是对的，那就是喜林真的影响了安择的工作了。

7

好几次喜林都劝安择回去工作，有时间再来陪她。安择终于答应喜林，下周先回去处理一下工作上紧要的事儿，处理完就回武汉来陪她。

喜林母亲也劝他不要耽误工作，安择点头，他心里知道，这家公司对他不错，不然的话，这么长时间不去，又没个准确的说法，先不说公司要不要他，就是公司上上下下都不计较，他也有愧的。

只是，还是放心不下喜林。

正好这天下午，唐历历兴奋地打给他一个电话，告诉了他一件事，它可以两全其美。

唐历历说：“安择，你带着喜林，赶紧回北京，我们为了喜林，这个机会一定不能错过，怎么也要试一下，你说对吗？”

原来是前天，唐历历在公司听同事说刘若英要来北京开演唱会了，昨天就高兴得拉着宋子忱去买票，排了好久的队。等到终于握到票时，唐历历抱着宋子忱又哭又笑地说：“子忱，喜林要找回来了，有了这票，她一定就会回来的。”

宋子忱也高兴，他捧着唐历历那张哭花了妆的脸说：“嗯，肯定会的！”

“子忱，你也相信吗？”

宋子忱点头，用大大的手掌替她抹着眼泪说：“你有多相信，我就有多相信。”

唐历历感动地扑到宋子忱的怀里。

宋子忱亲了她的额头一下，有些动情地说：“历历，你知道吗？就算你不美丽，就算你不聪明，就算你脾气还很坏，但是因为你对朋友的这份心，我也会娶你。”

这话让唐历历的眼泪再也无法收留，放海一般地挂在脸上，她边哭边说：“喜林她喜欢奶茶，但是大学时我们既没有看奶茶演唱会的条件，也没有那样的机会，大二那年，不知是谁弄来一张奶茶的演唱会的DVD，出海报要在小礼堂给奶茶的粉丝播放，因为那里的音响设备好，在无法有现场感觉的情况下，这种观看肯定是最好的，喜林得知后，高兴得两晚没睡觉，而那次的场景一直是喜林认为的大学里最快乐的时光。子忱，自从知道喜林失去记忆后，我每天都急，却又无能为力，我太想通过这个让她记起一点什么了。”

“如此说来，这肯定会有用，我们找安择一起来做这件事，只要我们为喜林打开了过去的一条门缝，相信喜林就会一点一滴地找到全部。”

于是唐历历便赶紧联系安择。

这个决定让安择也很兴奋，暂且不说这件事对喜林的效果大不大，但凡是任何一件只要有半点希望的事情，他都会带喜林去试一试。

当年在小礼堂观赏演唱会，他也在场的，喜林一直跟着小声地哼着，很忘我，眼泪总是不由自主地就滚下来。安择当时也一直拉着她的手，陪她一起感受着一切。

唐历历的想法让安择也很激动，他马上和喜林的母亲商量了一下，就买了回北京的机票。

8

为了带给喜林最大的惊喜，真正刺激到她的回忆，安择一路上都没有说明他们来北京的真正原因。

喜林很高兴可以和他一起去北京，在路上，她一遍遍地问他：“安择，真的像你说的那样，我们到了北京，去某个地方，见到某个人，然后，一切就都回到从前了吗？”

安择看着她点头，喜林微微笑了，把头轻轻地靠在安择的肩上，望着窗外的云朵说：“安择，谢谢你，不管我能不能回到从前，不管我能不能对你有从前一样的感觉，但是你来武汉的这段日子，也会是我今后很美好的回忆，就算是我以后再失忆，我想我也不会忘记这些的。”

安择伸过手臂揽住喜林的肩，让她好好地靠在自己身上。

很多时候，他都是这么沉郁深虑，他的那颗心，在喜林面前，总是以最真实却又最安静的样子存在。

安择心里很想说，如果生活无情，命运不公，在他们两个人中间还会有一场失忆的话，那他只盼望一定要把第二次的机会给他，喜林忘记从前，他知道她其实很不想忘记，而他时时刻刻为现在烦恼纠结，他其实很想忘记阻挠他轻松去爱的现在。

喜林靠着安择，如同她的往事，静静地在被封存起来的那道门内，过了好一会儿，她若有所思地扭头看着安择的眼睛说：“安择，这样的天，这样的云朵，我也在哪里见过的吧，你帮我记得吗？”

安择心里一喜，说：“是啊，你见过，喜林，你是突然找到一些印象吗？”

“是啊，模模糊糊的，有一点印象，觉得这样干净的天空在哪里看到过。”

“喜林，你去过西藏的，在那里还有你的两个朋友，女孩叫多雅，男孩叫达西，多雅快乐，达西深沉，‘在看得见你的地方，我的眼睛和你在一起。在看不见你的地方，我的心和你在一起。’这是仓央嘉措的句子，你有印象吗？”安择兴奋地说。

“‘在看得见你的地方，我的眼睛和你在一起。在看不见你的地方，我的心和你在一起。’”喜林跟着把这几句读了一遍后，拉着安择的胳膊说，“我知道，我知道这些诗歌，但是我真的去过诗歌里说的那个地方吗？”

“是的，你去过，在那里你还拍了许多照片，你说你最遗憾的事，是待了那么久，却没有去大昭寺，等到以后，我和你去那里，好不好？”安择越说越激动。

“好。”喜林看着窗外的蓝天白云，把头又靠回到安择的肩膀上，特别安然地说。

安择的手放到喜林的脸上，眼睛随着喜林的视线，也看着窗外，他在喜林的耳边轻轻地说：“喜林，等你想起来了，我们就去那里，先不管其他的，一定先去那里，一定。”

虽然这样说着，安择的心却好像从万米高空沉到了地底。

北京越来越近，许多在武汉根本不用想起的事也越来越近，当他又不得不去面对它们时，他给喜林的许诺，会不会再次成为对她的伤害？他心里一万个不想，但是这世上，除了爱，又有多少事情是自己可以掌控的呢？

记忆真的就是一扇门的事，门关着，新旧不容，门开了，丝丝入扣。

只是安择还是下定决心，不管怎么样，西藏和那不勒斯，他今生一定要陪喜林去一次。

第十三章　犹可说也，不可说也

1

唐历历的住处。

喜林张望着屋里的一切，目光安静又陌生，像个初来的却又懂得礼貌的客人，专注而又不被主人发现地静静地看着，灰色的沙发是她喜欢的，灰色的窗帘也是她喜欢的，墙上手绘的画，桌上DIY的花瓶，茶几上的一些特别的小装饰品等等也是她喜欢的，看着它们，喜林心里隐隐地觉得这些布置和设计是来过她的灵感里，或者说她在哪里见过这样的房子。

见喜林不做声，脸上也没有什么特别的表情，唐历历的心又沉了沉，她害怕喜林这样子，她曾在这里住了那么多天啊，墙上的画还是她俩用一个月的周末，一笔一笔地描绘上去的，花瓶是她们一起自己动手旧物改造的，但现在喜林眼里流露出的，让她觉得那是对一个环境初至的陌生感。

唐历历把喜林按在沙发上，让她吃零食看电视。

唐历历来到厨房灌了一大壶水，等水烧开的时间里，她靠着橱柜台望着坐在沙发上的喜林的背影想，不知道明天会是什么？不知道她充满希望的那个决定会不会对喜林有用？

她太了解喜林了，她知道因为失忆造成的紧张和痛苦，喜林是怎么也不会说出来的，尽管在他们这些朋友看来，有过伤害的过去忘记了反而更好，但是喜林不会那样想的，她一定会无时无刻不惦记自己的往事，放不下却又提不起的感觉，是比生离死别都还要令她难过的。

安择回北京后，就把喜林托给自己，这让唐历历其实很不安，这太像上次的情景再现了。

上次也是这样，喜林出院后，被安择托付在她这里，后来安择就没有出现过，倒不是不相信安择，而是她早已开始觉得女人似乎是越成熟却越无法有胆量去相信任何一件事的。

安择不在北京的这段日子，周围的空气并没有因为这个朋友的离开而被抽走了一些什么，相反，因为他的不在，围绕在她周围的空气也仿佛在寻找那个熟悉的朋友。

小A像疯了一样找安择，有时半夜都会接到她的电话，哭着或是冷笑着述说自己的难过或坚持，有好几次还找到她的公司，问她安择的下落。

她明白地告诉小A说：“请你弄明白，安择是请假，不是失踪，他是成人，他有主见，他有权利安排他自己的去向和愿望，而你，凭什么把他的这些再正常不过的行为极端化，弄得让所有人都感觉他像是犯下滔天大罪，还很成功地畏罪潜逃了一样。”

可是不管怎么讲道理，小A都听不进去，这个既强势又有些神经质的女人，同米兰·昆德拉笔下的扎图莱茨基夫人一样，“这个女人是一个士兵，一个彻头彻尾的士兵，一个被长期的战役拖得筋疲力尽却又始终毫无怨言地执行命令的士兵……”，她所表现出来的强势，在于她一旦自己认定的事就会不顾一切地去做去弄清，在这个过程中，总是呈现出跟平常人不一样的坚持。

向来不喜欢小A的宋子忱说，她的所作所为，不叫执著，而是侵略。

前不久，不知道小A怎么知道安择是去陪喜林了，在商场看到她就气冲冲地拦住她说：“唐历历，我早该知道，早就该知道你们这群人，合起来在演一场好戏，告诉你，就是安择不想回公司上班了，就是他打算就一直待在武汉了，我也会让他们过得不安生。”

唐历历可一直是怕软不怕硬的人，气坏了，也抵回道：“是吗？那他们不安生，你就安生了？我就不明白，你凭什么像个恶魔一样阴魂不散？你确定有谁在乎你的存在？”

“哈哈，笑话，我是恶魔的话，那喜林那丫头就是妖精了。对了，你俩好得像拉拉，她难道没同你讲过我对安择的重要？她是争不过我的？她凭什么和我争？凭什么？”小A走之前还得意地丢下这么一句话。

这个女子太可怜了，她爱安择，爱得卑微又痛苦，却还弄得如此趾高气扬，仿佛女王。

水开了，水壶鸣着，像再也藏不住心底的沸腾一样。唐历历从思绪中走出来，去卫生间拿来一只盆，倒了大半盆水，叫喜林来卫生间一起泡脚。

喜林对于一起泡脚的事似乎也没有记忆，只说好舒服，感觉脚底的暖像藤萝一样上行着。

唐历历看着她缓缓说：“喜林，你喜欢我这个小窝吗？”

喜林点头，问她：“我这些天就在这里住吗？”

“对啊！”

“那我们每天晚上都一起泡脚吧，太舒服了。”

唐历历无奈地笑了一下，此刻的喜林，感觉到的温暖就单纯只是脚底的，而不是她从前说过的，她们一起泡着脚、暖着心。

睡觉前，唐历历指着餐桌边的那面墙说："喜林，这个周末，我们来把那里画上画，叫安择和子忱都来帮我们，我俩运笔，他俩帮我们端调色板，好不好?"

"好啊，那我们今天就开始想想主题吧。"

想着想着，都没有成型的创意，倒是说着话就慢慢地睡着了。真是好多事情都如此，心愿的完美，并不代表结果的完美，甚至结果都还没有朝完美的那个方向努努力，就已经易道他途。

唐历历睁着眼睛看着窗外，思索着过两天后她要不要跟安择联系一下，了解一下他正面临的一些事情。

2

宋子忱去移动公司帮喜林申请回了原来的手机号码，说不定就有原来的朋友或是工作上的熟人找喜林，他们主要是考虑在西藏的多雅和达西，如果联系不上喜林，他们会担忧，而他们虽然对多雅和达西这两个人熟得都能将他们的性格倒背如流，但他们并不知道他们的联系方式啊，而且说不定，因为他们，喜林真的能恢复一点什么。

说来也巧，就是在原号申请回来开通的晚上，多雅就来电话了。

喜林睡了，唐历历便接了电话，同时按下录音键，等喜林以后听。

因为电话的接通，多雅在那边几乎是欣喜若狂，声音里有一种恨不得立刻飞过来的急切："姐姐，你急死我了，我前几次联系你，都失败，我和达西设想了一百种你电话打不通的原因，最后的结论是我纯粹在瞎想，事实证明，我真的就是在瞎想呢，我太高兴了，今天一下子就打通电话了，姐姐你好吗?"

"好，姐姐好着。"多雅的纯真让唐历历既感动又不知所措。

她一说话，多雅马上觉得声音的异样，紧张地问："姐姐，你声音怎么变了啊?"

"有点感冒，嗓子哑了，没事儿的，是多雅来电话我才说话的，别人打来我都只好回短信的。嗓子太不舒服了。"唐历历尽量保持镇静地编着，生怕出破绽。

"那我明天就去给你寄藏药，治咳嗽感冒特有效。现在你只听我说就好，我是想告诉姐姐，我和达西啊，决定明年结婚了呢，本来我们不急的，是那天我们遇到一个喇嘛，他说我和达西必须得明年结婚，不然的话，我们这一辈子都没有良辰吉日了呢。"

"多雅，你信啊?"

“达西信啊，他迷仓央迷到所有的喇嘛都是神灵呢，神灵的话他不敢违背。姐姐，明年我们结婚，你会来看我吗?”

“会，一定会的。”唐历历说出这句话后，看着靠在沙发上睡着的喜林，觉得这句话她说得最对，即使是从前的喜林，她肯定也是这么回答，又喜悦又干脆。

放下电话，唐历历和宋子忱说了这件事，宋子忱很理智，而且总是会帮她把下一步想好，他说：“历历，我们都不能肯定我们目前所做的就一定是对喜林有效的，但是好在我们总是心存一个又一个的希望，如果演唱会的计划失败，那么我们现在知道了多雅达西，我们还可以带她去西藏找记忆。”

“嗯，谢谢你子忱，我不知怎么，最近特别不敢相信什么，你的话给了我信心，就该是这样吧，再难也不要绝望，人在困境中，拥有希望就是拥有道路。”

“历历，你还感慨万千了啊！不过有点你错了，我是你的谁啊？你竟然还要谢我?”

“不是，是这样的，子忱，我越来越能体会喜林这么多年在精神上对安择的依赖了，只要安择在，她就永远不绝望，对什么都充满信心和希望，即使安择也会爱别的女人，即使安择是跟别人永远在一起，但是只要安择在心里给她一点位置，只要安择允许她在精神上依赖他，她就不绝望。”唐历历动情地说。

宋子忱专注地听着，疼爱地看着她，等她说完后，他认真地说：“历历，即使有一天我像喜林一样什么都不记得了，我也允许我让你在精神上依赖我。”

唐历历眼底一热，赶紧说：“我不和你说了，平白无故地，还要咒一个人再失忆啊。”

“不是你先说的么?”宋子忱笑。

“好了，算我的算我的，但是，子忱，谢谢你。”

“怎么又谢？那你说说，要怎么谢我啊？是不是明天就嫁给我啊?”

唐历历忍不住笑了，说：“我啊，是要嫁给你的啊，但不是明天呢。”

“那是哪天啊？是喜林想起来后的那天不？还是我八十岁时？你太残忍了吧?”

“不理你了，我挂电话了啊。”

挂断电话后，唐历历从阳台回到客厅，给喜林身上加了一条薄毯，自己也倒身躺在另一张沙发上，她不忍心叫醒喜林去床上睡，月光下，她看起来睡得那么香，仿佛她过去那些由内心深处走丢的美好，在梦中又回到她心里去了。

3

表姐说要见喜林，在家里准备了午饭，唐历历让宋子忱带喜林先去了，她晚些再到。

她是要去找安择。

安择已有五天没来了，每天都只有电话，她很恼火，也不理解，她很是慎重地问过宋子忱，男人究竟是怎么想问题的？究竟是怎么对待感情的？她在安择和小A之间的事上，实在是不明白，怎么想都不透彻。

安择他到底在想什么？难道他真的可以一边关心爱护喜林，又一边要和小A保持关系？

宋子忱说她想多了，他们男人虽然不习惯把爱挂在嘴边，不习惯表达，但是这并不代表他们就把爱情这件事看得轻浅，它同样是很重要的一件事。

唐历历想直接去公司，小A是个藏不住心事的人，不管她是看到小A还是看到安择，就算他们不说，唐历历觉得也能知道个大概。

很巧，在GM公司那幢写字楼楼下就看到了小A。

小A似乎已经好久都没有化过那样妩媚的烟熏妆了，如此大概是表明小A最近心情不错，唐历历心里五味杂陈，别人的她不敢说，小A她现在心情好，一定是安择在让她心情好了。

唐历历突然不想进去找安择，找他又如何？

但是小A眼尖，看到她，叫住她，挑着眼角笑着说：“怎么？来见老校友，到了门口了，却又想走？”

“几天不见，你还是这么喜欢自以为是啊，你知道我是来见老校友的？你知道我不是见了老校友正要走的？”唐历历的嘴巴本就是厉害的，加上心里堵着，语气很不好。

“哈哈，唐历历，你骗谁呢？还有模有样的。”

“不信你上去问安择，我是不是才跟他聊过天，喝过茶？”

“你就编吧，使劲儿地编吧，让我告诉你，安择他现在在哪里。”说话间，小A已经将嘴巴贴近她的耳朵，坏笑着说:，他在宾馆的床上，你有心情知道地址和房号去证实一下吗？”

“哦，是吗？我就奇怪，还有什么话不能被你说？还有什么事不能被你做？你不仅无聊，还很无耻，我懒得跟你扯。”唐历历努力压着心头的火，伸手拦了一辆车。

她上了车，还能听到小A在后面得意地说：“去告诉那个傻喜林，她永远输在我后面。”

她掏出手机，拨给安择。

很久，安择才接，声音迷糊着说：“历历啊，你找我有事啊？”

看来小A说得没假，他还真是在睡觉的样子，一股替喜林巨大的委屈感在心里绞着，她朝他大吼：“姓安的，你可别忘记了，你回北京，不是与谁谁谁开房睡觉来的，你做着美梦时，喜林在找你。我们多傻，想尽办法帮她找过去的你，现在我倒宁愿喜林这个傻瓜一辈子都想不起来你是谁，那样她会比现在幸福一百倍。”

说完，唐历历就挂断了电话。

安择的电话很快追来，唐历历任它响，很久很久，直到出租车司机都回过头奇怪地看了看她，她才接听。

“历历，历历，不管怎么样，你别挂断电话，我们仔细说，仔细说。”安择很着急地说。

“仔细说？你还想要怎么仔细说？要仔细跟我说说你与小A的事？难不成你是要我仔细听了，再仔细跟喜林说？你不觉得那样很过分吗？而且，我对你和那个讨厌女人的恶俗闹剧，半秒钟的兴趣都没有。”唐历历吼道。

“不对！不对！”安择因为着急，声音也大了起来，“历历，谁告诉你我和小A有事？谁说我放下喜林不管？”

“安择，要是你只是问我是谁说的，那么我告诉你，我唐历历没时间和你扯，对你来说，可能谁说的这话比喜林现在怎么样重要，但是对我来说，不是！”唐历历再次挂断了电话，这次还生气地关了手机。

4

一进表姐家，唐历历就看到表姐的眼睛红红的。表姐一直挺喜欢喜林的，喜林出事以来，她也在心里牵挂着。

唐历历把包和自己一起扔在沙发上，双手插在外套兜里，侧着脸不说话，心里的气排山倒海，可她又不能跟表姐说。

表姐见状挨着她坐下，说：“历历，是替喜林难过吧？老天爷真是不长眼，这样折磨她。”

“姐你还别说，我看喜林就现在这样更好，省得等到什么都想起来了，又要为以前的那些破事儿难过。”唐历历愤愤地说着，眼泪却在眼眶里打着转儿。

表姐从茶几上拉过几张面纸递给她说：“历历，说什么傻话，我们都会帮她的，会好的。”

唐历历边擦着脸边问表姐：“喜林去哪里了？”

“晶晶带她去楼顶看花了，我闲着没事儿，在楼顶种了许多花，这几天开得正旺。”

唐历历拖过一只抱枕在胸前，把下巴也落在枕上，神情黯然地沉默了好一会儿，突然问：“姐，我问你一件事，你和姐夫之间有真爱吗？”

“怎么想起要问这个？不爱我和他结婚生孩子啊？不过，真爱是件很奢侈的东西，多数人都遇不到，遇到了的多数也就一瞬间。”

“我是越来越不明白，真爱又如何？真爱不就是折磨人的东西吗？”

“历历，不许你年纪轻轻地就这样一副样子，爱怎么折磨人了，即使有折磨，也是爱着的人心甘情愿的。”

唐历历还想争论一番，她今天受到的打击太大了，虽说往日里她大大咧咧，可是她同喜林一样相信真爱，但发生在喜林身上的事现在让她的爱情观动摇了，那种动摇，既让人得到清醒，又让人感到疼痛。

正说着，喜林和晶晶进屋来了，喜林看到唐历历，冲她笑着，是那种通过一段时间的相处刚刚建立起来的熟人的笑，唐历历只觉得又难过又无奈，努力克制心头刚刚的愤怒，笑着往沙发里边挪了挪，示意喜林也坐过来。

“表姐种的花好看吗？”她看着喜林问。

“好看啊，有君子兰、牡丹、还有玫瑰呢。”

“你喜欢小花的。”唐历历有些失望地说。

唐历历的这句话刚说完，喜林便若有所思地皱起眉头问：“历历，我是不是有一包干花放在你那里？”

唐历历惊讶地站起来，拉着喜林说：“喜林，你知道这件事？你真的想起这件事了？”

“嗯，我不确定，但是我好像记得我昨天，放了一包干花在你的衣柜里。”

“是的，是的，喜林，我们这就回去，我拿它给你。”唐历历高兴地连连说着，然后朝阳台走，给宋子忱打电话让他过来接她们回家。

路上，唐历历不敢再往深里跟喜林说有关干花的事，她心里矛盾，她很想趁着喜林想起的这件事，详细地告诉她那包干花是怎么来的、是谁送她的花做成的，但是她害怕当那一切瞬间全部铺陈给喜林后，带给喜林的是痛苦。

唐历历的脑子里不断浮现那晚的情景，喜林从医院回来后，自己用碎花布缝了一只口袋，把安择送给她的勿忘我的干花瓣都装进去，喜林那晚还说：“历历，等到以后，我再有这么多勿忘我了，我就可以用它做个枕头了。”

当时唐历历还笑她说：“喜林，我敢断定，以后你的家里，到处都是这种紫色的小花，窗帘啊，沙发啊等等。”

“才不会呢，我只用它做枕头。”

“那要是安择天天给你送，你还做一只又一只枕头啊？”

“这花好小啊，哪有那么夸张，我会把今年的花，用来做明年的枕头，这才叫勿忘我啊勿忘我啊。”喜林天真而又快乐地说。

唐历历想着，扭头看着窗外。那次，喜林出院后，安择就没有再来过，直到喜林知道自己的记忆力在丢失，默默地离开，又默默地想找回来。

可现在，当喜林好不容易想起一点与安择有关的东西时，唐历历却没有半点的高兴。

喜林如此都记得勿忘我，安择，他又在做什么？

勿忘我，从来都是一种又深情又绝情的花。

5

喜林打开那只碎花布的口袋，用双手把里面的勿忘我干花瓣捧出来时，神情安静又凝重。

在这段连自己都找不到的日子里，没有人知道她的内心有多沉重，当她提到它时，唐历历的喜悦让她明白它对于她的重要，一路赶回来时，她心里充满了期待，期待那些花瓣的样子可以把她引到过去，期待那些花瓣的香味可以把她带回到曾经的芬芳里。

但是，现在，它们没有做到，她就只是单单记得她在车站给唐历历发过短信，让她帮她把花晒一晒，她有事要出趟远门。

当一个人对自己很期待然后又很失望后，那种感受无以言表，如同落在深渊的半腰的生灵，希望和绝望对半，而事实上，希望已经可以看做是绝望。

唐历历在旁边神情复杂地看着自己，喜林对她抱歉地笑笑，笑着眼圈儿却红了。

喜林心里明白唐历历有许多话想对自己说，而让唐历历欲言又止的一定是那些话对自己会是伤害，从武汉到北京，她已经越来越能从朋友们的神色间明白自己的过去是沉重的。

唐历历安慰喜林说：“没事儿喜林，我们总是会找到我们的过去的，总是会的，今天不能，还有明天，这件事不能，还有那件事。相信我。”

这时有人敲门。

安择因为一直联系不上唐历历，直接来到唐历历的住处了。

他进来，一眼看到喜林神情沮丧，伸出手臂抱了抱她，轻轻对她说：“喜林，我先和历历说件事，好吗？”

喜林点头，安择拉过唐历历到里屋问：“历历，你和喜林乱说什么了？你都没有听我解释清楚，你就和喜林说什么？”

“怎么？紧张了？你紧张什么？昨晚喜林睡不着，拉着我背了一夜你和她的故事，而你当时在做什么？在宾馆做美梦吗？”唐历历尖刻地说，眼睛都不看着安择。

安择用力地掰正唐历历的肩，表情严肃地说："历历，你听好，有关我对喜林的心意，任何人说的，统统都无效，只有从我这里说出去的话才是真的。"

"是吗？但是我只知道我今天早上去你公司找你时，你不在，别人说你在宾馆睡觉。是她碰巧知道？还是她刚好也在？"唐历历毫不留情地说。

"小A？"安择又气又恼地说。

"安择，如果你不想帮喜林，你觉得喜林是你的累赘、是你的麻烦，她的存在干扰了你的美好生活，你说出来好了，我相信我和子忱还有其他的朋友也可以帮她找回从前，我就是讨厌有的人那么虚伪。"

"历历，你怎么突然地总说这些不讲理的话？我是什么人？我怎么样你不了解吗？"

"我了解啊，我就是因为太了解从前的你，我才对现在的你生气。"

面对唐历历的指责，安择欲言又止，显得手足无措，这时他的手机响了，听语气是公司里打来的，讲完电话，他接着说："历历，我今天不跟你说了，我先回公司处理急事儿，你以后会明白，喜林也会明白。"

"你走吧，要走你跑来做什么？喜林不稀罕你来晃这么两分钟。"唐历历吼着，她最烦男人一副不解决问题的态度。

安择来到客厅，蹲在喜林的旁边，拉着她的手，仰着脸望着她，似乎是没了力气说话，似乎是只想这样静静地望着她，把他心里的一切通过眼睛告诉她。喜林一直微微地笑着，她不知道他和历历说什么了，但是她看出他的难过。

许久，安择才轻轻地说："喜林，历历不相信安择，你相信安择，好不好？"

喜林看着他，感受到他的认真，以及此刻的慎重，但是她不明白他为何如此？她就那样认真地看着他，最后轻轻地点了一下头。

安择站起来，走出两步，回来又伸出手抚了抚喜林的头发，努力地冲她笑着说："喜林，29日的演唱会，我一定会陪你，这些天，我需要处理一些事情，你等着我。"

唐历历站在门边怔怔地看着他俩，还想要说什么却什么也说不出口，安择和喜林两个人的脸上都是那种有痛苦却又有笑容的表情，这令她难过又费解，她突然觉得自己怎么着，都无法了解眼前的这两个人。

6

喜林开始倒计时，还有五天，刘若英就要来北京开演唱会了。

喜林一日胜似一日的兴奋，让唐历历越来越沮丧。这天表姐来把喜林接去看花了，唐历历来到宋子忱的住处，进屋后像个木偶，呆坐在沙发上一言不发。

宋子忱问："怎么了？"

唐历历说：“本来是应该高兴的啊，因为我们似乎离希望越来越近了，但是我真高兴不起来。”

“总得有个理由吧？是什么呢？”宋子忱问。

“因为我确定两点，它们在我心里磨着。”

“哪两点？”

“我确定喜林的开心，并不是因为她真的开心，而是我们给了她这样一个确定的日子，当这个日子越来越近时，她就开心，那是机械式的开心，为了开心而开心；我确定如果我们成功了，喜林的痛苦也开始了，你想，除了外伤，不是内心痛苦到一定的程度，谁可以突然地就没了记忆？”

“历历，到了最要紧的时候，你还是不要想这么多，别让喜林看出什么来，喜林遇到这事，是因为她心里有症结，而这个症结就是安择，安择在，就有答案。”

“那个答案对喜林是好结果吗？我根本就替她没信心。”

“不管怎么说，喜林经历了这些，她会更明白自己，也知道今后怎么做？”

唐历历沉默了一会儿说：“子忱，你不了解，喜林的开心，其实是表现给我们看的，她不想让我们失望，真实的她，是不开心的，未想起过去尚且如此，想起来了会怎么样？我也说不清楚，但我知道喜林失忆并不等于她突然就幼稚了，从前她是一个心思细腻的人，现在也是，从前她感觉到的，我们感觉不到，现在我们能考虑到的，也并不是她感觉到的。”

“其实我也有这种感觉，喜林现在像一个听话的小女孩，我们怎么说，她好像就怎么信，但是很多时候，她一个人待着时，眼神是忧郁的，她只是不愿意说出来，我找时间和安择谈一谈吧？有些话，还是得从他那里出来才行。解铃还得系铃人。”

“他未必会对你掏心底，他难道会告诉你，他跟小A没什么，他决定像你对我一样对喜林？而且话说回来，就是我这个健康的人，我也不相信你会永远对我好啊。”唐历历有些忧伤，又有些不客气地说。

“啊？历历，你什么时候变得这样了？会瞎想了？”宋子忱又惊讶又生气。

“谁瞎想了？我只是看穿了，明白了一些事情。特别是你们男人，今朝如此说，明日那样做，不敢让人太相信的。就像《诗经》里那句话，士之耽兮，犹可说也，女之耽兮，不可说也。”

“历历你，要我发誓吗？”

“誓言有用吗？你不觉得誓言是世界上最持久的谎言？是世界上成本最低的给予吗？”

“晕，不理你了。”

“不理拉倒，我还懒得说话。”说完，唐历历拿了包，气冲冲地要走。

宋子忱夺过她的包，说他去做饭。

直到吃饭时，两人都一直沉默。唐历历是因为安择，而在宋子忱身上看不到更多的美好希望，宋子忱是觉得再说下去，只会是争吵，他不想有这样的开始。

爱情是不讲理的美好，一讲理，一现实，就真的很难再回到美好。

7

成语突然来公司找宋子忱。

宋子忱态度有些冷，他以为他是要来问投资上的一些事，并不是不愿意帮助人，而是不想与他走得太近，这北京城，他成语想了解的事，并不是只有他宋子忱知晓的。

成语说："子忱，我们去楼下走走，和你说一些事情吧。"

"既然来公司了，就是工作上的事，就在办公室说吧。"宋子忱不冷不热地说。

"不是工作上的事，是有关安择的，我想或许喜林还不知道。"成语看上去像是下了很大的决心来的，宋子忱便答应下楼聊。

下楼后，宋子忱才知道成语和南苏苏已经回南桥半年了，难怪一直没见着。

成语说小A帮他们买了药，现在南苏苏已经有了小宝宝。

宋子忱很惊讶，他和历历都知道那药是喜林托多雅买的啊。但是既然成语说是为安择的事来的，索性先听他说完再说。

"子忱，是这样，前不久，小A去过南桥，我以为是出差路过随便看苏苏，但苏苏后来告诉我说，小A事实上是看喜林有没有回南桥，她说喜林抢了他的安择，还说喜林其实根本就无法得到安择，因为安择今生都无法摆脱她，她与安择的过去喜林不了解，喜林取代不了她的位置，苏苏问为什么？她就提到安择换过眼角膜的事，并说安择的眼角膜，是她哥哥捐献的。苏苏也觉得惊讶，再问，小A就不说了。"

成语接着说："苏苏可能性格不好，以前也让你们觉得讨厌，但是自从她怀孕后，她改变了许多，前几天我要来北京出差，她便让我找你说说这事，她觉得小A这个人，可能会让喜林不好过吧。"

原来是这样，子忱听了心里真是震惊又震惊，一是小A竟然连买药这点功也想替喜林占了，二是她和安择之间竟然有这么复杂的事情，难怪安择那么难处理。

子忱想了想，还是对成语说："喜林知道你们有宝宝的事后，肯定会替你们高兴的，因为那药是她托人买的。你知道就行了，也不要想着道谢什么的，你们过好，不再责怪她，就很好了。"

这回轮到成语惊讶了，他很内疚地低下头说："我真混账，是我对不起喜林。"

子忱拍了拍他的肩说："我们都知道喜林希望你们好，你和喜林那么多年一起长大，你更应该明白才行，做男人，得有自己的立场，还有担当。"

子忱没有告诉喜林失忆的事。

成语走后，他去找了唐历历，唐历历听说安择的事后，捂住嘴哭了起来，她替喜林和安择这两个好朋友难过，生活对他们太残酷了。

当晚，唐历历和喜林出去吃饭，宋子忱也单独约了安择。

从成语嘴里知道那些事后，整个下午他俩心里都不平静，本来想一起去找安择，让他对他们讲讲心里话，心里好过一点，但是后来两人开始认为，现在还是什么都不要多说的好，他们四个人现在就只要一起平静地等待刘若英的演唱会到来就好，先前的责怪和猜疑，相对于这件事，都没有意义。

8

2010年5月29日，北京首都体育馆。人山人海，全是奶茶的粉丝，他们喜欢刘若英，是因为她的歌，更是因为她的人，还有她的故事，刘若英不漂亮，但是她独特，她干净，她温暖。

人海中，安择和唐历历、宋子忱在一起，没有喜林。

早上，唐历历来到喜林的房间，就发现她不在。桌上有留言说：

> 历历，昨晚我做了个很奇怪的梦，天空是倒着的，我在里面浮浮沉沉，醒来时，我想起了那种感觉是在西藏时医院里有过的，然后我想起了我为什么去那里，后来又为什么回来，回来后又经过了什么事，我想起来了，一切。谢谢你和宋子忱为我做的。我还是要走，请不要担心，经过了这些，我会更好。你别责怪安择，这世上很多事情都不是他想怎样就怎样，我想怎样就怎样，我们大家想怎样就怎样？往往，恰恰是我们不去怎样，我们在愿望里退出来，生活才会更安宁，幸福的人才会更多。昨天晚上，我想起来的第一个人是我母亲，我很开心在我经过这些后，我想去她的身边靠一靠，我也想起，在我从楼梯上滚下来后，一切都不在脑海里，是她在叫我，我才醒来。不要找我，请放心，我会很好！喜林。

是因为高兴，是因为意外，唐历历捧着纸的手都在抖动。

她掏出电话打给喜林，听到铃声在枕头下面响，铃声是刘若英的"后来，我总算学会了如何去爱，可是你早已消失在人海……”

喜林是有意留下它的，她的背包，她的干花，她的电脑，都带走了，只有手机没有。

唐历历慌张地跑出去找宋子忱，宋子忱看了喜林写的话后，也是惊讶，然后许久沉默。

很久后，他才说：“历历，相信喜林，她是个好姑娘，那天我去找安择，我们都喝醉了，但是安择也没有说心里话，可我知道，他们之间看起来很纠结，生活给的磨难，上天给的残酷，与别人之间的过往等等都在那一团乱麻中，但是那是我们的看法，他们俩其实是相互理解和信任的。”

“子忱，但是我心里好疼。”

“我跟你一样，但是现在我更多的是祝福他们。”

“演唱会怎么办呢？”

“我们约安择一起去，喜林喜欢刘若英，我们就当是为她去看。”

宋子忱安慰着唐历历，两人掏心地说着话，他们从喜林的事中明白，两个人能够相爱，并且又在一起是一种多难能可贵的事情，心心相印，心与心的珍惜让他们彼此都原谅了之前两人的浮躁、冲动和不愉快。

说着话，才想起演唱会的门票还在唐历历住处的桌上，两人开车过去取。

打开门，从桌上拿起门票时，唐历历的眼泪突然再次涌出来。

“历历，怎么了？说好不难过的，喜林找到了原来的喜林，是多开心的事。”宋子忱紧张地说。

“你看。”唐历历把票递给他。

原来，明明是买好的四张票，却只有三张，喜林带走了她的那张。

“喜林她不想让我们找到她。今天那么多人，我们肯定也找不到她的。该怎么办才好？”

“那我们就不找，她在人群中看，我们和安择也在人群中，大家还是在一起。”宋子忱说，“历历，故事进行到这里，我觉得我们该有的不应该再是担心了，而是理解。”

唐历历点头，宋子忱那坚定又温暖的眼神，让她也释然了。

傍晚，他们一起去接安择，尽管宋子忱一路叮嘱不要把气氛弄得紧张，但是唐历历说着还是眼圈儿红了。

只是正如宋子忱所说，安择得知这些后，没有唐历历想象的那样，他表情异常地平静，仿佛喜林的那个决定都跟他商量过似的。

安择与喜林之间果然拥有最深的理解和懂得，即使隔着千山万水，即使隔着人海。

这个期待已久的夜晚，喜林没有同安择在一起，但是他一定知道喜林也在人群中。她在，他也在，一起看，一起听，直到结束，然后各自散场。

第十四章　过路的雨，过路的你

1

秋天来时，喜林在C城接了一家小咖啡馆，原来的基础装修都保存得干净完好，她便只是在装饰上花了些心思。

开咖啡馆是喜林母亲的意思，南桥那房子的钱，一直没动，喜林从北京离开后，跟母亲说不想在武汉，她是怕安择找去。

母亲懂得喜林，便让她在宁静的C城开店，C城里母亲的熟人很多，她在这里陪了喜林三个月。在这段时间里，二十五岁的喜林第一次了解了自己的母亲，也理解了每个女人对待感情，都是谨慎而执著的。母亲坚持要在武汉，是因为父亲也在武汉。

母亲回武汉后，喜林一个人在这个陌生的小城里，时常会想起这几年所经历的一些事。

演唱会的前一天晚上，她做梦惊醒了，然后就想起了一切，仿佛一切被锁住的钥匙就是那个梦。那天的凌晨五点时，她打开自己的电脑，来到自己的邮箱。

用的是从前的密码，原来安择对她充满信心，知道她总是会想起一切，他不仅把她的邮箱密码换了回来，还给她发了一封长长的邮件，告诉了他与小A之间的那种欲罢不能的感情。她给安择回信，只有一句话：和小A在一起。

理解了他们，她便也是解脱了自己。找回记忆的喜林在离开北京的车上，自己对自己承认，她一直以来，过于相信感觉是因为对现实没有把握，她渴望美好，却又不敢将它寄托于生活。

内心渐渐成熟的她，明白了许多道理，懂得了很多时候等待其实是比寻找要安宁的。既然等和寻的结果都是未知的，那么也要宁愿等，而不去寻。等到最后，会是安宁，寻到最后，却是更加茫然，满世界就是这样，有些东西，是你的，就是你的。

演唱会现场，她在人群中，她没有去找安择，安择也找不到她，从头到尾，她都在静静地流泪，每一首歌她都喜欢。

看完演唱会后，她在一家安择和唐历历不会找到的小宾馆住下，第二天一早，就离开了北京，在武汉只待了一天，便同母亲来到C城，直到现在守着小店，守着宁静的生活。

咖啡馆的上午，总是稍显冷清，喜林总是坐在角落靠窗的位置，在椅子上屈着双腿，将脸落在膝盖上看窗外的人来人往。

有时会回忆，有时就只单单知道看窗外有趣的行人笑。生活中的美好，像阳光一样散落在时光里，你留意的话，会看到成片成片的，那才是自己的生活，你不留意，便只是平淡的，别处的生活而已。

从北京走时，她没有带走手机，他们的号码她都记得，只是在C城定下来后，她只和多雅联系过。

多雅沉浸在结婚前的喜悦中，让喜林不要笑她急着想出嫁，是因为她阿妈正加班加点地帮她做一件集藏饰和婚纱一体的礼服，她说："姐姐，你知道吗？我给阿妈出了大难题，我说我要的礼服，既要穿起来像婚纱那样好看，但是我又想婚纱上面缀满我喜欢的藏饰。我阿妈说，这件礼服，她得花半年才能给我做好，到时候，她就不给我别的嫁妆了。不给就不给啊，我有达西就很好啊，姐姐你不知道，这件礼服，每天都会比昨天漂亮一点，所以我才一天比一天心切。"

喜林静静地倾听着，对她来说，这世界上，最美好的声音，就是来自多雅这个女孩的了，她整个人的那种完美，美好得都可以带动空气。

喜林祝福她，也决定，明年春天，一定会去看穿上那件礼服的多雅。

2

咖啡馆的名字叫"勿忘里"，装修格调都是淡紫色，梦的颜色。

因为附近有两所大学，生意还不错，喜林喜欢看到那些年轻的面孔，那些纯净的美好。

咖啡馆里有一本大大的留言册，像一扇小门，以刚刚好的角度斜挂在墙上，永远呈现开启和亲临内心的样子。

喜林偶尔会在上面记一两句话，来来往往的男孩们女孩们也会，小心情，小故事等等。

许多小片断经常轻易地就把喜林带到旧时光，她常常会因为一句动人的话，整天都觉得这日子真是恬静。

那天，有个叫青石子的人在上面留言："我不愿意，对着一个头像，仿佛把前世今生都放进去。我不愿意，对着那个头像，明明照着阳光，却感觉是在下雨。我不愿意，所有的好友上线都与我无关，只有你上线才让我紧张和欢喜。我不愿意，所有的心情都因为你而改变，而我时常感觉什么也抓不住，只敢骗自己说，我对上天多乞求一点，它就会多给我一点。可是，我再不愿意，再不愿意，我却天天都在这样做。”

这段话让喜林在留言册前伫立了很久，接下来的一周，喜林每天都会有意在等这位朋友再来。

如果说缘分是世界上很神奇的东西，但是因为它的完美，上苍也给了它坏脾气，你太在意太热闹，它是不来的。只有你随意一点安静一点，它才又来找你了。

那天咖啡馆所在的街道电路检修，无法供电，偏偏又下着雨雪，店里的几个员工问要不要停业一天，喜林笑了笑，让他们休息。

她一个人在店里，正好做一件事。

那本留言册每天都会有人在上面写点什么，已经快写完了，她要把每页都拍下来。

往常阳光或是店里的灯光，与它做成旧色的淡黄色纸不衬，今天刚好，没有电灯，外面也不明亮，她点了两支大烛台，烛光给它们的亮度刚刚好。

喜林举着相机，在留言册前忙碌着，很是专注。以至于有人进来了，喜林也不知道。

“有没有拍我留的?”一个声音突然响起，吓得喜林差点儿没握好手里的相机。

喜林愣愣地看着来者，然后指着留言册问：“你留在哪里?”

“93页。”

“青石子?”

“你记得?”

喜林点点头，微笑着，很开心有这样的巧遇。

“谢谢!”那个衣服上都还披着雪花的人说着。

“是我该谢，谢谢你再次光临。”喜林从留言册旁的笔挂上取下那支紫色的记号笔，递给他。

那人心领神会，翻到新的一页上，写下：

过路的雨和你

雨只是在过路
它不知道
它不小心已惊醒了
那一棵

想要延长午休的小树
你只是在过路
你不知道
你不经意就迷惑了
那一个
孜孜不倦等梦来的我

青石子

喜林默默地读了两遍，接过笔放回笔架，转过头问："你们离得有多远？"

"永远。"

"她结婚了？"

"我们都没有。"

"她没有爱上你吗？"

"不是。这首诗是她写的。"

喜林的心一沉，没有再多问，举起相机将它拍下来，连着拍了许多张。

他很感激地说着谢谢，绕到旁边的座位上坐下，又说："她叫青石子。上次的话，这次的，都是她说过的。"

喜林放下相机，说她去拿咖啡，转身的时候，她的眼睛潮湿了。

总是有一些人，把自己经历过的忧伤故事，当做自己的珍藏，不喜欢别人来询问，来打听。在这一点上，喜林特别感谢唐历历，历历就是这样，从来不问她，尽管她知道她在怎样经历。

喜林没有问他姓什名谁，既然他那么爱青石子，那么她就叫他青石子。不管那个青石子是美是丑，是胖是瘦，在哪里等等。

他走时，喜林让他留下他的电话，说如果以后店里请顾客回来坐坐，会邀请他。

3

很快圣诞节就快到了，喜林把上次拍的留言册给制作成册，叫《勿忘里·记》。

喜林把它快递给安择的那天，天气很冷，漫天雪花像浓雾一般罩着这个她其实无所谓喜欢不喜欢的城市。

她从咖啡馆走到快递公司，又从快递公司走回到咖啡馆，去时没有留意有处老楼爆破了，要拆了重建，有些路，是得来来回回走一走，才知道它有多远的。

而时光也如同一座城，在某个位置总是有一段废墟的，最大限度的破败、最大限度的灰色、最大程度的绝望。回到咖啡馆，她把自己关在一个小房间里，整整喝了一瓶酒。

快递三天就会到，刚好是平安夜的那天，安择收到时，他们任何心愿和遗憾，都会各自封存。

不知多雅是因为长大了一些，变得敏感了，还是因为她一直记得喜林在西藏时的一些事，那天喜林电话给她，聊着聊着，她提到安择，她说："姐姐，你现在是跟安择在一起吗？"

"你怎么知道他？"喜林的心里当时一惊，来这里这么久了，安择，安择，这两个字只在自己的心里，从来没有过它们的发音。

"姐姐有两次梦里就叫了这个名字啊，我想那肯定是你喜欢的人，就像我心里的达西一样，只不过，我的性子比较急，醒着就达西达西地叫了，攒不到梦里去。"

"多雅，你比姐姐幸福。"

在多雅的一再要求下，喜林告诉她自己与安择的故事，最后告诉她说虽然他们在一起，但是她不难过。"

"嗯，我懂，就像我阿妈说的，爱是佛祖给一个好人的奖赏。她说，佛祖都看着天下的人呢，哪个是好人，哪个是坏人。"

"谢谢多雅，姐姐不遗憾。"

就是那天晚上，喜林等咖啡馆里最后一个客人走时，收到了安择的邮件。

安择说：她定在圣诞节结婚，我不请你来，只请你告诉我你好不好？

喜林那晚失眠了。哭过，然后又努力地笑。她为什么要哭呢？这难道不是她和安择最遵从生活的样子吗？只是她该怎么告诉安择她的好？她到底能告诉他她有多么好？她真的可以有那么好？她要怎么样才是好？她又该如何告诉她才算是真正的好？

后来她想到店里的留言册。

把它的每一页都拍成照片，这样她在这里的每一天，安择就会看到，像从前那些他给她的照片，她也给他的照片一样，那样就会是好。

4

平安夜。出奇的平静。

圣诞节，也是。顾客来了又走，走了又来。晚上打烊时，已是凌晨三点。

喜林裹紧大衣，绕好围巾回住处时，街上几乎已经没有人，该回家的都回家了，该安静的都安静了。每个人，该有的生活，也都在自己该有的轨道里。

母亲不久前来看过喜林，告诉她父亲最终还是没有和别人结婚，她说想要和父亲复婚。

喜林没有太多的惊讶，也没有太多的欢喜，每个人，每份感情，最后总都会有一个结果，不管这个结果在别人那里被认为是什么，但是用心确认并拥有结果的人会认为它最正确，尽管之前伤心满地。

喜林一直悄悄浏览唐历历的博客，知道她和宋子忱在进行婚前的磨合，会有一些小吵小别扭，在她那些琐碎的日志里，这些似乎都再正常不过。或许正如她所说，没有幸福是堆在那里供谁享用的，生活就是不断找到生活的小幸福，攒好，一起铺给自己了，才会有那种盛大一点儿的眩晕感。不记得攒，就永远没有。

多雅就不用说了，她的快乐与美好，就像高原的天空一样，是与生俱来的，她带给别人那么多，上帝当然总是会眷顾到她。

成语和南苏苏，喜林倒从来不担心什么，即使没有人告诉她有关他们的任何消息，因为他们在一起就是如愿以偿的结果，想必总会一直如愿以偿。

那么安择呢？想到他，喜林的心总是会疼。

今天是他结婚的日子，从今天起，他开始真正地属于一个女人，属于一个家庭，此时此刻，他大概正在宾客散尽后的疲惫里，坐在沙发上，听着并答应着小A的去哪里度蜜月的计划。今天他做新郎是什么样子？他脸上的幸福会变成光芒从眼底透出吗？他的结婚礼服里面会穿着白衬衣吗？

最后喜林想到她自己。突然又想起谢教授说过的那个小镇，然后就突然决定了一件要做的事情：等到明年春天，参加完多雅的婚礼，就去那个遥远的小镇看看吧，就像梦一样，总得看一眼，才能心安。

这两趟走回来，从此就开始心安地在凌晨走过这条安静的街，完成每一天的叫“回家”的这件事，洗澡、睡觉、醒来，第二天开始，然后重复以上。

喜林难过的是，她在这里规划着自己今后的生活，却为何又总是觉得自己如同水草一样浮着？昨天有个刚刚二十一岁的服务生和她说，准备做到三十一号就辞职了，因为要结婚了，对方就是上次来店里喝咖啡的那个中年男人，女孩并不是个虚荣的姑娘，但是她跟喜林说她想现实地考虑自己的生活。

还有青石子，那天跟她聊天时也说过：“把爱情理想化是一件很犯傻的事。爱情是短暂的，但爱的回忆却是伴随一生的，甜的，就甜一生，苦的，就苦一生。所以更多的人会觉得爱情还是要去考虑现实，不可能手拉手就可以牵着走过一生。”

自己是就这样孤独一生下去，还是随便找一个温暖体贴的男人，相依为命，过着平淡的生活，彼此从来不问心，彼此只问今天明天的生活，冷了加衣，饿了吃饭，累了睡觉，每天对着镜子洗脸梳头，心情好时冲着镜中的自己笑一笑，心情不好时在镜中看到自己的冒出来的白头发也不慌不恼，白了就白了，岁月都这样。

喜林一路想着，走到住处时，从头至脚的冷，如同这条大街里从头至尾地串着寒风。

睡觉前，她很想给唐历历打个电话。只要电话过去，唐历历肯定就会告诉她，今天安择结婚，等等，等等。

找出号码后，还是又放下。

5

整个冬天，都因为安静而显得特别的漫长。

有好多个夜晚，喜林一次又一次地登陆自己的E-mail，以为会再发现安择的邮件。

每次都是失望，自从他告诉自己要结婚的邮件后，就再也没有。

本来自己明明都跟自己说好，从此再也不盼望的，却还是忍不住把自己从绝望的底部拉到希望的巅峰，那种巨大的落差感，像魔鬼一样折磨着喜林的心。

在这样的纠结中，春节到来了。母亲和父亲几乎天天打电话给她，让她回武汉过春节。喜林都说店里事多，回不了。

她也说不清楚为什么，反正现在在她的心里，特别没有安全感，任何事情都是如此。现在父母终于在一起了，她本来是高兴的，但是却又是无法融入的，然后骗自己说让他们好好感受在一起的日子，不要因为她回去了，他们又是一大堆的内疚。

一个人的成长中，如果在哪些感情上是曲折动荡的，那么那种不安的影响会很漫长。

她给他们寄回新年礼物，她说店里上次暴雨后，有些墙面剥落了，春天时她想要装修一下，那段时间，她会来武汉和他们在一起多待几天。

整个冬天，下过三场雪，有人说，其实就只有一场，因为第二场雪第三场雪，都是第一场雪等来的，雪等伴儿。

果然如此，第三场雪足够大，把春节期间爱外出的人们都守在屋里，喜林守在“勿忘里”。

店里的服务生都回家过年了，根本就没有顾客来，喜林每天独自在咖啡店里，桌上有茶，茶边是相机，窗帘拉开，她抱着双膝坐在木椅上，偶尔会拿起相机拍一拍窗外。

大年三十的那天下午，青石子来了。

喜林对他点头微笑，给他泡了茶，然后聊开。

“石子，如果你还是喜欢咖啡，我待会儿去给你换。其实我不喜欢咖啡，我喜欢茶，对它也没什么讲究，什么龙井啊碧螺春啊铁观音啊，都没有必要，普通的绿茶就很好，只要颜色是清绿的那种，只要沸水下去泛上清香就可以。你知道吗？我喝茶只喝三道，也不是有茶瘾吧，而是我觉得三道水过后，你再去喝它，就得接受它的寡淡，那事实上是一种很苍凉的味道，像暮年人一样，一杯茶可不像一杯白开水，一开始就是那个味，怎么掺白开水怎么兑，还是那个味。上次，我店里年龄最小的服务生晴晴说我很奇怪，她说喜林姐姐你不喜欢咖啡，那你开咖啡店做什么？晴晴太单纯了，其实有多少人是因为喜欢什么就去经营什么啊，你说是不是？没有必要我喜欢钻石，我就得开珠宝店，我喜欢红酒，我就得自己去酿，我喜欢勿忘我，我就得种植一大片。”喜林说到这里，声音不由自主地哽咽了，而且她也很奇怪自己今天的话怎么突然这么多，不想出丑，便又岔开话说：“石子，你喜欢刘若英吗？我有一张她上次演唱会的CD，一起听听吧？”

青石子也惊讶喜林今天的不一样，他似乎连询问和仔细想想都来不及，愣在那里，听到喜林问要不要听歌，便点头说好。

6

喜林是太压抑了。

在这个别人团聚，就她孤单的日子里，她再也抑制不住心底的那一腔情意。

刘若英的《我们没有在一起》响起“……只有你曾陪我在最初的地方，只有你才能了解我要的梦从来不大，我们没有在一起至少还像情侣一样，我痛的疯的伤的在你面前哭得最惨，我知道你也不能带我回到那个地方，你说你现在很好而且喜欢回忆很长，我们没有在一起至少还像家人一样，总是远远关心远远分享……”，演唱会那天再现的场景，让喜林用泪水打开自己守护自己的锁，把心里的故事，对青石子倾泻而出。

“我爱他。从他第一次轻声和我说话开始，刚开始的他，在我眼里，高大，骄傲，灿烂，似乎从来不会为谁低下头，一天又一天，他像一棵大树一样长在我的世界里，我因为他而理解了喜欢和爱的不同。好些年过去，只要是他说的，我就相信，只要是他的决定，我就相信是最完美的结果。有人说，爱是很短暂的一件事，我不认为，如果短暂，就不会有那么多的隐忍和那么悲叹的成全……”

喜林平静地说着，或许是因为青石子爱着那个青石子，而他也不是自己生活圈子里的谁，她才这么坦白，都有多久了啊，她是盼着有个人可以听听她的啊，安择不听，那么其他的认识的人便也不能说。

听完那张CD，听完喜林的话，外面竟然已热闹起来，许多人都迫不及待地跑到外面放烟花迎接新年了。

喜林扭过头，出神地仰望着天空。

青石子突然站起来，看着喜林说：“等着我，我出去一下就回来。”

没一会儿，青石子出现在窗户外面，抱着好多烟花，招手让喜林出来。

烟花的美丽很短暂，但是它们让喜林暂时忘记了许多烦恼，雪地上，她和周围的孩子们，在一起点烟花，然后看着天空笑。

此时此刻，不管你是穷是富，是低微还是高贵，是平凡还是伟大，那种和时光一起欢送旧时光的快乐，都是平等地在天空绽放着。

渐渐地，周围安静下来，大家互道着新年好，纷纷回家，青石子缓缓地走向喜林，礼貌地拥抱了喜林一下，说：“喜林，很开心我们一起度过今天，明天我回北京了，然后，说不定今生再也很难就这样遇见了。希望你好。”

喜林低着头，在青石子的胸前，眼睛湿润，点着头。

“还有，很重要的一句话，喜林你要记好，爱是一件苦事，但是心却不能没有它。既然是心需要的，那么只要它满满地在，就是幸福在，爱的幸福是因为装满了心，而不是它暂时带给你的是什么滋味。”青石子说完，拉着喜林的手，将她送到住处门口，看着她走进去，在路灯下微笑着说：“晚安，朋友！”

7

春天来了。

喜林与装修公司谈好装修合同后，便回到武汉。

父亲老了，老得连脸上胡子密了他也不在意了，任其丛生。看到喜林，他高兴得有些不知所措，似乎是想伸过双臂，像小时候那样抱抱他自己的孩子似的，可是手臂抬起却又缩了回去。

喜林上前抱住他和母亲，把脸搁在两个肩膀的中间，轻轻地说：“爸爸，妈妈，我爱你们，从未改变过。”

一家人，每天在一起聊天，逛街，吃饭，看电视，像每一个幸福的家庭一样，把讨论报纸上的一条小道消息都当做乐趣，这就是在珍惜吧，也是啊，分分合合，一场场修行，至今才体会到在一起的美好。

那天他们去了黄鹤楼，在顶层靠着栏杆鸟瞰这个城市时，喜林第一次有把一个城市真正当家的感觉。

“喜林，要不把那边的店盘掉，到武汉来，陪爸爸妈妈在一起。”母亲小心地问。

喜林知道回来的这几天，母亲一直都想问这个，总是害怕开口，喜林刚刚过去的痛苦让母亲觉得自己丝毫不能为她做主，她也深知喜林最爱按自己的方式生活。

“爸，你说我回来了做什么？还开店吗？”喜林笑着问父亲。

“喜林，只要你回，我们一起来想办法，你喜欢开店，我们就帮你找合适的位置，周末你休息，我们帮你看店，你想进公司，我们就去打听哪家公司要艺术专业的职员。”父亲因为开心听到喜林先征求他的意见，一口气把自己的意愿全表达出来。

喜林笑了笑，说：“那边店正在装修，有点舍不得，我再做一段时间看看吧。”说完，又伸出双手分别挽住他们的胳膊，看着远处说：“其实，我很想回来。”

“那就不走了，那边让你爸去打点一下。”母亲连忙说道。

“先不这样，后天，我还是准备先回那边了。”

第二天，喜林早早地起来，她想趁这次回来，去看看谢教授。

重回校园，那种感慨依旧，操场、树林、教学楼、宿舍等等，每个地方都把过去从回忆里拉出来。如果可以，喜林真的是愿意一辈子都在校园里生活。

看到喜林，谢教授很高兴，张老师心疼地问起去年喜林生病的事，喜林说还好，就跟一场噩梦似的，突然就醒来了，醒来后，又觉得那段时间在做梦了。

张老师笑眯眯地说：“老谢还真是说着了。”

喜林问怎么了。张老师说：“那段时间，大家都替你担心，你的谢教授总是说，喜林啊就是世上唯一的喜林，即使没有人帮她，她也会找到自己的。”

谢教授温和地笑着，回头对喜林说：“喜林啊，你说是不是？自己的路、自己的生活、自己的梦，都是自己确定的，确定的当初一定是最美的，所以后来即使是艰难坎坷，但是潜意识里总还是会回到自己最初最美的意愿上来。”

喜林点头，谢教授的话，总是能让她完完全全地相信，是啊，她再怎么也是她，迷失了，也总是会回来的。

她和安择再怎么，只要心里始终装着最初的美好，也就拥有了幸福。

三人坐在阳台上说了一会儿话。

临走前，张老师说要和喜林一块儿下楼去超市买东西，喜林欣然地等张老师换衣服拿包。

只是没想到谢教授会走过来，神色凝重地对喜林说："喜林，抽个时间，去看看安择，前几天历历来过电话……"

8

武汉到北京的距离是1225公里，毕业三年，从武汉到北京，从北京到武汉，两地间的往返，一次又一次，喜林像投入沸水中的那条狂奔的刻度线一样，每一次都急流勇进、直问顶端、马上出发，每一次都没有行李，只有自己，以及到顶端的希望、绝望，要么悲伤至底，要么遗忘至底。

而这一次，什么都不是，又什么全都是。

这样的出行掺杂了所有的希望和绝望，所有的悲伤和遗忘，她嫌路途太远，嫌波音737的飞行太慢，嫌这一场狂奔中全部的急切都不能及时到达，嫌她的心不能远远地伸出长手臂去将那颗心紧紧拥住。

自从从谢教授家离开后，她的心就没有平静过。

如果不是她刚好去看谢教授，她都不知道在她离开近一年的时间里竟然发生了那么多事。她无法原谅自己的错，她以为自己不联系安择，甚至连历历也不联系，就是给大家安宁，却不是那样。

从谢教授家出来后，喜林联系了唐历历，听到是她，唐历历只说："喜林，我找你找得好苦，你竟然连你那只手机里多雅的电话也删掉了，我就只差去西藏找多雅问你有没有联系过她了？"

"对不起历历，我是以为我彻底地退出了，一切会更好。"

历历长长地叹气，告诉了喜林一切。

上次安择回北京，不得不面对小A，在那样沉重无奈的恩情下，他任由小A决定着自己的以后，他唯一的要求就是能去见喜林，让他有时间帮喜林恢复记忆，然后怎么都可以。可小A连这都不让，数次以死相逼。那次在宾馆，是因为安择被小A逼得没有办法，他一个人喝醉了，小A送他到的宾馆。后来，喜林恢复记忆，又悄悄地离开后，安择就像变了个人似的，整天沉默，每次与历历和子忱聚时，他都消沉着，说知道他自己再抗争不过命运的。

是小A定的圣诞节结婚，婚礼等等一切都是小A安排的，很隆重，除了亲人，小A把能请到的人都请到了，甚至包括她的旧情人老齐。那天，安择却哭了，很少有男人在婚礼中会凝重脸色，任由眼泪流的吧，那是因为那天他收到了快递，谁都不知道是谁寄的，安择知道。

婚礼因为这个插曲而让小A恼怒，后来的几天，她总挑衅地说要去意大利度蜜月。安择不答应，说世界上哪个地方都行，他就是举债也带她去，除了那不勒斯。小A向来就是那种越挫越勇的人，她想尽一切办法把那本画册找到，她知道肯定跟喜林有关，像那次的那本一样，她毁了它。安择愤怒极了，伸手打了小A一耳光，小A哭着跑出去，遇上老齐，老齐是喜欢小A的，虽然人粗俗一点，但是言语间还是希望小A跟自己，小A冷笑着问他当年不是要跟她算账来着吗？老齐说那也是想让她回心转意的最后的招，小A问他那你今天能把你的这辆宝马让我开走吗？她不过是激激老齐这个老男人，没想到老齐真把钥匙给她。小A百感交集，独自开着车在大街上飞驰时，想到了从前，曾经她是喜欢老齐给她的这样的生活的，爱不爱的有什么？如果没有那个晚上，一切还是现在这样。

而且，偏偏命运喜欢开玩笑，老齐下车前忘记了他的车上有两瓶酒，而它们偏偏被小A看到，她将车停在一棵树下，喝光了它们，再出发时就出事了，车快速撞向一棵大树时，其他的地方都是轻伤，唯有一双眼睛伤得不轻，加上以前她就是高度近视，所以一双眼睛的眼角膜都脱落损伤。

目前，安择照顾着她，等待着眼角膜。

历历上次去看谢教授时就说过，安择变了，对生活毫无还招之力地变了，除了心里的喜林，他几乎没有任何值得安慰的东西。

登机前，喜林给谢教授打电话说她已出发去见安择。谢教授鼓励她说："喜林，安慰者是把勇气添加给我们的人，让你在安择心里的安慰变得强大起来，让他相信世界的美好以及人是可以和命运抗争的，就像你那次努力找回自己一样，看起来是别人全都在为你努力为你想尽一切办法，老师知道你自己的努力其实更多，你才是千方百计。"

第十五章　悲伤至极，跪拜三千

1

到北京时，已是深夜。三月的晚风里，有一种赶不走的寒冷。

喜林掏出电话，上面有唐历历发来的短信，问她要不要宋子忱来接？

喜林回话说不用。唐历历或许也明白，这一次喜林会直接找安择，她便也就没有直接和宋子忱过来。

喜林拨下那个在心里如同烙下的号码，然后等待，连接铃响时，她内心无比的复杂，她真的好想哭，但她忍住，尽量不让声音有异样，对安择说："安择，我在机场，我等你。"

"好!"短短的一个字。不用准备，不用犹豫，安择还是那样，在她面前，什么犹豫都没有。

放下电话，喜林的眼泪滚下来。

要不了多久，安择就会朝自己走来，而她也会迎着他走上前去。在过去的车站，过去的机场，这样的画面一直是她向往的。

如果说经过了这么多，他们能在夜色弥漫的街头，能够彼此走向对方算是他们终于彼此得到的勇气的话，那么让时间在那一刻停止吧。

喜林擦干眼泪，安心地等着。也责怪自己，她不是来幻想的，她是来帮安择的，此时此刻，她应该想的是，不管命运怎样安排，也不管明天等着他们的，会不会像这越来越浓越来越深的夜幕一样，她相信他们都会为一个最好的结果去努力。

五分钟过去，十五分钟过去，又一个十五分钟后，远远的，安择走来了。

喜林迎上去，渐渐地，安择近了，近到就在自己面前，近到她都可以感觉到他一路赶来的喘气声，他看到她，什么话也没说，只是轻轻地拥住她。

她的眼泪再次没有征求她的意见就掉下来，她把脸贴在他的胸前，她听到他的心跳，那是孤单的、沉痛的、黯然的声音。

她伸出双臂，环住他，将整个脸正面贴在他的胸前，对着他的那颗悲伤的心也是对着他说："安择，我来了，再不走了。"

安择点头，不说话，只把下巴轻轻地落在喜林的头上。有一股依赖的力量，沉沉地在喜林的头顶，它来自彼此，也影响彼此，久久地不愿意移开。

他们没有叫车，他揽着她的肩，两人一边走一边说着话，她说着她这近一年来的安然，他说着他这一年来的磨难。他们不再像从前，总是只把自己的好告诉对方，此刻，他们彼此都没有特意要对方去明白，也都没有特意再隐藏什么，他们像是彼此不用在意失意的家人。

夜色里，有赶不走的寒冷，以及赶不走的温暖。

人间的悲喜，总是如此交织着，没有依靠的心灵，会用悲叹呼吸，有依靠的心灵，则是用希望。

2

喜林和安择一起去看小A，几次去，她都没有说话，她知道小A肯定是不愿意她出现的，她不是怕小A知道她来，是怕小A知道她来后和安择闹。

安择真的被改变了，他身上原来的那些跃然的东西完全没了痕迹，他像一个佣仆，像一个木偶，被小A叫唤着做这做那，扶她上厕所，喂她吃饭，给她读报纸，甚至告诉她他很开心等等，每次静静地看着这些时，喜林的心里都特难过，如果不是因为小A会时不时地要拉安择的手，如果不是男女的声音太不一样，如果她会变成安择，她真的愿意替安择做这所有的一切。

小A很满意现在的样子，尽管她的双眼被蒙着，什么也看不到，但是因为安择对她百般依顺，她显得很开心，笑声不断。

那天唐历历也一起过来了，小A说要去外面晒太阳，安择搀着她下楼。

喜林和唐历历也一同下去，他俩在小径上走，她俩坐在花坛上聊天，远远地看着他们。

历历说："喜林，安择心里很苦，那天他和子忱出去喝酒了，喝醉了，他说他从前等眼角膜时，只要是醒着的，每一秒钟都在担心，害怕从此以后，那只眼睛就看不到了，但是小A恰恰相反，她似乎并不关心会怎么样，那天她还问他，假如她一辈子都看不到了，他会不会一直都这样照顾她、依着她。当时他的心情也不好，就说，小A你错了，相对于美好的世界、美好的大半辈子，一个我实在是微不足道的。结果那天小A就在医院大吵大闹，不配合治疗，弄得医生以为安择有多可恶。子忱跟我说过许多次，说安择现在的心里，就是那种欠情还情，却又还不上的滋味。"

“怎么这么说？”喜林不解地问道。

“还能是什么，你想啊，如果安择的眼睛是没有受过创伤的话，他兴许会彻底还她，把自己的眼角膜还给她，然后给自己一个彻底的轻松。”

喜林看着远处扶着小A的安择的背影，眼泪往下掉。谁都知道医学上绝对不允许活体捐赠人体器官，安择这样的想法，就是最深的绝望。

晚上，喜林没有和安择在一起。

青石子在北京中关村有公司，在C城也有，两边跑着。上次咖啡馆装修期间，青石子就给她来过电话，两个人聊起店里的一些情况时，喜林说她大概再经营一段时间就不做了，有许多其他的事要做，青石子当时就说如果她不做这店了，他马上接下来，他还挺喜欢那个地理位置，也喜欢喜林已经经营出来的小店的味道，最主要的是，C城对他来说意义特殊。

青石子没想到喜林会来找他，见到喜林，他很惊喜，说：“喜林，你看，有缘的朋友上帝总是会多安排一些见面。怎么？放下店出来散心吗？”

喜林笑笑，坐下来，直接说了此行的目的，问：“我不是来散心，我是想问问你，现在还想接我的小店吗？”

安择太让她心疼了，她没有心思和朋友拐弯抹角地说话。但是说完她还是有点愧疚，这只是她自己心里的事，万一他现在又改变主意了，或者以前说的要接她的店的话只是随口说说呢，如此，倒让别人为难了。

青石子看出一些什么来，认真地说：“喜林，是不是遇到什么事了？”

喜林点头，说：“是的，遇到事了，我想要把店盘出去。”

“唔，我明白了，勿忘里你经营的那么好，若不是遇到难事，你一定不会舍得放弃它的。”

喜林低下头，她不敢看他，不确定他接下来要给自己一个什么答复，她甚至有些恨自己把这样的难题扔给一个交往并不深的朋友。

青石子一笑：“怎么？心里有负担了呀？喜林，我想告诉你，你来得可真是时候。”

喜林仰起脸看着他，不解。

青石子坦诚地说：“如果你早十天来，这件事可能会让我稍稍为难，因为就算我很想及时帮你，马上把店接过来，但它毕竟是固定在C城的，不是随身之物，双方同意就可以马上交接。但是今天你来，我就要很开心地告诉你，明天我就可以把转让的款打给你，因为青石子和我在一起了。”

“啊！真的？”喜林很惊讶。

青石子点头：“她上周已经回C城了，我说过你的店，她去它周围看过，果然是喜欢的，我和她，十年啊，不容易，现在终于可以永远不分开了。所以，有许多事都是上天安排的吧，你此行，是成全，成全我们，成全我们大家。”

喜林的眼泪夺眶而出，为一个朋友的帮助，为朋友的美好，为可以让安择轻松一些。

3

其实自从来北京后，喜林的心里一直沉，她随时可以感受体会安择的痛苦，可是除了安慰他，她做不了实质性的帮助。

青石子的支持和鼓励，让喜林开始相信一切都会好起来，只要他们治好了小A的眼睛，安择就不欠她什么了，不管他和小A会不会解脱，但是至少安择这些年的内疚、那份良心债会解脱。

上午在医院里，安择喂小A喝着喜林煲的鸡汤，喜林静静地在门口等着他。

小A是越来越享受安择的照顾了，每喝一口汤就会说一句话，她说老齐昨天来看过她了，说老齐后悔不该把车那天给她，倒不是心疼车被撞坏了，而是后悔车上放的酒他忘记了。

安择随意地接话问：“老齐对你好。”

“那当然啊，他是真的对我好，我知道。安择，其实我想跟你说实话，那天坐上老齐的车，我就想回到以前的生活中去，不是虚荣，而是那样的生活让我更轻松快乐，况且老齐，自从我离开他后，他一直也没有结婚。”

安择不知道说什么，只说汤凉了。

小A又接着说：“安择，这段时间我也想明白了，等我的眼睛好了，我们就办离婚吧，各过各的生活，也许老天根本就是反对我们在一起的，要不然怎么给我们这么多的磨难。而且，我也知道，你从来都没有爱过我。我原来以为只要我们结婚了，我就是得到你了，但事实上自从结婚以来，我哪一天都不快乐，我好像把我这辈子要吃的苦要受的委屈都包揽了。”

“对不起，小A，我也不想这样。”安择除了这个，还能说什么。

“不要那样。不都那么说吗？找一个自己爱的，不如找一个爱自己的。等我好了，我要找爱我的人过我想要的生活。”小A很认真地说。

“很快就会有眼角膜的消息了，小A，眼睛治好后的世界比我好，这一点是绝对的，所以你要充满信心，配合治疗，不要再闹。”

安择的话刚说完，喜林的手机响了。

喜林紧张地关掉声音，走出病房。

是青石子打来的，说转让款已经打给她，他准备回C城了，还说他的青石子已经去店里看过，谢谢喜林帮他保留过去的留言。

喜林高兴极了，很多转机都出现了，小A终于明白了，给她治眼睛的钱也有了，大家都已经闻到了幸福的香味了，她要把这样的安心说给安择听。

可是等她再回病房时，却看到小A把安择手里的汤盅打翻到地上。

小A情绪很激动，乱扔东西，歇斯底里地大叫着："那天，我就感觉到这屋里有生人味儿，想不到还真是。我也问过护士，她告诉我都有谁来过，我一听就知道是她，我明白了安择，你俩现在天天看我的笑话是不是？告诉你，我不等什么眼角膜了，我凭什么治好了眼睛，然后眼睁睁地看着你俩背叛我？我得拖着，谁有本事谁来奉陪好了，你现在特难过吧，但是你别忘记了，你现在是我老公，我是你老婆，她什么都不是。"

医生过来，怕她过于激动影响了后期的治疗，给她打了镇定针。

小A慢慢睡着后，喜林看到安择仿佛一下子老去许多，他靠着窗，呆呆地望着外面。

4

上次那一闹，医生又找安择谈话了。安择一连好几天都在医院里陪着小A，寸步不敢离。

唐历历受喜林之托去看望过两次，每次回来，喜林都焦虑地拉着她问他们的情况。

唐历历总是摇头说："安择沉默极了，我和子忱进去，他望着我们点下头，我们走时，再点下头，一句话不说。"

喜林的心都被揪疼了，安择心里的难过和无奈，可让他怎么过？她每天都会给他一条短信，总是在睡觉前发，每次都说：安择，明天会因为希望而不一样。

安择会回：我相信！

可是喜林知道，他只是要让她安心而已。

喜林哭着对唐历历说："历历，从前我们都认为，不管什么事，只要一直努力，就会朝着愿望靠近，但是现在我不信，老天是什么，它是瞎子，它什么都看不到，它还是魔鬼，随便就折磨人，我那么爱安择，可是安择他还是冷，虽然安择他不告诉我他的难过，但是我知道，他坚持得很痛苦，工作、生活、责任、病痛、偿还、内疚等等逼得他不敢有希望。"

唐历历伸手抱了抱喜林，说："喜林，我不希望你这样，安择已经如此了，你再这样，你们要怎么办才好？你要明白，你是安择的精神支柱，就像从前，你失去记忆时，心里始终有安择一样。"

“历历，我是真的没有办法了，我好难过，我每天都做噩梦，我梦到安择说他快坚持不下去了，他要崩溃了，每次噩梦醒来，我就会那样想，我真的是想过的，如果我和安择注定不能在一起，为了让安择内心好过一点，我可以出意外，只要我的眼睛是好的，我替他还。”

“我不许你再说这样的话。我都和子忱商量好了，我们不忙着结婚，也不装修房子，我们把那钱准备着，和你和安择一起等待眼角膜，只要有消息，我们马上就都好了。你放心，我们会一起渡过难关的，我们大家都在外企，我们工作都努力，我们薪水都还高，这点困难对我们只是暂时的。”唐历历千方百计地安慰着喜林，生怕她做傻事。

这天傍晚，喜林一个人去看了看安择，她来到小A的病房，安择没有面向门，她也就没有做声，她倚着门，看到安择拿着针线，对窗背着门捧着一件病号服，低着头笨拙地缝着。

病床上小A还不停地说着，以一种娇嗔而又开心地语气说：“安择，你得用两根线缝那两粒纽扣，纽扣的四个眼，不能缝成等号，要缝成加号，你可不能假装是你在缝，然后找人帮忙还是怎么的，你别以为敷衍我了我就不知道，我虽然看不到，但是我可以闻到，我还可以摸到……”

安择也不说话，不回头，只是缝着，那个侧影令人心酸。

喜林的头靠着门框，咬住嘴唇，转身离开，一路上，眼泪都簌簌地掉，心里的那种疼痛，宛如受刑。刚才她真想跑上去，从安择的手里夺过那些东西，但是那样做只能让小A更加无理地折磨安择。

以前在学校时，有一次球赛中，安择的球衣被对方拉破了，她跑回宿舍拿来针线，坐在球场台阶上帮他缝补，那天的安择很静，坐在她的旁边，看她缝着，当时天色晚了，安择大概是想帮她，便帮她用另一针穿一根线，安择大大的手拿着针和线这两样细小的东西努力时，她哭了，她从他手中将它们取下，那不是有人爱的男人做的事，那也是她第一次为一个男子那般心疼。

晚上，喜林给达西打了电话。上次多雅说过，婚期定在五月二日。喜林说她要提前来。达西听到这个消息，竟然感动得有些哽咽说：“喜林，我替多雅谢谢你，多雅一定很开心的。”

一夜未眠。

第二天上午，喜林去买了到拉萨的火车票。

走之前，她又去了医院一次。在医院的楼下发短信问小A睡觉了没有，若是睡着了，就请他下楼来一会儿。

安择下来了。眼窝深深地陷着，那件白衬衣，也因为顾不上换而显得脏。

喜林心里又疼，来北京多少日子了，她的心就疼了多少日子。她让他脱下衬衣，递给他一件新的换上，伸手细致地帮他扣好纽扣，看着他。

安择也看着她，微微笑了一下，仿佛是在告诉她，他很好。

喜林那双扣完纽扣的手，在轻轻地滑过安择的脸时，停留了一会儿，他瘦了，也憔悴了，原先在大学那个意气风发的安择不在了。

安择接住她的手，仿佛懂她心里所想，他的大手紧紧地握着她的手，又仿佛是在给她力量，在对一切都失望都筋疲力尽后，把最后的温暖和力量留给她。

喜林轻声地说："安择，我来是和你说，多雅和达西要结婚了，我去几天就回来，好吗?"

"好。你去，别急着回，多玩一些日子，北京的空气太沉闷了，那里一定很开心的。"安择说着，努力地给她微笑，让她明白那是他的心里话。

"不沉闷。有你在，就不沉闷。我会很快就回的，我不在的日子，你要好好吃饭，好好休息，什么都好好的。"

"喜林，对不起，如果不是因为这些事，我肯定会和你一起去，我想去。"

喜林鼻子一酸，帮他把衬衣的袖口往上挽了一圈。安择缓缓将她揽进怀里，难过地说："带上相机，帮我好好看西藏。"

喜林靠着他的胸膛，说好，眼泪掉到脸上。

回到住处，喜林仔细地洗干净了安择换下的那件白衬衣，挂在阳台上晾好，今天的阳光很好，她是晚上的火车，等她走时，衬衣会晒干，她要带着它一起去。

吃过午饭后，喜林去找了唐历历，跟她说要去西藏参加多雅和达西婚礼的事，主要的是想托她一件事，上次青石子打来的咖啡店转让款都在卡里，她把卡交给唐历历，让她转交给安择。

历历不知道说什么好，仔细装好卡后问："喜林，什么时间的火车?"

喜林一笑，说："不送，送了好像我真的不会再回来了，我要你们来接，好吗?"

历历抱紧喜林，说："好！一路顺风!"

离开时，喜林的眼泪再一次如绝堤的海，她没有遏制自己，想哭就好好哭吧，哭完了，所有的悲伤就会有一个勇敢的结局。

5

喜林带着那件白衬衣坐上了去拉萨的火车。

走前，安择放心不下，还是打电话来说他请护工陪着小A，他要来送她。喜林说不，让他好好陪着小A，大家都坚持到现在了不能有半点闪失，历历和子忱会送的。安择这才说好。

火车启动的那一刻，喜林给安择发短信：等我回来！安择很快回：已经在等！

喜林用手指抚着手机屏幕上的这四个字，觉得温暖，觉得悲凉，觉得心如刀绞。

昨晚，她给安择写了信，是觉得或许以后就不用写这个了，于是用笔写的，写得好长好长，恨不得把所有的话都写上。她知道安择现在也没空看，但是终有一天他会看到的。

有了上次去西藏的经验，这回喜林的感觉还好。睡觉会做很美好的梦，醒来也会觉得窗外的风景美好。不知不觉，就到了拉萨。

她正想找个地方吃点东西了就去达西他们那里。却没想到会在街上遇到也是在找地方吃饭的成语。

两人都站在发现对方的原地，不语，许久才相视一笑。

两个有故事的人，在这里见到，仿佛也是在完成一种圆满的结局。他们一起吃了饭，聊了好一会儿，所有的前嫌尽弃。

原来成语来这里是为了孩子。

南苏苏上个月生了，是女儿，很健康。自从怀孕后，南苏苏就变得温和了，而且她一直感谢那些藏药赐予她做母亲的机会，不能找到喜林来谢，怕她笑她从前的无理取闹，那么就来谢谢药生长的地方，所以孩子刚满月，她就催着成语来西藏拜佛谢恩，顺便给女儿求块开光的玉带回去，保佑她一生平安。

成语说着拿出那块玉给喜林看，喜林用手指轻轻地抚摸着，好久，喃喃地说好看好看。

然后又想起什么，拉开包，取出上次来西藏多雅的阿妈送她的脚镯，连同玉一块儿递给成语说："成语，这个是上次我来这里，一个做藏饰的阿妈特地为我做的，她说它会保佑我幸福平安，我从来没戴过，它承载的福气全都在，我把它送给宝宝。我觉得一个女孩是有两种命运的，一种随父母，一种随爱人，你和苏苏一定会让她幸福平安，那么这个脚镯，就保佑她长大后幸福平安吧。"

成语眼圈儿红了，把头扭向窗外说："喜林，我对不起你，这是心里话，一直在心里。"

"别这样，我现在很好，我有很爱的人，他也很爱我。"喜林说着帮他拉开放在桌子上包的拉链，把那两样东西放进去，然后微笑地看着他。

见喜林这样平静安然，成语有一些安慰，说："孩子还没有名字，你是学美学的，帮我们想一个好名。"

喜林愣了一下，有些为难。成语赶紧说："苏苏上次也说过，她嫌我取得都不好，她说如果喜林不生气，真想叫她帮着想个名字。”

喜林心里暖，笑着用手去擦眼泪，捧着茶想了一会儿说：“成语，就叫成绚吧。希望她有绚丽多彩的人生。”

成语高兴地连连点头，说：“喜林，我真是觉得一切都好像是上天安排的。”

喜林也笑着点头，说：“我也这么觉得。”

两人再聊了一会儿，就此告别。

喜林朝八角街那边走，因为偶遇成语，过去的那些恩怨都消散了，最终的尽弃前嫌，有如这人间四月天，在这高原更是有一番难能可贵的美好。

而且马上就要见到多雅和达西了。

6

很奇怪，喜林在八角街，没有看到“好天气”书店。

她以为是迁址了，打电话给多雅。

是达西接的。得知喜林已到，达西并没有急着解释说为什么他们没有在那里了，只让喜林就在那里等着，他过来接她。

喜林想或许他们没有开书店了，也或许最近忙着结婚把店关了，只是如果是关店，这条街上应该有些痕迹啊，比如还没来得及换下的招牌。

想完又觉得自己好健忘，她距离上次来，已经有两年多了啊，这两年多，她身边都发生了那么多的事情，聪明的多雅肯定也想出了不少比开书店更让她觉得好玩的事吧，再说达西虽然爱书，也并不一定就得用开店来爱，说不定他们现在在做别的事情。

正胡思乱想时，听到达西叫她。

喜林扭头看过去，非常惊讶，过去胖胖的达西怎么那么瘦了，整个人都小了两圈儿。她赶紧迎上去问：“达西，你们还好吧？”

达西笑了一下，没说话，只是伸手取过喜林身上的背包背在自己上，往前走了一段才说：“知道你会来，多雅都等不及了。”

喜林有些不好的预感，绕到达西的前面，拦住他说：“达西，你不能撒谎，告诉我发生了什么事？多雅怎么没来？她不可能不来接我的，还有，‘好天气’去哪里了？”

达西仰着脸看天空，再看喜林时，眼里就噙满了泪光，但是他背着包站在那里，就是不说话。

喜林急了，摇着他央求地说：“达西，求求你快告诉我。”

“喜林，多雅病了，很久了，治不好的病。”

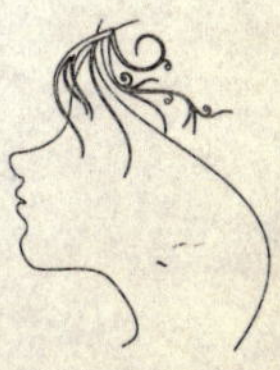

“不，你骗人！多雅一定好好的，现在可不是什么愚人节，要跟我闹着玩儿，上次你们定下结婚的日子，还是她亲口告诉我的，电话里她像从前一样快乐。”喜林很激动，根本就不相信他的话，也根本就不相信，生活总是给她一些不好的消息。

“没骗你，喜林，医生已经和我们说过几次，她的日子不多了。”达西蹲在地上，像个孩子一样地哭着说。

喜林有些恍惚，有些不知所措，她感觉到自己的整个身子都不安地飘着，许久，她有些语无伦次地说：“好，就算是她病了，也没关系，我也病过，这世界上什么病不能治？你知道吗？我的一个朋友，眼睛失明了，我们都还在想办法给她治，还有什么病可以像这样的，把全世界都给拿去了的。”

喜林都感觉到她的心在破碎了，现在达西的话，只要信一点点，她心被破碎的那些就会如同被割去一块的疼，多雅是谁？她是在大昭寺的佛光下，被佛祖保佑的女孩啊，怎么可能会有灾难降临？她很直接地联想到自己和安择，他们是什么？他们是对生活无所奢求的两个好人啊，他们是相信一切美好的两个好人啊，怎么也要给他们噩梦？

看着喜林恍惚的样子，达西用袖子擦了一下脸说：“喜林，我把一切都告诉你，我知道你肯定会难过，我们晚点再去见多雅，我不希望被她觉察出什么，她现在正在欢天喜地地等着做新娘子，那件婚纱，她早上起来穿一遍，晚上睡觉前也穿一遍。她天天盼着5月2日，总是问我那天会不会下雨，我总是告诉她说‘多雅，你也不想想，我们结婚怎么会下雨，我们不是好天气吗’，她听了就会开心地说‘对呀，好天气不下雨’……”

原来多雅病了一年多了，白血病，高原上因为气候的原因，女孩们大多数都皮肤黝黑，多雅一直跟她们不一样，一直也没太在意，上次从北京回来后，她经常觉得累，发烧，去医院一检查才知道是白血病。这一年多来，一直在治疗，但是效果并不好，医生说她最多能到今年夏天。

喜林泪流满面，她恨命运的不公，总是千方百计来破碎她身边的美好，她从来不敢承认自己有多坚强，有多少勇气来面对一次又一次磨难，她只知道每一次她无法承受时，都会向命运乞求讨要一根可以支撑悲伤的柱子，命运是多么狡猾而吝啬的，她乞求，它也会给她，但却又在她稍稍感觉好点时又生生地将它抽走拿掉，到现在，她心的支撑血肉模糊，很疼很疼。

达西还说，多雅一直坚持要等到她的病彻底治好了再结婚，但是那样她这短暂的一生还可能做新娘子吗？所以她的阿妈为她赶制礼服，并且请求大师告诉她说她和达西只有在今年春天结婚才会幸福。

7

喜林眼睛哭肿了，晚上才去医院。

达西带她先去见了多雅的医生，是上次喜林来西藏高原反应后，给她治病的那个医生。进到病房，多雅背朝着门在看书，喜林没有打扰她，朝窗外看，一眼就看到窗外对面街上的“好天气”，在夜色中，闪着温暖的光。

喜林懂了，达西的书店依然在，是因为多雅住院，达西为了照顾她，才把“好天气”书店搬到了医院的附近，而且就在多雅的病房对面，她坐在床上，从窗口都可以看到，多雅那么乖，她知道达西就喜欢书，她肯定不会让达西一直在医院陪着她，这一定是多雅的主意，把书店开到病房的对面，这样达西可以继续做他喜欢做的事，闲下来了就跑来陪多雅，而多雅在病房一抬头就可以看到达西的书店。

她一定不会猜错，这种懂得再次让喜林的心隐隐作痛，这两个人，多么像她和安择，彼此是从眼到骨里的喜欢，那种喜欢会让你不去计较一切，哪怕是命运不公未给相守也不计较，他们只要彼此能感知，能看到，仿佛只要能看对方一眼，立刻老去也行，慢慢老去也行，爱到宽容，无所欲，无所求，那一眼中，深深地倾注了彼此这一生一世所有的爱，沉郁绵长。

达西叫了一声多雅，是那种跟从前毫无区别的语气：“多雅啊，你可别吓我，你今天竟然看上书了，还那么认真，我们来半天你都不知道，你不是说这世界上什么都好看，就只有书难看，你看它想睡觉，它看你也想睡觉吗?”

多雅抬起头，调皮地把书的封面转过来晃给达西看，竟然是《长袜子皮皮》。她皱着眉头说：“楼上有个小孩，让我看了讲给她听，我只好看了。”

她的话把屋子里的人都逗笑了。多雅这才看到站在医生和达西身后的喜林，她高兴地从床上要下来，嘴里快乐地叫着：“喜林，你真的提前到了啊，天啊，我不是在做梦吧?”

喜林走上前去，让她别动，拉着她的手也笑。

“啊，真的不是做梦啊，我太开心了。喜林，医生说了，我住到五月一日就放我出院回家结婚呢。”多雅抓着喜林的手说。

“是吗？医生可真够讨厌的，把你留这里留那么长时间，他从前肯定总是被老师留学，现在才那么喜欢留病人。”喜林用多雅喜欢听的话这样一说，多雅就冲医生做起鬼脸来。

医生耸耸肩拉着达西说：“看来女人一不讲理，是件多么可怕的事，达西，我俩还是走吧。”

达西附和着说：“走走走，不跟她们一般见识。”

看着他俩真跟逃跑似的，多雅笑倒在床上。喜林坐下来逗她：“怎么样？美丽的准新娘子，紧张不?”

多雅拖过枕头挡住脸，在枕头后面咯咯地笑着。

喜林拉过她的手，又说：“我知道呢，你肯定不会紧张，因为啊，你以后可就是你和达西家的女王了，达西、还有达西的孩子，都得听你的。”

喜林的话让多雅更加不好意思起来，但是看得出来，她特别开心。

下午，多雅拉着喜林说了好多好多的话，从她阿妈给她的那件礼服的每个小细节，包括她试穿的心情，还有达西对她的好，每一样，都说给喜林听。

喜林跟着她一起开心，喜林心里明白，只要自己表现得跟她一样，多雅才不会起疑心，今天已经是4月27号了，离他们结婚日期还有四天的时间，不管发生什么事，不管自己是在什么样的心情下，她必须得随多雅一样，开开心心的。

第二天，喜林一直陪着多雅，多雅醒着的时候，她尽量放下自己心里的所有，和多雅一起开心，多雅休息时，她便坐在旁边想一想自己。每当这个时候，喜林的心里是平静又疼痛的，平静是因为走到现在，她觉得她可以为安择做更多的事情而心安，疼痛也是因为自己的一些决定。

喜林也会呆呆地看着多雅难过，命运把好处都给了什么样的人？对她们却如此苛刻。

晚上，多雅缠着喜林给她讲安择。喜林淡淡地笑了，竟然有些不知从何说起，因为与安择的一切，要么就在心里，如果真的有心来对一个人讲，就会觉得每个点滴都重要。她在心里理了理头绪，还是都讲给多雅听了，包括自己一次又一次的奔赴，重创，失忆，或许可以让多雅更加相信爱的美好以及为它更加坚强。

多雅听完了闷着不说话，喜林问她怎么了。她伸出细长的胳膊抱着喜林说：“姐姐，我难过。”

喜林拍拍她说：“多雅不许难过，姐姐因为这些而幸福呢，你怎么要难过?”

多雅到底还是个天真的女孩，用手擦了擦眼泪，笑了笑说：“姐姐，明天我就出院了，我带你去大昭寺吧，上次没去成，这次我们首先去那里啊。”

喜林点头：“好，我听你的。”

8

多雅出院了。

对一个绝症病人来说，出院并不是一件多好的事，就像一片树叶慢慢地褪尽身体里所有的绿色，接下来，它就会在风中飘落了。

一个好天气里最后一抹阳光被大地收回了，接下来就是无尽的黑暗。

所有的人中，就只有多雅一个人是高兴的，尽管她在医院待久了已经瘦弱无比，苍白憔悴，但是她笑着，用她仅有的力气蹦着跳着，那种快乐让知情目睹者的心都快碎掉。

见达西和喜林及家人都沉默着不说话，医生便故意吓唬她说："多雅，刚出院你可不能顽皮啊，要不然，我就又把你抓回病房了，再让你住一个夏天。"

多雅咯咯地笑，说："你想得美，放我出来了，可别想我再进来，我真不想再见到你呢。"

医生过来无奈地笑笑，只得说："我说真的，你不是要陪你喜林姐姐去逛的吗？你蹦累了，我看她也背不动你。"

多雅做了个鬼脸，让家人都回去，她要和达西陪喜林去大昭寺。

大昭寺前。海般的虔诚，海般的人群。

多雅对喜林说："喜林姐姐，我阿妈说，大昭寺的佛光会普照每一个虔诚的信徒，你有什么愿望，就悄悄跟佛祖说吧。"

此刻的喜林，内心如海啸般，但是为了不让别人看出她心底的那个决定，她还是偷偷地以轻松的语气问多雅："佛祖它会不会也是个失忆的人，如果是，它会不会忘记我的虔诚？"

"哪里会？喜林姐姐，你越虔诚，他越会印象深刻的。"多雅开心地说，然后拉着喜林一起跪拜。

只是这一跪拜，对喜林来说意义非凡，双膝落地的那一瞬间，就如同生命中最大的祈愿被完完全全托捧出来，放在地上，然后寄于天，喜林心里所有所有的感情都浮现出来，她不理会心里的痛苦，只有虔诚，她无视周围的一切，只有她自己，她在心里默数着，一次、两次、五次、十次……

你越虔诚，佛祖越会关照，你越虔诚，佛祖越会关照，那么在这个对于青藏高原来说并不特别的日子里，在青藏高原数日如一的好天气中，喜林要做最虔诚的那一个信徒，不是她无理取闹，故意想要以此来将佛祖打扰，而是，在这一场奔赴里，她爱安择已经爱到可以没有自己，已经爱得毫无办法，现在可以为了他的安好付出自己的一切，因为她早已悲伤至极，她只有请求佛祖，请求他看到她的虔诚，然后给她今生最后的安宁。

为了这一切，她是穿着那件白衬衣来的，那是安择穿过的，安择的气息一定还穿行在棉纱的阡陌纵横里，她甚至都能通过它感受到安择曾经的难过，曾经的无奈，她不想他那样，她以前就说过，安择是她的大树，命运怎么可以让他变得如此无可奈何，她怎么可以看着他无可奈何？

三千拜，第一千拜给安择，愿他从此不再坎坷、安宁幸福，第二千拜给多雅，愿佛祖降转机于她，让她多陪伴达西一些日子，第三千拜给自己，愿自己想做的事能顺利，让这最后的愿望达成。

多雅和达西都没有去拉喜林，他们静静地陪着她，默默感受喜林心底那深深的绝望以及期盼。

晚上在多雅的家里，喜林沉默不语，不知安择现在在做什么，是否还是那样，无奈地守着时而安静时而发脾气的小A，像屋子里任何一把木椅一样，静静地看似只有自己，甚至他根本就无法做自己，她多想跑回北京后，不说话也行，就只是看一看他。

多雅穿上结婚礼服过来给喜林看，喜林笑，说好看，然后给她拍照。

接下来的几天，大家都在忙着准备多雅和达西的婚礼。喜林还是每天发短信给安择，明明知道他再不好也不会告诉自己，却还是想看到他发过来的字。

她坚定地相信，只要她多记得一些，那么来世，上苍还是会给她明亮的眼睛，让她在芸芸众生中一眼就看到来世的安择。

她的包里，已经准备好安定片，足够她永远睡着的安定。喜林她从来都不是个对生活缺乏热情的人，也从来都没有冲动过，所以这个决定也不是突然的，是在来北京后，第一次看到安择时她心痛的那一刻就有的，命运对于她和安择已经如此，她不先走出这一步，安择迟早也会这样做，她唯有如此。

至少能让安择安好，这个愿望，不就是她一直拥有的吗？

等到多雅的婚礼结束，她便会把一切都托付好，照片也都备份到硬盘里了，然后找一个安静的地方，再然后，她的眼角膜会长在小A的眼睛里，她希望它们能带给小A更美好一些的世界，如果，那对安择也是一种陪伴，那么她心甘情愿。

尾声 三封信

安择和医生带着眼角膜，心情无比沉痛地从西藏赶回北京。

那场手术，时间很长，长得让等候在手术室外的安择，如同经历了几个世纪的轮回，过去的一切，包括最初一切美好的萌生，后来一切沉重的历练，还有每一次无奈的抉择，统统地都来到心里。

喜林的眼泪、喜林的奔跑、喜林的安静等等，全都成为照片一样的画面，在他的脑海里，在他的内心里，如果说这一路来，他对小A也有过那种隐忍的抱怨甚至憎恨的话，那么此时，全都变为原谅，对自己的原谅，对她的原谅，对生活的原谅。

原谅过后的心，便只剩下宁静地感恩。

小A的手术很成功。

当她终于揭开纱布，重新看到清晰世界的那天，安择哭了，一个七尺男儿的眼泪，此时此刻，与太多太多的东西有关，宋子忱紧紧地拽着安择的手，用力地传达着他与他同样的心情，此时的眼泪代表不坚强，更代表坚强，历经磨难终于去成全了别人的坚强。

那天天气很好，初夏的阳光，像一群热闹的孩子，积极又浓厚地散发着灿烂，盛装的美好让这个世界似乎再也没有嫉妒和仇恨。

小A跳下床，跑到住院大楼的天台上，仰着脸，喜悦而贪婪地望着天空，仿佛第一次觉得天空原来这么蓝，仿佛第一次真正认识了这个世界的美好。

安择、唐历历、宋子忱、老齐站在她的后面，安静地看着她，每一双眼睛都不再担心这个能疯能闹的女子会做傻事，他们都知道她身上那层厚厚的带刺的壳已经卸下，他们都相信这一切都是她眼里的那双无比美好的眼睛带给了她新的认识和世界。

小A出院后，第一件事就是和安择去办了离婚手续。

从民政局出来，小A伸出手臂，最后一次拥抱了安择，难过、悔恨、感激等等许多情绪在她心头，她什么也说不出来，只知道紧紧地珍惜着这最后的拥抱。

安择也没有说话，伸出双手，小心仔细地帮小A擦去眼角的泪水，然后注视着她眼里的那双眼睛，用手指轻轻地抚着她的眼眶，给那双眼睛安慰和感激。

这天晚上，安择和唐历历、宋子忱还有唐历历表姐一家在一起吃了晚饭。

第二天，他便买好机票，像喜林那样，一个人出发了。天气很好，阳光清澈，他穿着干净的白衬衣。

在飞机上，安择拿出包里的三封信，再读时，心痛不已，它们带给他太多的东西，让解脱解脱得沉重，让安慰安慰得沉重，让感激感激得沉重，让所有的美好与奔向美好的辗转都沉重。

旁边座位上一个三四岁样子的小女孩，一直奇怪地看着他，胖乎乎的脸，紧皱着小眉头，大概是实在是想不明白，便拉着她爸爸的胳膊，天真地说："这个哥哥肯定是做错事，被他妈妈批评了，要不然他怎么会一直哭。"

小女孩的爸爸不好意思地冲安择笑了一下，安择也笑。他想到喜林，喜林是不做错事，也会哭的，为别人哭，为自己不能让别人好而难过地哭。

喜林还说过，她最喜欢的交通工具是火车，因为火车上可以随便哭，飞机上却不行，因为什么呢？因为在飞机上哭，就是在天空中哭，那样眼泪会变成雨，滴落下来，变成坏天气，好天气是从来不会下雨的。

这三封信，一封是喜林去西藏前留下的，她把它放在她那包勿忘我的干花里。

安择：

我其实多想叫你一声亲爱的，亲爱的什么呢？我想叫你一声"我亲爱的好天气"！

我知道，你一定不会笑我，因为你懂得，好天气对我、对我们的意义，一直以来，我们彼此都希望好天气在我们的眼睛里，衣服里，甚至感受里，好天气是一个对生活无计可施的人最简单却又最安然的幸福，它是香的。

我决定要把眼角膜给小A。你不要为我难过，看到你面对这样的磨难却束手无策毫无办法时，我比你更痛苦，我仔细想过的，这是最好的办法，它比我们苦苦等待捐献同时也在等待中接受煎熬、比你痛苦到最后最终还是决定先我走出这一步更让我心安。既然老天总是阻止我们走近，那么我以这样的方式来走近你，同时也让你和小A的彼此的怨都放下，它应该不会再阻止吧。

安择，别难过，我真的不害怕去做这件事，真的是一点儿也不怕，我只要想到从此我可以在小A的眼睛里天天看着你，可以每天比你早一点醒来看着你慢慢醒来，可以比你晚一点睡着看着你慢慢睡着，可以看着你的头发在岁月里变白，可以看着当你老却越来越依赖我的眼神时，我就觉得无限欣慰。请你和我一起相信，如此，也是陪伴一生，只要相信了，也就没有遗憾。

大学四年，后来三年，我们认识七年，这七年对我来说，宛如一生。我要谢谢你带给我那么心动即牵的美好，我总是想，人的一生里，不管是成功，还是失败，不管是生命漫长，还是短暂，只要所经历的人生，是美好的，是在为影而筑，那么他就是心灵有依靠的，有依靠，也就不孤独，哪怕生命终结。

昨天青石子来电话说为了阻止老天再变卦，前天他和他的青石子在我的那个咖啡馆举行了婚礼，只有一些好朋友参加，但是他们很幸福。我知道，我们今生都不会再拥有那样的一种幸福了，但是，因为我明白我在你心里，谁都拿不掉，那么我不与老天计较，它再狠心又有什么用？在咖啡馆一个人过圣诞节的那天我就想，只要能让我再看你一眼，让我马上老去都可以。

很多人在经历伤害后，都不再相信这世界上有爱情。我们呢？我们是相信的，对吧？从前，我还放不下成语的时候，我只知道有一个境界，一直在被自己期望，不确定时，我不说，那是我一个人的幸福，后来我确定了，我说了，就是全世界都在看我的幸福，而我也真的觉得我很幸福。

那么，我亲爱的好天气，我这样做不是为了永远离开你，而是为了永远不离开你。

勿忘我。

喜　林

一封是小A出院后，留下的。

安择：

曾经，我一直恨你，恨你没有爱上我，我那么爱你，你却没有爱上我。

但是现在，我谢谢你，谢你没有爱上我，因为如果我这样一个丑恶卑微的人被你爱上的话，我的心灵将永远得不到安宁。

你给了我不一样的人生，我却用那么大的谎言欺骗了你和所有的人。

那天，我们得知喜林去了西藏，得知她要去做那么一件大傻事时，当时我的难过不亚于你的，因为我还有自责，我还有犯下了永远都得不到救赎的罪恶。我也恨我自己，为什么一直欺骗你们，而且那些欺骗的理由竟然那般荒唐，你们信了，我知道那是因为你们太善良，当我无比愧疚地哭着对你说出我这几年的欺骗，说我根本就没有哥哥，说当年你的眼角膜也根本就不是我的哥哥捐赠的，而是外地的一个车祸自愿者捐赠时，你在病房的那一声沉痛的呐喊，仿佛都要把整个楼都击得坍塌，那一声，让我明白了我对你的伤害有多大。现在我已经没有脸面来奢求你的原谅，我为我过去做下的那些伤喜林的事感到内疚，我明白，我伤害她，才是伤害你。

谢谢你和喜林，还有所有的人为我做的一切。我在你们这里懂得了什么是爱。

我决定与老齐在一起了。有两样东西，我要还你，一件是你以前寄给喜林的那本相册，我其实舍不得毁掉它，还有喜林给你的那本，我也是舍不得毁掉，它们美好得让我嫉妒，所以我翻拍了故意气你们，请原谅我曾经为爱的疯狂，现在我把它们还你。

小　A

还有一封是多雅的，写在她和达西婚礼的前天晚上，婚礼的第二天，被看到。

多雅和达西结婚的前两天，喜林在大昭寺前跪拜三千，手掌和额头都磨破了皮。多雅是聪明的，她便知道喜林心里一定有大事。那天晚上，等喜林睡下后，她悄悄地拿到喜林的电话，找出安择的号码。

看起来那么天真无邪的多雅，有时候似乎比谁都看得明白。

接到多雅电话的时候，安择刚好看到喜林写给他的邮件，正痛苦万分，准备要来西藏找喜林，阻止她做傻事。

安择不知道多雅是病人，面对多雅的询问，他全部说出来，多雅听后对安择说："安择哥哥，你放心，喜林姐姐不会有事的，我们等你来参加我和达西的婚礼。"

其实，多雅早知道了自己的病况有多严重，她决定不再拖累达西，结婚前的那天晚上，她和喜林睡在一起，两个好女孩心里都怀着各自的心事。

结婚那天，安择赶到。场面很温馨，但是却又有各自的沉痛。

晚上，多雅对喜林说，后天要陪她和达西去一个地方，喜林要是不去的话她不会原谅她。

喜林点头说好，她实在是不忍心拒绝多雅，而且安择也来了，她能和安择在一起多待两天再离开也好。

但是第三天一早，达西哭着来说，多雅不见了。等大家找到她时，她已经永远睡着。她留下一封信。

所有我爱的人：

阿妈说过，爱是上天给一个好人的奖赏。这爱，包括能爱和被爱，多雅能爱许多人，多雅也被许多人爱，所以多雅是幸福的。

我很幸福地走了，不要为我难过。

你们不知道，在医院的时候，我就已经每时每刻在感受着病痛对我的折磨，我一直在等这个日子。婚礼过后，它早来晚来，对我都一样。而且，你们知道多雅很臭美，她不愿意挨到最后，完全不像个样子的离开。

阿妈阿爸，谢谢你们那么爱我，请你们不要怪我不孝，让我还能感觉到快乐时，让我快乐地离开，比终有一天，我难受地离开要好，来世我还做你们的女儿，我还要带着哥哥、姐姐、弟弟、妹妹一大群孩子来做你们的孩子。

达西，我爱你。但是我只允许你为我悲伤一年，明年春天来时，你就要去寻找你新的幸福，你一样要在春天结婚，然后和你的爱人手拉手活一百岁，我现在二十二岁，七十八年后，我在天上等你。

喜林姐姐，我想对你说，健康多么好，而且你也那么好，那么你一定要好好跟安择哥哥在一起。你怎么要去做那样的傻事呢？我不允许，我要你带着我的眼角膜，捐给你牵挂的那个姐姐，然后大家都好，而我也更久地留在这个世界。

多　雅

有个女孩她一生都很美，她一生都很乖，多雅带给所有的人无法形容的悲痛。

遵照多雅的遗愿，安择和医生带着她的眼角膜赶回北京。喜林痛苦万分地留下来，和达西一起办理多雅的后事。

喜林没有再回北京，也没有和任何人联系。达西打来电话说，办完多雅的事后，喜林陪了多雅的阿妈几天就走了，还说每一天，喜林都会很早去大昭寺前。

安择知道，喜林为多雅心痛，那种心痛比她自己去做这件事还要难受。

邻座的那个小女孩，很乖地在她爸爸的怀里睡着了。安择收好那些信，出神地看着这个孩子。他想起喜林给他的那本《勿忘里·记》的最后一页，有喜林写的一段话：

还记得有一次我短信给你的一首诗歌吗？

我爱你，不光因为你的样子，

还因为，和你在一起时，我的样子。

我爱你，不光因为你为我而做的事，

还因为，为了你，我能做成的事。

这位叫罗伊·克里夫特的爱尔兰诗人，没有留下任何故事，除了这首诗歌。而我此刻，也没有什么要留下，除了这一页前面所有想要去见你的时光。

这个世界上，爱是什么？爱是因为有对方而永远不绝望，爱是为看对方一眼，举步倾城去相见，然后在那一眼的温柔和深情里就可以一个人静静老去。爱是多雅和达西的百年承诺，因为爱他，就等他在七十八年后的天上；爱是唐历历和宋子忱的现实完美，是那种宝马雕车香满路风雨无阻里都有接来送往的生活小事里；爱是成语和南苏苏终于拥有的宽容和懂得，幸福在终于有了小成绚后的那种安宁里……

爱，是喜林和安择深入骨髓的感知，是他们世界里的勿忘我勿忘你，是他们白衬衣上的那一抹干净，是他们的看你一眼然后老去的唯爱之美。

为了爱的喜林和安择，一直行走在他们向往梧桐树深处的家的路上，他们始终在路上，他们悲伤不绝望，从前，一直是喜林要去见安择，现在，是安择要去见喜林，安择知道喜林正行走在前往什么的路上，只有他知道，也只有他能真正陪她到达。